VII
우노 보쿠토
일러스트 미유키 루리아
일곱 개의 마검이 지배한다

"…알아챘었나.
역시 좋은 고기군, 너는."
사이러스 리버모어
Cyrus Livermore

"…그래서.
뭔 일이랴,
리버모어 나리?"
파멜라 고턴
Pamela Gorton

나나오 히비야
Nanao Hibiya
"투지가 넘치는구려,
앤드루스 공. 벌써부터
시합이 기대되오."
올리버 혼
Oliver Horn
"아니, 아직 안 정했어.
딱히 숨기려는 게 아니라
순수하게 아직 생각 중이야."

"…그쪽의
세 번째 멤버는
미셸라가
아닌 건가?
물론 답하지
않아도
상관은 없지만."
리처드 앤드루스
Richard Andrews

"흠…!"
유리 레이크
Yurie Lake

"…크!
뒤쪽이야, 나나오!"

CONTENTS

Seven Swords Dominate
Presented by Bokuto Uno

일곱 개의 마검이 지배한다

VII

Seven Swords Dominate

우노 보쿠토
illustration 미유키 루리아

Character **등장인물**

3학년

올리버 혼

본편의 주인공. 재주는 많으나 대성할 그릇은 아니라는 평가를 받는 소년. 어머니를 살해한 일곱 명의 교사에게 복수를 맹세했다.

나나오 히비야

동방(에이지아)에서 온 사무라이 소녀.
올리버를 검의 길에서 만난 숙명의 상대로 보고 있다.

캐티 알토

연맹의 일국, 호수국(팡랜드) 출신의 소녀.
아인종의 인권 문제에 관심이 많다.

가이 그린우드

마법농가 출신의 소년. 솔직하고 붙임성이 좋은 성격. 마법식물을 다루는 데 능하다.

피트 레스톤

비마법가정 출신의 근면한 소년.
성이 반전되는 특이 체질.

미셸라 맥팔렌

마법명가 맥팔렌 가문의 장녀.
문무에 능하며 동료를 잘 돌본다.

툴리오 로시

표표한 성격의 소년. 정석에서 벗어난 검술을 사용한다. 올리버와의 대결에서 패했다.

유리 레이크

전학생을 자칭하는 소년. 상식이 결여되어 있지만 호기심이 강하며 누구에게나 친근하게 다가간다.

- 페이 윌록
- 스테이시 콘월리스
- 조셉 올브라이트

3학년

재스민 에임스

긴 앞머리가 특징적인 소녀. '자신은 없지만'이라는 말버릇과 달리 마법검 실력은 같은 학년에서도 상위권.

로제 미스트랄

여러모로 화려한 언동을 하는 마술사 같은 소년. 마법과 트릭을 교묘하게 조합한 환영이 장기이다.

리처드 앤드루스

명가 출신의 긍지 높은 소년. 올리버와 나나오의 실력을 인정해 호적수로서 강하게 의식하고 있다.

2학년

테레사 카르스테

올리버에게 충성하는 부하로, 밀정으로서 복수에 협력한다. 감정을 겉으로 표현하지 않으며 종잡을 수 없는 성격.

7학년

알빈 고드프리

학생총괄.
다른 학생들에게 '연옥'이라 불리는 마법사.
차원이 다른 화력을 자랑한다.

사이러스 리버모어

죽은 자의 뼈를 사역마로 부리는 사령술사.
오랫동안 교사에 모습을 보이지 않은 듯하지만…?

5학년

파멜라 고턴

미궁 안에 노점을 차린 '노점 상인'. '생환자(서바이버)'의 제자로, 그의 기술과 생활력을 이어받았다.

레온시오 에체발리아

이전 학생회 진영의 보스.
과거 학생총괄의 자리를 두고 고드프리와 싸우다 얼굴 오른쪽 절반에 화상을 입었지만 아직 고치지 않고 있다.

교사

에스메랄다

킴벌리 학교장. 마법계의 정점에 군림하는 고고한 마녀.

바네사 올디스

마법생물학 교사. 방약무인한 성품 탓에 학생들에게 두려움의 대상이 되고 있다.

엔리코 포루기에리 (사망)

큰 부상을 입을 우려가 큰 부조리한 과제만 던지는 마도공학 교사.

테오도르 맥팔렌

셰라의 아버지로, 나나오를 킴벌리로 초대했다.

- 데메트리오 아리스테이디스
- 프랜시스 길크리스트
- 루터 가랜드
- 더스틴 헤지스
- 다리우스 그렌빌 (사망)

프롤로그

위험성에 비례하는 이익이 있다. 그렇기에 킴벌리의 학생들은 하나같이 미궁에 들어간다.

보기 드문 동식물부터 희귀 광석, 끝내는 태고의 유적에 이르기까지, 미궁은 마법사들에게 가치 있는 것들로 가득한 보물고다. 아닌 게 아니라 자원의 밀도가 다르다. 지상에서 손에 넣으려면 동분서주해야만 하는 다양한 물품들이 미궁에서는 같은 계층에서 모두 구할 수 있을 정도다.

한편, 그 은혜를 직접 손에 넣으려면 상응하는 실력이 필요하다. 탐색 도중에 죽지 않아야 한다는 것은 전제에 불과하고, 넓은 미궁에서 목적한 물건을 찾아내 확보하기 위한 실력이 필요하다. 약초와 독초의 판별법, 광상(鑛床)의 구분법, 마수의 흔적을 간파하여 추적하고 효율적으로 수렵하는 법… 거꾸로 말하면 그러한 광범위한 기술에 능할수록 미궁에서는 보다 큰 재물을 퍼낼 수 있다.

"…헷헷헤! 어딜 도망가, 놓칠 줄 알구?!"

5학년인 파멜라 고턴은 그러한 '미궁으로 먹고사는' 솜씨가 뛰어난 학생 중 한 명이다. 지금도 3층 '장기(瘴氣)의 늪지'의 한곳을, 그녀와 후배들이 노리고 있던 사냥감인 옥기어(玉鰭魚), 리치맨의 꼬리를 쫓아 달리고 있었다. 양서(兩棲) 마법생물로 지느러미가 고품질 마석으로 거래된다. 그 지느러미로 바람을 조종해 미끄러지듯 지표면을 이동하는 사냥감을 고턴이 이끄는 하급생들이 열심히 쫓았다.

"그쪽으로 도망쳤어! 지금이야, 휘이~!"

"전광이여 내달려라—토니트루스!"

사냥감은 추적자들의 압박감에 좌측으로 도망쳤고, 몰이꾼인 고턴 일행이 의도적으로 몰아넣은 그 방향에서 리치맨은 결국 잠복하고 있던 학생의 주문을 맞았다. 철퍼덕 쓰러져 꼼짝도 않게 된 녀석을 금방 따라잡은 두 사람이 달려들어 제압한다. 주문을 날린 학생이 부스럭부스럭 풀숲에서 고개를 내밀었다.

"마… 맞았어?" "맞았어! 잡았어!" "좋았어어…!"

한 사람이 고턴에게 배운 대로 급소를 찔러 '숨통을 끊은' 순간, 하급생들은 사냥감을 치켜들고 환호성을 질렀다. …얕은 층에서 사냥을 할 때 성가신 것은 가만히 있어도 공격해 오는 타입의 마수보다 오히려 신중하게 숨어 지내는 타입의 생물인데, 실제로 미궁에 서식하는 생물 중 대부분이 여기에 해당되었다. 이 리치맨을 잡기 위해 그녀 일행은 며칠 동안이나 흔적을 쫓고 있었던 것이다.

사냥에 성공해 기뻐하는 후배들의 모습을 흐뭇하게 바라보며 고턴이 입을 열었다.

"수고했어. 살짝 무겁지만, 고기도 버리지 말고 가져가라구. 특히 꼬리 밑동 부분이 진미라, 단골손님인 미궁미식부가 좋아할거."

“어, 이거 먹을 수 있어요?” “난 좀….” “걔들은 뭐든 다 먹잖아.”

지시대로 잘라 낸 사냥감을 후배들이 자루에 넣었다. 모두가 그걸 짊어지자, 문득 고턴이 그들에게 등을 돌렸다.

“그라믄 니들은 먼저 가 봐.”

“네?” “선배는요?”

“나는 이 계층에 쬐끔 볼일이 있거든. 사냥감 처리 잘 햐.”

그녀가 그렇게 말하며 팔랑팔랑 손을 흔들자 후배들은 고개를 갸웃하면서도 철수를 시작했다. 그들의 기척이 멀어지자 문득 고턴이 입을 열었다.

“…그래서. 뭔 일이랴, 리버모어 나리?”

순간, 그녀의 시야에서 지면이 솟아올랐다. 진흙 속에서 떠오른 것은 무수히 많은 뼈를 조립해 만든 기괴한 구체였는데… 그 안쪽에서 사교(邪教)의 신부와 같은 위엄을 띤 마인이 웃으며 대꾸했다.

“…알아챘었나. 역시 좋은 고기군, 너는.”

“뜬금없이 웬 망언이래. 숙녀한테 할 말이 있고 못 할 말이 있지.”

어깨를 으쓱하며 답한 후, 고턴은 겁도 없이 상대를 노려보았다.

“먹을 게 필요햐? 그럼 정가에 팔아 줄게.”

"아아, 네가 잡은 사냥감은 맛있지. 처리 방법이 좋으니까. 하지만… 오늘 목적은 따로 있다."

고개를 가로저은 리버모어의 시선이 고턴의 몸을 빤히 쳐다보았다. 그녀의 옷, 피부, 살, 그리고 그 안에 있는 것을.

"**너의 2번 요추를 받고 싶다**. …정해진 가격이 있다면 말해 봐."

"그게 뭔 바보 같은 소리래. 내 몸은 죄 비매품이구먼."

고턴이 목소리를 높였다. 그 대화 전체가 초읽기에 불과하다는 걸 알면서.

"나는 분명 안 판다고 혔어. 그래도 가져갈 생각이라면, 나리는 도둑이여."

"상관없다."

리버모어는 자조 섞인 미소를 띤 채 고개를 끄덕였다. 그의 눈이 조금 전 하급생들이 떠나간 방향을 바라보았다.

"이렇게 될 걸 예상하고 후배들을 도망시킨 걸 보면, 너도 상급생이 다 됐군. …시간 참 빨라."

"동감이여. …5학년씩이나 되고 났더니, 나리한테 벌벌 떨고만 있을 수가 없드라구."

답하며 고턴은 떠올렸다. …자신이 하급생이던 시절에도 비슷한 일이 있었다. 그때 궁지에서 구해 준 남자는 자신에게 이렇게 말했다. …힘을 키워. 다음엔 네가 후배를 지켜 줄 수 있도록.

"…덤벼. '생환자(서바이버)' 케빈 워커의 제자, 미궁 상인 파멜라 고턴이 상대해 줄 테니께!"

지팡이검을 겨눈 채 고턴이 의연하게 말했다. 그 순간, 마인이 잔혹하게 입꼬리를 치올렸다.

"불어라 질풍—임페투스!"

선수를 친 것은 미궁 상인 쪽이었다. 그녀의 지팡이에서 뻗어 나온 바람의 일격을 리버모어는 여유롭게 뼈의 장벽으로 막았고….

"…흠."

그 순간 알아챘다. 로브 자락에 가려진 고턴의 발치… 거기에 병 하나가 떨어져 있다. 조금 전 대화를 하는 동안, 상대가 알아채지 못하도록 그녀가 떨어뜨린 것이다. 속이 거의 빈 것으로 미루어 이미 사용한 듯 보였다. 그럼 그 용도는 무엇일까?

답을 알아내기 전에 그에 대한 결론이 리버모어의 눈앞에 펼쳐졌다. 가늘고 긴 몸통에 투명한 날개를 지닌 생물의 무리가 남자의 주변으로 날아들어, 무수히 많은 그것들이 시야를 완전히 가로막았다. 그 뒤로도 계속해서 불어나는 무리 속에서 리버모어가 콧방귀를 뀌었다.

"시어(스카이피시)를 모았나. 이쪽의 뼈에 향을 묻혔군."

"힘으로는 나리를 못 당하니께. 하지만 이 3층을 더 잘 아는 건 나여!"

고턴이 대담하게 소리쳤다. 발치에 슬그머니 떨어뜨린 병에서 흘러나온 안개 형태의 마법약을 첫 공격으로 날린 바람에 실어 리버모어 쪽으로 보냈던 것이다. 주문 그 자체는 막아 냈지만 거기 실린 마법약은 남자가 조종하는 뼈에 들러붙었다. 그 효과는 단순히 벌레를 꼬이게 하는 것뿐이지만, 3층의 환경에서 많은 수의 생물이 한곳에 몰리면 다른 생물들도 가만히 있지 않는다. 늪지의 마법생물들이 차례로 모습을 드러내자 리버모어가 눈웃음을 지으며 말했다.

"좋아하는 먹이 떼에 이끌린 비사(윈드 스네이크), 그걸 먹으러 온 긴 혀 도마뱀(롱 텅). …먹이사슬을 가속화했군. 그렇다면 다음은…."

남자가 중얼거린 다음 순간, 그 근처의 지면이 터지더니 거대한 몸뚱이가 튀어나왔다. 3층 최대의 포식자인 진흙룡(웜)이다. 사룡골(서펀트)의 등에 올라타 그 습격을 회피하며 리버모어는 감탄 섞인 목소리로 중얼거렸다.

"…확실히 '서바이버'의 전투 방식이군. 잘 배웠구나, 고턴."

"환경 파악과 조화, 그리고 이용! 전부 생존의 기본이지! 눈이 있으면 보라고, 나리의 뼈는 여기선 무진장 튀거든!"

먹이사슬 한복판에 제대로 휘말려 든 리버모어를, 바깥에 위치한 고턴이 주문으로 저격한다. 이제 남자의 적은 '미궁 상인'이 아니라 3층의 생태계 그 자체였다. 정곡을 찌르는 후배의 지적에 리버모어가 자조 섞인 미소를 지어 보였다.

"반박할 말이 없군. 하지만… 알고 있나? 이 계층에는, 한때 주인이 있었다는 것을."

남자가 그렇게 말한 직후, 이변이 일어났다. 일대의 지면이 액체화되어 소용돌이치더니, 그 중심에 날카로운 송곳니를 지닌 거대한 아가리의 뼈가 나타났다. 순간적으로 물러난 고턴의 눈앞에서, 흐름에 빨려든 웜의 몸이 둘로 찢어졌다. 3층에서는 있을 수 없는 그 광경에 미궁 상인의 눈이 휘둥그레졌다.

"…크…?!"

"그게 이전의 최상위 포식자다. 지금은 뼈만 남았다만…."

상황 변화는 거기서 그치지 않았다. 이미 죽었을 터인 주인이 다시 나타나자, 주변으로 몰려들었던 생물들이 일제히 도망치기 시작한 것이다. 웜부터 스카이피시까지 거미 새끼 도망치듯 떠나갔고… 그렇게 다시 탁 트이게 된 공간에는 주인의 뼈를 조종하는 리버모어만이 서 있었다.

"…과거의 공포는, 이곳 녀석들 안에 살아 있었던 것 같군. …나 원, 하루 종일 시체를 뒤지고 있다 보면 과거만 눈에 들어온단 말이지."

낮은 목소리로 중얼거린 후 남자는 주변을 휘 둘러보았다. 조금 전까지 자신을 저격하던 고턴의 모습은 이미 사라진 후였지만… 멀어져 가는 작은 기척을 리버모어는 놓치지 않았다. 남자의 발치에서 조립된 세 마리의 뼈짐승이 늪지의 어느 곳으로 달려가더니, 그중 한 마리가 사냥감의 다리를 물었다.

"…크……!"

"형세가 불리해지면 그 즉시 도주. 잘 알지."

서펀트를 탄 채 이동한 리버모어가 뼈짐승들이 이빨로 움직임을 봉한 '미궁 상인'을 찾아냈다. 마지막 저항으로 휘두른 지팡이 검조차 서펀트의 꼬리가 떨쳐 냈다. 뼈에서 땅으로 내려선 남자의 왼손이 고턴의 목을 움켜쥐더니 그녀의 몸을 가볍게 들어 올렸다.

"있는 힘껏 발버둥을 친 고기일수록 좋은 뼈를 남기지. 네 목숨의 한 조각… 받아 가마, 고턴."

"…이자는, 솔찬히 붙을겨…."

모든 저항 수단을 봉인당했음에도 '미궁 상인'의 입은 여전히 허세 섞인 말을 내뱉었다. 그것을 진심으로 달갑게 받아들이며 리버모어는 천천히 그녀의 몸에 지팡이검을 꽂았다.

그로부터 몇 시간 후. 2층 종반, '명부의 전장' 직전에 위치한 동굴.

"…이번에도 그냥 보내 주네. 한 번 돌파하면 1년은 도전할 수 없다니, 아까워라. 그거 재미있었는데."

그런 소리를 중얼거리며 유리 레이크가 어둠 속을 걷고 있었다. 날마다 미궁 깊숙한 곳으로 발길을 뻗은 덕에 이미 3층의 절반 정도는 그의 탐색 범위가 되어 있었다.

"다음은 '도서관 앞 광장'이 재미있을 것 같지만, 아무리 그래도 혼자 가면 죽으려나? 올리버 군은 같이 가자고 하면… 응?"

생각을 하며 걷던 유리의 발걸음이 문득 멈췄다. 조금 앞쪽의 지면에 무언가가 쓰러져 있었다. 그것이 자신과 같은 교복을 입고 있다는 걸 알아챈 그는 빠른 걸음으로 다가갔다.

"사람? 이봐요~ 괜찮아요?"

물어도 답이 없기에 소년은 몸을 웅크려 상대의 상태를 확인했다. 파랗게 질린 얼굴로 기절해 있는 상급생. 큰 입이 특징적인 얼굴은 유리에게도 낯이 익었다. 1층에 있던 노점에서 몇 번이나 얼굴을 마주했던 상대다.

"5학년 고턴 선배잖아. 외상은 없어 보이는데…."

로브를 걸친 온몸을 주욱 훑어보아 치유가 필요한 부상은 없다는 것을 확인했다. 하지만 그럼에도 막연한 위화감이 느껴졌다. 몇 초 동안 그 감각을 음미한 끝에 유리는 나직하게 중얼거렸다.

"…흐~음? 뭔가 중요한 게 빠져나갔네, 이거."

그 무렵. 봄 햇살에 꽃들이 봉오리를 터뜨리고 있는 킴벌리 교사 앞 만개가도(플라워 로드).

"…그래서 내가 이렇게 말했지. '이봐, 주문이 잘못됐잖아. 매끈하게 벗겨진 보통 사람의 머리에는 아무리 '울창하게 뻗어라―플로고롯시오'라고 외쳐도 머리카락은 안 나. 씨앗을 뿌린 것도 아니잖아'라고."

나란히 늘어선 달리아들 앞에서, 한 남자가 같은 학년 학생들을 등진 채 열심히 떠들고 있었다. 바로 학생총괄 알빈 고드프리였다. 마법 코미디의 고전 콩트를 연기하고 있는 것이었지만 목소리와 동작이 너무 뻣뻣해서 대체 어디서 웃어야 하나 싶은, 직설적으로 말하자면 발연기를 하는 배우의 표본이었다.

"…그랬더니 그 녀석은 이렇게 대답하더군. '오호라, 그럼 다음은 씨앗부터 뿌려야겠어. 어떤 씨앗으로 할까. 덩굴이 빽빽하게 돋아나는 게 좋겠지?'라고. 나는 어이가 없어서 내버려뒀는데, 그런데 다음 날 아침…."

"아, 그만 됐어." "들어가. 자, 다음."

콩트가 끝나기도 전에 달리아들이 냉정하게 판정을 내렸다. 몇 초 동안 뻣뻣하게 굳어 있던 고드프리는 어깨를 부들부들 떨며 몸을 돌려, 조금 전 장기자랑을 마치고 관전하고 있던 레세디의 옆자리에 고개를 푹 숙인 채 늘어섰다.

"…크윽…!"

"부들부들 떨 정도로 분해?"

"…반년이나, 연습했다…."

"그러게 왜 최선을 다해서."

레세디가 담담하게 딴죽을 걸었다. 기대하는 이가 없어도 이런 때 온 힘을 다하는 게 고드프리라는 남자였다. 처음 만났을 때부터 변함없이 서툴기만 한 상대의 모습에 미소를 지은 채, 그녀는 눈앞에 펼쳐진 광경을 바라보았다.

"뭐, 달리아들이야 입학 당시부터 성질이 고약했으니 넘어가기로 하고…. 감회가 깊기는 하군. 한때 플라워 로드의 환영을 받았던 우리가 이렇게 봄의 마법을 거는 입장이 되었다니."

말투와 달리, 그 말에 담긴 의미는 무거웠다. 그들은 이 킴벌리에서 6년이라는 세월을 살아남았지만 그러지 못한 학생도 적지 않기 때문이다. 탈락한 면면 중에는 더없이 소중한 그들의 전우도 포함되어 있다.

지금은 없는 그들의 모습을 눈을 감은 채 그리며 고드프리가 주먹을 움켜쥔 채 말했다.

"마지막 1년에, 많은 것을 바라지는 않겠어. …하지만, 하다못해…."

눈을 뜨며 남자는 말을 이었다. 학생총괄로서의 중책을 그 두 어깨로 단단히 떠받친 채.

"…졸업할 때까지는. 이 이상 그 누구도 죽지 않았으면."

제1장

셀렉트
인원 선정

주변 사람들에게 얕보이지 않겠다. 정도의 차이는 있어도 이것은 킴벌리에 입학하는 1학년생 대부분이 공통적으로 품고 있는 마음가짐이다. 그를 위한 방법은 본인의 성격과 손에 든 카드에 따라 달라진다. 수업에서 활약하기로 결심한 이부터 싸울 상대를 살피는 이, 무턱대고 허세를 부리는 이까지 각양각색이다.

"…후후후…."

훨씬 요란한 방법을 준비하는 이도 있다. 자신의 몸집보다 몇 배는 큰 마수를 이끌고 교정을 거닐고 있는 소녀가 바로 그러했다. 날카로운 이빨이 보이는 뱀의 머리, 맹독 가시가 섞인 녹색 털이 풍성하게 돋아난 그 모습에, 주변에 있던 1학년생들은 놀라서 눈이 휘둥그레졌다.

"우억, 저게 뭐야?"

"취사룡(펠루다)? 처음 봤어."

"1학년이 저런 걸 사역마로 삼았다고…?"

흘러나오는 목소리들을 새침한 얼굴로 들으며, 소녀는 속으로 의기양양한 미소를 짓고 있었다. …그래, 놀라고 부러워하고 무서워해. 이만한 마수를 거느린 나를 한 수 위라고 인정하라고. 그래야 억지를 써서 조교를 마치게 한 보람이 있지.

"……?"

그렇게 생각하며 교정을 걷던 소녀의 발걸음이 모퉁이 하나를 돈 참에 문득 멈췄다. 퉁퉁한 체격의 커다란 아인종이 그녀의 앞길을 가로막고 있었기 때문이다. 자신에게 등을 돌린 채 웅크려 앉은 트롤을 향해 소녀는 노골적으로 불쾌한 목소리로 말했다.

"…이봐요. 비키세요, 거기 있는 트롤."

"음."

고개를 돌린 트롤은 난감하게 됐다는 얼굴로 그 자리에 멀거니 섰다. 물러설 낌새가 없어 울컥한 소녀는 목소리를 높였다.

"비키라는 말 안 들려요?! 내가 지나가겠다잖아요!"

"우… 미안하다. 지금 여기, 안 돼."

그녀는 말문이 막혔다. …방금 말했어? 사람의 언어로? 고블린이라면 모를까, 트롤 중에 그런 품종이 있었던가?

소녀는 순간적으로 자신의 지식을 돌이켜 보았지만 곧장 지금 중요한 건 그게 아니라고 생각을 고쳤다. 중요한 것은 이곳이 킴벌리이고, 주변에서 다른 학생들이 지켜보고 있고, 자신은 결코 얕보여서는 안 된다는 것이다. 그 원칙에 따라 그녀는 다시금 소리쳤다.

"…아… 안 되긴 뭐가 안 된다는 거예요! 됐으니까 비키세요! 안 그러면…."

"이봐~!"

소녀가 사역마에게 위협을 명령하려던 순간, 한 남학생이 달려왔다. 넥타이의 색으로 미루어 그녀보다 한 학년 위인 2학년이다. 그는 트롤을 보호하듯이 놀란 그녀의 앞을 똑바로 가로막고 섰다.

"뭐 하는 거야, 1학년! 마르코 괴롭히지 마!"

"우, 딘."

보호를 받은 트롤의 얼굴에 안도감이 번졌다. 한편, 생각지 못한 전개가 벌어지자 내심 초조해 하면서도 소녀는 어찌어찌 아무렇지 않은 척 답했다.

"…괴, 괴롭힌 적 없어요. 그냥 그 트롤이 의미도 없이 제 앞길을 가로막아서 그런 거라고요. 이곳은 교정이잖아요? 저에게는 사역마와 함께 자유롭게 돌아다닐 권리가 있지 않나요?"

"이 녀석은 의미도 없이 길을 막고 있던 게 아니야! 사정을 물어보긴 한 거야?!"

"사, 사정을 물어요? 트롤 따위에게? 당신, 헛소리도 적당히…."

가벼운 현기증을 느끼며 소녀가 반박하려던 그 순간… 해가 구름에 숨기라도 한 듯 그녀 주변을 커다란 그림자가 뒤덮었다.

"잠깐!"

제지하는 목소리가 울려 퍼짐과 동시에 날개를 펼친 채 상공에서 내려온 마조(魔鳥)… 그리폰이 그녀의 눈앞에 호쾌하게 착지했다. 그 날카로운 눈빛을 받은 소녀는 순간적으로 물러설 수밖에 없었다.

"…히익…?!"

"JAAAAAAAAAA!"

겁을 먹은 소녀 옆에서 펠루다가 본능적으로 위협을 했다. 그러던 중 웬 인물이 그리폰의 등에서 지면에 내려섰다. 밝은 갈색 곱슬머리를 나부끼는 3학년 여학생, 캐티 알토였다.

"미안해! 이 앞에 물뿌리개 족제비(포트 위즐)의 집이 있어! 금방 옮기게 할게!"

그렇게 말하며 캐티가 트롤의 등 뒤를 가리켰다. 그에 따라 소녀가 시선을 돌려보니, 확실히 그곳에는 어린나무의 줄기와 가지를 사용해 돔 모양으로 형성한 '집'이 있었고, 그 안에 족제비와 비슷한 크고 작은 동물 몇 마리가 들어가 있었다. 자신이 키운 나무를 집 삼아 새끼를 기르는 포트 위즐… 그것이 트롤 측의 '사정'이었다는 사실을 소녀도 그제야 알아챘다.

예상치 못한 일이 이어지자 소녀는 멀거니 서 있을 수밖에 없었다. 그런 후배는 일단 내버려둔 채, 캐티는 이 자리에 있는 또 한 명의 후배에게 환한 미소를 보내며 말했다.

"마르코를 감싸 줬구나! 고마워, 딘 군! 너 정말 착한 애구나!"

"다… 다다, 다, 당연한 일이잖아요!"

그리폰의 위압에 벌벌 떨리려 하는 온몸을 억제하며 딘이 고개를 끄덕였다. 캐티가 애정을 쏟아부은 마조는 최근 1년 동안 크게 성장하여 이미 체구는 소녀가 데리고 있는 펠루다보다 훨씬 더 컸다. 딘은 과거 자신을 납치했던 마수의 모습이 자꾸만 떠올랐지만, 그런 공포심을 눈앞에 있는 상대에게는 절대로 내

비칠 수 없다는 생각에 온 힘을 다해 허세를 부려 그 자리에 계속 머물렀다.

그러던 중, 문득 캐티의 시선이 소녀가 데리고 있는 펠루다에게로 옮겨 갔다. 직후, 그녀는 눈을 반짝거리며 그리로 달려갔다.

"굉장해, 펠루다다! 다섯 살 정도의 암컷이려나? 귀여운 사역마네!"

"귀엽…?!"

소녀는 말문이 막혔다. 대체 신경이 어떻게 되어 먹었기에 이 마수를 보고 '귀엽다'고 표현하는 걸까. 그런 그녀의 옆에서 펠루다는 캐티와 그리폰을 향해 으르렁거리며 위협을 해댔다. 이미 소녀의 명령과는 무관하게 공포에 휩쓸려 움직이고 있었다. 그 소리를 들은 학생들이 무슨 일인가 싶어 주변에 모여들었다.

"이, 이 녀석! 그만 으르렁거려…!"

초조해진 소녀가 사역마에게 명령했다. 적의가 없는 상대에게 쓸데없이 짖어 대는 걸 멈추게 하지 못하면 주인으로서 체면이 깎인다. 하지만 흥분한 마수는 주인의 명령에 귀를 기울이지 않았다. 계속해서 이를 드러낸 채 으르렁거리는 펠루다를 보다 못한 소녀는 주문을 사용하는 수밖에 없겠다는 생각에 허리에 찬 백장으로 손을 뻗으려 했지만… 캐티가 그걸 한 손으로 제지했다.

"뽑지 마. …미안. 잠깐 나랑 이야기하게 해 줘. 라이라도 그대로 있어."

등 뒤에 있는 그리폰에게 대기하라는 지시를 내린 후, 그녀는 맨손으로 마수의 눈앞으로 다가갔다. 소녀는 거듭 놀랐다. …대체 뭘 어쩌려는 걸까. 아무리 3학년이라 해도 지팡이도 없이 이 수준의 마수에게 공격당하면 아무 저항도 못 할 텐데.

"JAAAAAAAA…!"

마수가 코앞에서 위협을 했지만, 그걸 웃는 얼굴로 흘려 넘기며 캐티는 느릿한 동작으로 마수의 몸에 손을 댔다. 움찔거리는 커다란 몸을, 맹독이 있는 가시가 섞인 녹색 털을 그대로 안심시키듯이 쓰다듬는다.

"…사람이 아직 낯선 것 같아, 이 애는. 그런데 공포심만은 과도하게 주입됐어. …짧은 시간에 꽤 강압적으로 조교한 건가?"

"…읏?!"

소녀의 얼굴이 굳어졌다. …설마, 잠깐 관찰한 것만으로 조교 과정까지 꿰뚫어 본 건가?

"…괜찮아, 적이 아니야. 나도, 마르코도, 라이라도…."

속삭이듯 캐티가 그렇게 말하자, 으르렁거리던 펠루다도 조금씩 진정되었다. 그 광경을 주인 소녀가 넋을 놓고 바라보고 있던 중… 문득 그녀의 오른손을 누군가가 두 손으로 꼭 감싸 쥐었다. 그녀의 이해의 영역을 넘어선 상대가, 그녀의 선배가 그곳에 있었다.

"나는 캐티 알토, 킴벌리의 3학년생이야. 잘 부탁해! 네 이름은 뭐야?"

그 무렵. 교사 1층 구석에서는 작은 싸움이 끝나고 있었다.

"…하, 겨우 이 정도야?"

복도에 쓰러진 세 명의 학생들 앞에서 그들과 같은 1학년생이 콧방귀를 뀌며 말했다. 서로의 태도가 마음에 안 들었다… 정도의 일이 계기가 된 것으로, 굳이 말하자면 싸움의 구실은 뭐든 상관없었다. 빠르게 힘을 증명할 방법이 이것이었고, 그가 이긴 것뿐이다.

"말을 하라고, 약하면 약하다고. 그랬으면 3대 1로 붙어 줬을 텐데."

"…윽…." "젠장…."

3연전을 치르는 동안 한 방 먹여 주지도 못한 것이 분해서, 바닥에 쓰러져 꼼짝도 못 하게 된 1학년생들은 몸을 파르르 떨었다. 소년이 옅은 웃음을 띤 채 그 모습을 바라보던 중….

"좀 지나가자."

"…엉?"

웬 인물이 그 시야를 가로질러 쓰러진 1학년생들 옆에 섰다. 체격은 작지만 넥타이 색은 3학년의 것이고, 얼굴과 목소리를 통해서는 성별을 구분할 수 없었다. 눈살을 찌푸린 소년 앞에서 그 3학년생은 부상당한 후배들을 치유하기 시작했다.

"너희들, 딱히 숨어서 싸우지 않아도 돼. 그 대신 선배를 입회인으로 불러. 그러면 못 움직이게 됐을 때에도 치유를 받을 수 있으니까."

선배의 입장에서 충고를 한다. 하지만 자신에 대한 모욕으로 받아들인 소년은 지팡이검을 상대의 등에 들이대며 말했다.

"충고는 고마운데요, 선배. …이러시면 곤란하단 말이죠. 내가 쓰러뜨린 녀석들을, 허락도 안 받고 멋대로 치료하시면 말이에요."

가시 돋친 말에 3학년생… 피트 레스톤이 뒤를 돌아보았다. 안경 너머에 자리한 눈동자가 차갑게 자신을 바라본 순간, 1학년 소년은 뜻밖의 강한 압박감을 느끼고 움츠러들 뻔했다. 하지만… 이 방침으로 밀고 나가기로 한 이상, 선배가 상대라 해도 간단히 물러설 수는 없다. 그래서 상대를 날카롭게 쏘아보았다.

"이미 승패는 정해졌잖아. 뭐가 불만이지?"

"승자의 권리라는 게 있잖아요. 격통주문의 연습 상대로 딱 좋겠다 싶어서요."

"…고통을 주고 싶다고?"

피트는 한숨 섞인 투로 말한 후, 날카로운 시선으로 후배를 노려보았다.

"그렇다면 그건 더 이상 싸움이 아니야. 그래도 꼭 해야겠다면… 내가 상대해 주지.”

그 말을 들은 순간, 그럼 나야 좋지, 라고 소년은 생각했다. 그의 입가가 도발적으로 치켜올라갔다.

“그 말은… 선배가 이 녀석들 대신 당해 주겠다는 뜻이죠?”

“좋을 대로 해. 그쪽이 이긴다면.”

“…헤에….”

분위기가 경직되어 가는 가운데 소년이 거리를 쟀다. 상대와의 거리는 일족일장(一足一杖)의 거리보다 두 걸음 멀고, 저쪽의 손은 지팡이검에 걸쳐져 있지도 않다. 그는 확신했다. …상대가 3학년생이라 해도 이 조건이라면 지지 않을 거라고.

“…전광이여 내달려라—토니트루스!”

기선을 제압하고자 소년이 주문을 영창했다. 지팡이검의 끄트머리에서 전격이 뻗어 나간 그 순간… 그의 시야 전체가 눈부신 섬광과 열기로 물들었다.

“끄악…?!”

아무것도 보이지 않는 가운데, 무턱대고 지팡이검을 휘두르며 후퇴를 꾀한다. 하지만 무언가에 맞는 감촉은커녕 목에 뭔가가 착 닿았다. 차가운 칼날의 감촉에 놀란 소년의 귓가에 담담한 목소리가 울렸다.

“속사가 장기인가 보지? 멈춘 것처럼 보이던데.”

“…크…! 이, 이 자식, 방금 뭘 한 거야…!”

"본 그대로야. 주문 발동에 맞춰서 작렬구를 던진 것뿐이지."

사실을 알게 된 소년은 등줄기가 얼어붙었다. …발동에 맞췄다? 그 말은, 자신이 주문을 영창하고 지팡이검을 휘두른 순간에 작열구를 던졌다는 건가? 하지만 상대에게는 그럴 낌새가 전혀….

"보이지도 않았다면, 그게 지금의 네 실력이야. 단련하고 다시 덤벼."

"…큭, 이 자식이!"

패배를 인정하지 못한 소년이 시야가 회복됨과 동시에 덤벼들었다. 얕보인 채로 끝낼 수는 없다. 주문의 거리에서 싸우는 데 능한 상대라면, 이번에는 마법검으로 덤비면 활로를….

그렇게 생각한 다음 순간에는 이미 그의 손에서 떨어진 지팡이검이 복도에 나뒹굴고 있었다.

"시비를 건 상대가 나라서 다행인 줄 알아. …상대에 따라서는 네가 좋아하는 격통주문 정도로 끝나지 않았을 테니까."

"…아…."

피트는 멀거니 서 있는 소년에게 말한 후, 그대로 아무 일도 없었다는 듯이 지팡이검을 허리에 찬 칼집에 넣고 다시 바닥에 쓰러진 세 사람을 치유하기 시작했다. 치유가 끝나자 몸을 돌려 복도를 떠나갔다.

"3학년인 피트 레스톤이다. 불만 있으면 언제든 찾아와. 결투 규칙으로 상대해 주지.

그리고… 자신이 되었건 타인이 되었건, 이 킴벌리에서 보내는 세월을 얕보지 마. 보통 사람 출신인 나도 2년 살아남으면 이렇게 돼. 네가 들어온 건 그런 곳이야."

"…일단 열매가 맺히긴 했는데. 괜찮을까요, 이거."

또다시 그 무렵. 다양한 마법식물이 심어져 있는 정원 한구석에서는 가이가 자신이 키운 마법식물을 교사에게 보여 주고 있었다. 매끈한 회색 나무껍질은 니스를 칠한 듯한 광택을 띠고 있고, 굵은 줄기는 중간에서 셋으로 갈라져 각 방향으로 뻗었는데, 그 끄트머리에 각각 하나씩 통통한 질감의 새파란 과실이 열렸다. 전체를 유심히 관찰한 정원의 주인, 다비드 홀츠바르트가 낮은 톤의 쉰 목소리로 더듬더듬 말했다.

"…정상이다. 대단하군, 미스터 그린우드. 5년 만이다…. 절멸위기종인 청등수(랜턴 블루)를, 종자부터 키워서 결실까지 맺게 한 학생은…."

"영광입다. 까다로운 녀석이었지만 느긋하게 어울려 줬더니 어찌어찌 됐습다."

가이가 씩 웃으며 답했다. 그러던 중, 온실의 문이 벌컥 열리더니 가이가 잘 아는 여자 후배가 뛰어 들어왔다.

“2, 2학년 애플턴입니다! 저기… 랜턴 블루가 열매를 맺었다고요…?!”

“오, 왔구나, 리타. 이것 좀 봐, 튼실하게도 열렸지?”

자랑하는 가이의 곁으로 허겁지겁 달려온 리타가 그 성과를 보고 거듭 고개를 끄덕였다. 그런 두 제자 옆에서 다비드가 다시금 입을 열었다.

“…생육 과정은 기록해 뒀겠지?”

“물론이죠.”

“그럼… 네 소견을 곁들여, 논문으로 정리해라. 제출 기한은 2주 후. 읽고서, 내용에 관해… 내 공방에서, 이야기하지.”

다비드는 그렇게 말하고서 학생들에게 등을 돌리더니 온실을 뒤로했다. 그 뒷모습을 물끄러미 배웅한 후, 리타는 상기된 얼굴로 가이에게 고개를 돌렸다.

“…굉장해… 굉장해요, 가이 선배! 다비드 선생님은 어지간해서는 다른 사람을 자기 공방으로 부르지 않잖아요! 엄청나게 성격이 까다로워서…!”

“그런가아? 내가 보기엔 전혀 까다로운 사람이 아닌데. 그냥 머릿속이 마법식물에 관한 생각으로 가득한 것뿐이야.”

장신의 소년은 어깨를 으쓱하며 대꾸하더니, 무언가가 떠오른 듯이 입가에 쓴웃음을 지은 채 말을 이었다.

“친구 중에도 한 명 있어, 저런 타입이. …어떻게 생각하면 그

친구보다 선생님이 더 어울리기 편할지도 몰라. 흙을 만지는 건 원래 내 취미였고, 이래저래 이의를 제기하지도 않잖아."

리타는 가슴이 콱 조여 오는 듯했다. 그의 말투에서 그가 거론하고 있는 상대… 어떤 인물에 대한 깊은 친애의 감정이 느껴졌기 때문이다.

"…알토 선배, 말씀이시죠?"

"그래, 요즘 눈에 띄잖아. 드디어 그리폰을 길들여 탈 수 있게 된 게 엄청 기쁜 모양이더라. 근데 후배들한테는 무서워 보일 텐데, 그거."

친근함을 반증하듯 푸념이 이어졌다. 그 이야기를 듣는 게 괴로워서, 다소 억지스럽다는 걸 알면서도 리타는 대화를 중단하기로 했다.

"…저, 그만 갈게요. 선생님이 부르셔서."

"음, 너도 연구 상담? 뭐 키우는데? 괜찮으면 나도 같이…."

"안 돼요."

진지한 얼굴로 두 손을 들어 단호히 제지했다. 의표를 찔려 눈이 휘둥그레진 가이에게 리타는 허둥지둥 변명을 했다.

"…그게… 사실은 이전 시험의 점수가 안 좋아서. 보충수업 상담을 받으려고요."

"아하. 뭐, 모르는 게 있으면 팍팍 물어봐. 넌 소질이 있어서 금방 이해할 거야."

그렇게 말하며 가이가 후배의 머리에 턱 손을 올렸다. 곧장 떠나갈 생각이었지만 그 감촉과 체온이 너무도 기분 좋아서, 리타는 고개를 숙인 채 가만히 서 있었다.

"…네, 선배. 꼭… 그럴게요."

"엄청 눈에 띄더라, 너희."

비밀기지를 찾은 밀리건은 대접받은 차로 입술을 축인 후, 후배들에게 그렇게 말했다. 그들의 활약상은 당연히 그녀의 귀로도 들어왔던 것이다.

"어제오늘 일은 아니지만 특히 최근에는 캐티 양, 가이 군, 그리고 피트 군. 모두 각자의 분야에서 몰라볼 정도로 성장했잖아. 선배로서 자랑스러운걸."

"완전히 동감이에요. …포옹을 더 해 줘야겠네요."

"일어서지 마, 셰라!" "축복의 포옹은 이미 충분해!"

셰라가 의자에서 일어남과 동시에 가이와 피트가 달아나기 시작했다. 소파를 사이에 끼고 탐색전을 벌이는 세 사람 사이에서 자료를 읽고 있던 캐티가 살며시 한숨을 내쉬었다.

"칭찬을 받는 건 기쁘지만, 아직 전혀 실감이 안 나서…. 해결한 문제보다 벽에 부딪힌 문제가 훨씬 많은걸."

"언제나 연구는 그런 법이야, 캐티 양. 서두를 필요는 없는 데다… 말은 그렇게 해도 너는 이미 눈에 띄는 성과를 거뒀잖니."

밀리건이 미소를 띤 채 답했다. 한편 가이가 페인트를 두 번 걸어 옆으로 빠져나가려던 순간, 그 의도를 간파한 셰라가 팔을 콱 붙잡았다. 끄아악, 비명을 지르며 포옹형에 처해지는 가이의 모습을 곁눈질하며 올리버가 고개를 끄덕였다.

"조교를 전제로 해도 그리폰이 사람을 등에 태우는 경우는 드물다고 들었어. 그건 네 생각보다 큰 성과야. …너의 방식의 유효성을 증명하는 데 있어서는 더더욱."

"그, 그래? 그렇다니 기쁘긴 하네."

캐티는 살며시 뺨을 물들이며 들고 있던 자료를 무릎 위에서 툭툭 쳐 가지런히 정리했다. 그러면서 흘끔흘끔 올리버 쪽을 쳐다보고 있자, 문득 옆에 앉아 있던 동방(에이지아)의 소녀가 입을 열었다.

"올리버. 캐티가 축복의 포옹을 받고 싶은 것 같소."

"잠깐, 나나오?!"

"아아, 미안해. 눈치가 없었네."

부름을 받은 소년이 의자에서 슥 일어났고, 캐티도 나나오의 손에 의해 저항할 새도 없이 소파에서 일어나게 되었다. 작년부터 시작된 프리 허그의 규칙에 따라 당황한 곱슬머리 소녀의 몸을 올리버의 두 팔이 감싸안았다.

"아후우…."

꼭 끌어안자마자 얌전해진 캐티를 이번에는 등 쪽에서 에워싸듯이 나나오가 끌어안았다. 소파를 사이에 둔 반대쪽에서는 셰라에게 붙잡힌 피트가 같은 일을 당하고 있어서, 그 광경을 본 밀리건이 웃으며 입을 열었다.

"우정을 나누는 데 망설임이 없어졌네. 후후, 나까지 분위기에 휩쓸릴 것 같은걸. 누구 안길 사람?"

그녀가 분위기에 편승해 두 팔을 벌려 보였지만, 캐티와 셰라가 날카롭게 노려보았다. 밀리건은 풀이 죽어 팔을 내리며 다른 이야기로 넘어갔다.

"그나저나 나나오 양은 아쉽게 됐어. 빗자루 격투(브룸 파이트) 리그전에서 조금만 더 버텼으면 입상하는 거였는데."

"미안하게 되었소. 소생도 전력을 다했지만 선배들의 벽은 높았소."

"사과하지 마, 나나오. …상금이며 상품이 추가된 데다 미즈 애시베리의 일로 상위권 선수들도 기합이 들어가 있었잖아. 너 자신의 경험 부족과 기술적인 면에서의 구멍도 많았고. 그런 상황에서 입상 직전까지 물고 늘어진 거야."

캐티와 함께 나나오의 몸까지 끌어안으며 올리버가 말했다. 밀리건이 거듭 고개를 끄덕였다.

"그 말이 맞아. 게다가… 내 입장에서 생각해도 나나오 양은 충분한 활약을 펼쳤어."

"미스터 월리를 격추시킨 것 말이죠?"

상대가 에둘러 말한 바를 셰라가 지적하자 마녀가 씨익 입꼬리를 올렸다.

"…현시점에서의 형세는, 솔직히 말해서 그저 그렇군요."

마찬가지로 미궁 1층, 이전 학생회 일파의 거점에서도 '바 맨' 지노 벨트라미가 선거전의 현황을 보고하고 있었다. 싸움의 추이를 보고하는 차분한 목소리에 레온시오는 조용히 귀를 기울였다.

"어느 후보도 크게 앞서지 못한 채 진행되고 있습니다. 더불어 부동표의 동향도 예측이 되지 않습니다. 이대로 가면 일이 꼬일 겁니다."

"…그렇다는군. 어떻게 생각하지, 퍼시?"

"…크…!"

이름을 불린 차기 학생총괄 후보 퍼시발 월리가 숨을 죽였다. 레온시오는 자신이 앉은 의자 옆에 무릎을 꿇고 있는 그의 목덜미를 하얀 손가락으로 쓸어 올렸다. 관능 섞인 공포가 오싹오싹 등줄기를 타고 솟구쳤다. 이 상황에서 상대가 마음만 먹으면 순식간에 목이 부러질 거다.

"하아, 하. …너무 괴롭히지 말라고, 레오. 나도 가볍게 치고

받았지만, 그 애는 확실히 차원이 달랐어. 심지어 실전에 엄청 강했지. 퍼시는 점수를 버는 데 능한 타입이라, 그런 상대와는 근본적으로 상성이 안 좋아."

엘프인 7학년생, 키리기 알브슈프가 대화에 끼어들었다. 하지만 윌리는 오히려 분노 섞인 눈빛으로 그녀를 노려보았다. 지금 감싸 줄 게 아니라 처음에 잘하지 그랬냐는 불만이 노골적으로 얼굴에 떠올랐다. 그럴 만도 한 것이, 키리기의 변덕스러운 행동은 번번이 그의 계획을 꼬이게 했기 때문이다.

"그렇다 쳐도 현시점에서 못 이길 상대는 아니었지. 경기 경험을 비롯한 종합력에서는 퍼시가 앞섰을 텐데."

"뭐, 그렇지요. 실제로 리그전 순위는 입상을 한 퍼시 쪽이 높으니까요. 결과론이기는 하지만 굳이 패배의 원인을 들자면… '질 수 없다'는 부담감에 지나치게 신중해진 탓이라고 할까요."

지노가 슬그머니 도움의 손길을 내밀었다. 그 말을 들은 레온시오가 살짝 눈살을 찌푸렸다.

"지나치게 압박을 한 나에게도 책임이 있다, 이 말인가. …흠."

"…앗…."

윌리의 목덜미를 쓰다듬던 손가락이 스윽 떨어졌다. 쭈뼛거리며 자신의 표정을 살피는 후배에게는 눈길도 주지 않고, 레온시오는 정면을 응시한 채 단호하게 말했다.

"너 이외의 사람을 밀어 줄 생각은 없다. …다음엔 이겨라. 퍼시.”

“…네…!”

교내에서도 일품이라는 소문이 자자한 가이의 수제 파운드케이크를 먹으며 각자의 찻잔을 비웠을 즈음에야 밀리건의 대략적인 상황 설명이 끝났다.

“…뭐, 대략적인 정세는 그래. 어느 쪽이 유리하다고는 할 수 없지만 그 때문에 내 존재에도 적지 않은 의미가 남아 있게 됐거든.”

그렇게 이야기를 정리한 후, 밀리건은 접시에 남은 케이크 한 조각을 아까워하며 입으로 옮겼다. 사역마인 밀리햄이 테이블 위를 오도도도 돌아다니며 식기를 회수했다. 지금까지 들은 내용을 토대로 셰라가 물었다.

“마지막으로 흐름을 결정하는 건 역시… 결투 리그인가요?”

“그렇게 되겠지. 다른 점에서 큰 차이가 없다면 단순히 힘을 증명한 쪽이 뽑히게 되어 있어. 이곳은 그런 장소니까.”

“요컨대 밀리건 선배가 마구 이겨서 우승하면 그만이란 거죠?”

“쉽게도 말하네, 가이 군.”

밀리건이 뺨을 부풀리며 입술을 삐죽거렸다. 그녀라 해도 같은 상급생들을 이기고 살아남는 것은 간단한 일이 아니기 때문이다. 그 사실을 알고 있는 세라가 현실적인 목표를 추측해 말했다.

"우승까지는 못 하더라도 대항마인 미스터 월리를 이기고 상위로 입상… 그 정도가 목표로 적절하지 않을까요. 승산은 어느 정도인가요?"

"미스터 월리와의 일대일 대결이라면 승산이 50퍼센트는 될 거야. 하지만 킴벌리의 결투 리그는 규칙이 자주 바뀌지. 반드시 정면 승부를 하게 되리라는 보장은 없어. 특히 이번에는 상품과 상금이 모두 상향된다는 공지가 있었기도 하고. 솔직히 말해서 교사들이 무슨 소리를 할지 예상이 안 돼…."

"…이렇게 하면 어떨까, 이번에는?"

교사 1층에 자리한 회의실. 바야흐로 테오도르가 자신만만하게 내놓은 결투 리그의 초안을 다른 몇 명의 교사들이 훑어보는 중이었다.

"…너무 지나치지 않나요?"

전체를 다 읽은 후, 연금술 담당인 테드 윌리엄스가 가장 먼저 그렇게 물었다. 롤 헤어 교사가 미소를 띤 채 고개를 가로저었다.

"상금 오천만 베르크에 걸맞은 내용으로 한 거야. 축제는 흥겨

워야 제맛이지. 안 그래?"

"하지만 하급생까지 휘말려 들게 하는 건…. 가랜드 선생님 의견은요?"

테드는 도움을 기대하며 옆에 있던 마법검 사범에게로 시선을 옮겼다. 짧은 침묵 끝에 가랜드는 조용히 말했다. 감출 수 없는 고양감을 입가에 머금은 채.

"…아주 재미있을 것 같군요."

"자네라면 그렇게 말해 줄 거라 생각했어."

빙긋 웃으며 테오도르가 고개를 끄덕였다. 그것을 본 테드도 즉시 반론을 포기했다. 결투와 관련된 이벤트를 논할 때 가랜드의 흥미를 끌었다면, 그 시점에서 이미 상대가 이긴 것이라 할 수 있었기 때문이다.

합의에 다다른 교사들의 시선이 상석에 집중되었다. 그들의 시선을 받으며 학교장인 에스메랄다가 엄숙하게 결정을 내렸다.

"…좋다. 내일 새벽에 학생들에게 규칙을 고지하고 준비를 시작해라."

그렇게 맞이한 다음 날, 학생회 본부(스쿨 포스 헤드쿼터스)에는 이른 아침부터 팽팽한 긴장감이 감돌고 있었다.

"…일이 성가셔졌군."

고드프리의 측근을 맡고 있는 검은 피부의 7학년생, 레세디 잉웨가 실내를 어슬렁거리며 중얼거렸다. 그녀도 고드프리도 팀도, 그 이외의 학생회 멤버들도 교사에 들어서자마자 보이는 게시판에서 결투 리그의 규칙 고지를 확인한 터였다. 그러고서 곧장 본부로 달려온 것이다.

"이런 규칙은 전대미문이야. 이기려면 여러 학년을 시야에 둔 작전 입안이 필요해. 교사들은 대체 무슨 생각이지?"

레세디가 솔직한 의문을 입 밖에 냈다. 같은 생각으로 고민에 빠진 학생회 멤버들 중에서 고드프리가 나직하게 입을 열었다.

"…규모가 크고 복잡하기는 하군. 하지만 우리에게 불리한 건 아니야."

온갖 의문을 제쳐 두고서 남자는 말했다. 그는 언제나 모든 것을 단순하게 생각했다. 요컨대… 자신이 어떻게 하고 싶은지, 무엇을 하고 싶은지.

"하급생들을 끌어들일 필요는 없다. 우리가 정정당당하게 싸워 이긴다. …그러면 될 일이야."

"이거, 규칙이 무진장 복잡해졌네."

그 무렵, 올리버를 비롯한 여섯 명도 우의의 방에서 테이블을 둘러싸고 공개된 규칙에 관해 이야기하고 있었다. 신문부가 배포하고 있는 호외에도 같은 내용이 정리되어 있어서, 그들은 식사를 대강 마친 후에 그것을 훑어보기 시작했다.

"우선 결투 리그는 하급생이 2~3학년, 상급생이 4~5학년과 6~7학년, 이렇게 셋으로 나누어 개최된다. 각 학년 중에서 3인 1팀을 구성하는 것이 참가 조건. 예선, 본선, 결승전 순서로 진행되며 예선은 전원이 참가하는 집단 경기, 본선은 여러 팀이 벌이는 난전, 결승전 형식은 현시점에서는 미공개. 1학년을 제외한 모든 학생이 참가 가능이라…."

피트가 담담한 목소리로 규칙을 읽어 나가자, 올리버가 그 뒷부분을 읽었다.

"…유리한 상위 학년에는 수시로 핸디캡이 주어진다. 예를 들어 하급생 리그의 경우, 2학년이 두 명 이상 포함된 팀에는 그만큼 적절한 어드밴티지가 주어질 것이라고 한다. …아직 밝혀지지 않은 부분도 많지만 팀전인 동시에 학년 혼합이라는 게 중요한 포인트가 되겠어."

턱에 손을 댄 채 올리버가 중얼거렸다. 상급생은 둘째 치고 하급생에게 있어 1년의 차이는 크다. 2~3학년 혼합으로 겨루게 할 경우, 핸디캡을 설정하는 것은 타당한 조치다. 하지만 그보다 팀전이라는 것이 문제였다. 개인전과는 정보의 양이 차원이 다르게 많아져 결과를 예측하기 어려워지기 때문이다.

"상금과 상품은 각 리그에서 개별적으로 지급된다. 이건 우리도 노려 볼 수 있다는 뜻이잖아?"

"아니, 누구나 노릴 수 있다는 표현이 맞겠죠. 장난삼아 뛰어들어도 될 내용은 아닌걸요. 보통은 이러한 이벤트를 방관할 타입의 학생들까지 끌어낸다… 그게 선생님들의 목적일 거예요."

가이의 말에 셰라가 교사들의 의도를 헤아려 나직하게 말을 보탰다. 그러고는 두 동료에게로 고개를 돌리며 너무도 씁쓸한 얼굴로 말했다.

"말씀드리기 매우 껄끄럽지만, 먼저 이야기하는 게 좋겠네요. …올리버, 나나오. 저는 이번에 당신들과 팀을 꾸릴 수 없어요."

"흠. 그러한 것이오?"

나나오가 고개를 갸웃하며 묻자, 그 옆에서 올리버가 팔짱을 낀 채 상대의 사정을 짐작하고 입을 열었다.

"…그래, 결투 리그의 운영 측에 테오도르 선생님이 있었지. …혹시 이 복잡한 규칙 그 자체도?"

"짐작하신 대로 대부분 아버지가 고안하신 거예요. 그래서… 딸인 저는 다소 복잡한 입장이죠. 리그에 나가지 말라는 말을 들은 건 아니지만 당신들과 같은 학년 상위권, 흔히 말하는 '우승 후보'와 한 팀이 되는 건 아무래도 곤란해요. 우승이라도 할 경우, 조작 경기 같은 인상을 줄 수도 있으니까요."

셰라가 한숨을 내쉬자, 잠시 후 곱슬머리 소녀가 천천히 고개를 들며 말했다.

"…가이, 피트. 이거, 나랑 같이 나가 볼래?"

같은 테이블에 앉은 다섯 명이 일제히 놀란 표정을 지었다. 피트와 함께 지명당한 가이가 소녀의 얼굴을 물끄러미 쳐다보며 팔짱을 낀 채 대꾸했다.

"…헤에. 오천만 베르크를 손에 넣어 보자고?"

"상금까지 딸 수 있을 거란 생각은 안 해. 하지만 흔치 않은 기회를 그냥 넘기는 것도 뭔가 아닌 것 같아."

"의외인데. 과격한 건 싫어하잖아, 너."

"싫어해. 하지만… 싫다고 피할 수 있는 건 아니야. 여기에 있는 한은 말이야."

캐티의 답변에는 흔들림이 없었다. 세 사람의 얼굴을 번갈아 쳐다본 후 롤 헤어 소녀는 흠, 하고 콧숨을 내쉬었다.

"그렇군요. 그렇게 셋이 출전하고 싶은 거죠? 저나 나나오, 올리버와 함께가 아니라."

"…응. 그중 누군가와 한 팀이 되면, 분명 의지할 테니까. 우리만의 힘으로 해 보고 싶어."

캐티는 말했다. 상금이나 상품이 욕심나기도 하지만, 그보다 자신들이 2년 동안 쌓아 올린 것을 시험해 보고 싶은 거라고. 결의가 깃든 그 표정을 곁눈질하며 안경 낀 소년도 입을 열었다.

"사실대로 말하자면, 나도 그러고 싶었어. 캐티가 먼저 말을 꺼낼 줄은 몰랐지만."

"의욕이 넘친다, 너희? …그렇게까지 말하면 나도 안 한다고 할 수가 없잖아."

피트와 가이가 저마다 승낙하겠다는 뜻을 밝혔다. 그렇게 눈 깜짝할 새에 한 팀이 만들어지는 것을 보자 올리버는 자신도 느긋하게 있을 수 없겠다고 생각을 고쳤다. 이 이벤트를 대하는 자세를 정하고, 참가할 것이라면 빨리 멤버를 구해야겠다.

"…미셸라. 저기."

그가 생각에 잠겨 있던 중, 문득 테이블 밖에서 누군가 말을 걸어왔다. 여섯 명이 고개를 돌려보니 낯익은 소녀와 종자 소년이 있었다. 그녀는 쑥스러운 듯이 자신이 부른 셰라에게서 시선을 피하고 있었다.

"어머, 스테이시? 무슨 일인가요?"

"어서, 스."

"…결투 리그 팀은, 정했을까 싶어서. …따로 갈 팀이 있다면, 그게, 딱히 신경 쓰지 않아도 되지만."

페이의 재촉에 우물쭈물 묻는 동안에도 스테이시의 손가락은 의미도 없이 로브 자락을 지분거리고 있었다. 그 모습에 올리버는 쓴웃음을 지었다. 그녀가 무엇을 바라고 있는지는 누가 봐도 분명했기 때문이다.

"다녀오시오, 셰라 공."

본인이 뭐라 말하기 전에 나나오가 던진 말이 롤 헤어 소녀의 등을 밀어 주었다. 거기에 올리버 일행 네 명이 말없이 고갯짓을 해 보이자, 셰라도 쓴웃음을 지으며 조용히 자리에서 일어났다.

다른 테이블로 향하는 세 사람의 뒷모습을 바라보며, 문득 가이가 납득했다는 듯이 중얼거렸다.

"…그렇구만. 셰라만큼 강하면 스카우트하고 싶은 사람도 당연히 있겠지."

"맞아, 싸움은 팀을 짜는 단계에서부터 이미 시작된 거야. …애초에 셰라는 미즈 콘윌리스와 인연이 깊어. 우리와는 팀을 짤 수 없으니, 이대로 저 두 사람과 한 팀이 될지도 모르겠는걸."

그렇게 말하는 동안, 올리버의 머릿속에서도 방침이 정해지기 시작했다. 그는 같은 테이블의 옆에 앉은 동방의 소녀에게로 고개를 돌렸다.

"…나나오. 만약 리그전에 나갈 생각이라면 난 너와 한 팀이 되고 싶어. 강요할 수는 없지만… 이것만큼은 되도록 거절하지 말아 줬으면 해."

"알겠소이다."

나나오는 즉시 웃는 얼굴로 답했다. 그 답변에 안심하기는 했지만, 올리버의 가슴에서는 복잡한 감정이 소용돌이치고 있었다. …**같은 팀이라면 결코 칼을 맞댈 수 없다**. 그녀를 제일 먼저 회유한 가장 큰 이유는 그것이었다. 그에게는 리그전의 승패보다 우선시해야 할 전제 조건인 것이다.

"흠흠. 그렇다면 세 번째 멤버가 필요하겠네."

그러던 중, 또다시 테이블 바깥에서 누군가가 말을 걸어왔다. 늘 있던 일이라 아무도 놀라지 않는 가운데, 올리버와 나나오가 목소리가 들려온 방향으로 고개를 돌렸다. 천진한 미소를 띤 전학생 소년이 그곳에 있었다.

"좋은 아침이오, 유리 공."

"…레이크, 슬슬 좀 고치지 그래. 갑자기 대화에 끼어드는 그 버릇은."

부질없는 짓이라는 걸 알면서도 일단 한마디 해 주었다. 그런 올리버의 어깨에 거리낌 없이 손을 얹으며, 유리는 결투 리그의 상세 내용이 적힌 호외를 한 손에 든 채 빙긋 웃어 보였다.

"미궁에서 돌아와 보니, 뭔가 엄청 즐거워 보이는 일이 벌어졌네. 정말이지 이곳은 심심할 새가 없어."

"너도 결투 리그에 관심이 있는 거야?"

"당연하지. 나는 축제라면 사족을 못 쓴다고. 많은 사람들과 알게 되고, 많은 '수수께끼'를 접할 수 있잖아!"

유리가 가슴을 편 채 그렇게 말했다. 고액의 상금도 희귀한 상품도 아닌, 그저 새로운 만남에 설레어 하며. 올리버의 눈에 미소가 걸렸다. 그 단순한 자세에서는 일종의 선망 같은 것마저 느껴질 정도였다.

"너와 한 팀이 되겠다고는 약속할 수 없어. …하지만, 확실히 팀메이트 후보를 점찍어 둘 필요는 있겠는걸.”

그렇게 말하며 나나오의 손을 잡은 올리버는 캐티를 비롯한 일행 셋에게 눈짓을 하고서 자리를 떴다. 유리에게 아무 말도 하지 않은 것은 어차피 가만히 둬도 따라올 걸 알기 때문이었다.

“정찰하러 가자. 다른 학생들의 동향을 살피고 싶어.”

그렇게 예상한 대로, 테이블을 뜬 그 순간부터 그들을 자신의 팀에 끌어들이기 위한 권유가 빗발치기 시작했다.

“미즈 히비야, 결투 리그 같이 나갈래?!”

“미스터 혼, 우리 팀에서 에이스를 맡아 줘! … 안 될까?! 이렇게 부탁해도?!”

연달아 다가오는 학생들에게 올리버가 거절의 뜻을 밝혔지만, 그럼에도 포기하지 않는 녀석들을 손으로 가르며 나아갔다. 그런 광경이 한참 동안 반복되자 유리가 휘유~ 휘파람을 불며 말했다.

“인기 좋은걸, 둘 다! 근데 왜 나한테는 아무도 권유를 해 주지 않는 걸까?”

“우선 네 실력이 주변에 알려지지 않았기 때문이고. 다른 이유는… 네 가슴에 손을 얹고 생각해 봐.”

그런 대화를 나누며 세 사람은 넓은 홀을 거닐었다. 서로에게 권유를 하는 이들로 북적이는 공간에서 같은 학년 실력자들의 모습을 찾던 중, 올리버는 문득 떠오른 의문을 유리에게 던졌다.

"애초에 너는 요즘 뭘 하고 다니고 있지? 여전히 교내와 미궁을 자유롭게 탐색 중이야?"

"그렇기는 하지만, 지금은 뚜렷한 목표가 있어. 신경 쓰이는 '수수께끼'가 두 개 있거든. 그걸 수사하고 있어!"

"수수께끼, 말이오?"

"그래. 이름하여 '교사 실종 사건'과 '뼈 적출 사건'!"

유리가 둘째손가락을 세워 보이며 소리 높여 말했다. 거리낌이라고는 전혀 없는 그 모습에 올리버가 그를 날카롭게 쏘아보며 대꾸했다.

"…교사가 실종된 일을 단독으로 조사하고 있다고? 목숨 아까운 줄 알아야지. 학생회조차 실질적으로 손을 대고 있지 않은 안건인데."

올리버는 엄격한 투로 상대의 무모함을 나무랐다. 진지한 그 눈빛에 유리도 까불거리던 태도를 거두고 허리를 꼿꼿이 펴고서 말했다.

"응… 물론 알고 있어. 하지만 너희에게도 있잖아? 누가 무슨 소리를 하건 양보할 수 없는 일, 멈출 수 없는 일. 나에게는 '수수께끼 풀이'가 그거야. 이유는 나도 모르겠지만, 분명 갈구하고 있는 걸 거야. …이 몸을 흐르는 피, 혹은 영혼이."

소년이 달관한 듯한 미소를 지어 보였다. 그 모습에 올리버도 그 이상 쓴소리를 하지는 않기로 했다. …타인의 삶의 방식은 애초에 간단히 바꿀 수 있는 것이 아니다. 상대가 마법사라면 더더욱.

"아, 하지만 착각하지 마. 범인을 해치우고 싶다거나 벌하고 싶다는 생각은 요만큼도 없어. 단지 나는 '누가' '무슨 생각으로' '어떻게 범행을 저질렀는지'… 혹은 '어떻게 범행을 저지르려 했는지'. 그 모든 것을 알고 싶은 것뿐이야. 조사하지 않을 수가 없는 거라고."

"…말려 봐야 소용없다는 건 알아. 그럼 나머지 한쪽인 '뼈 적출 사건'이라는 건…."

"오, 여기 있었네. 미스터 혼에 미즈 히비야."

문득 거리낌이라고는 없는 목소리가 대화에 끼어들었다. 올리버 일행이 고개를 돌려보니, 그곳에는 처음 보는 작은 몸집의 여자 상급생이 있었다. 당황한 그들에게 상대는 망설임 없이 바짝 다가서서 말했다.

"잠깐 얼굴 좀 보자. 할 이야기가 있어."

"저기… 일단, 누구십니까?"

"뭐…? 무슨 소릴 하는 거야, 너. 나라고, 나. 몇 번이나 만났잖아."

눈총을 받는 바람에 올리버는 더더욱 당황했다. 여기저기 프

릴로 장식된 교복은 원형을 알아볼 수 없을 만큼 대담하게 개조되어 있어, 이만큼 특징적인 상대와 이전에 만났다면 잊을 리가 없었다. 그렇다면 얼굴을 알게 됐을 때와는 모습이 달라진 걸까…. 그렇게 짐작한 올리버가 시선을 상대의 얼굴에 집중시켰다. 그러고도 금방은 알아채지 못했지만 긴 속눈썹 안쪽에 자리한, 다소 살벌한 빛을 띤 눈을 본 순간 그 정체가 떠올랐다.

"…미스터 린턴? 고드프리 총괄의 측근인?"

"아니면 누구겠어. 뭐야, 그 믿기지 않는 광경을 본 듯한 표정은. …아, 혹시 처음이었던가? 이쪽 차림새로 만나는 건?"

올리버는 연신 고개를 끄덕였다. 듣고 보니 말투는 같지만 복장부터 목소리에 이르기까지, 다른 요소가 너무도 소녀스러웠다. 설령 변화마법을 사용해도 하루아침에 이렇게는 안 될 거다. 매우 당황한 소년 앞에서 팀이 벚꽃색 입술을 삐죽거리며 어깨를 으쓱했다.

"…그거 미안하게 됐네. 뭐, 나는 기분이 내키면 여장도 자주 하거든. 이번 기회에 기억해 둬. 봐, 귀엽지?"

그렇게 말하며 팀이 가볍게 키스를 날리는 시늉을 했다. 그 모습과 행동은 그야말로 귀엽다고 표현할 수밖에 없어서, 본성인 '독살마'와의 이미지 차이 때문에 올리버는 눈앞이 몹시도 아찔해졌다. 그렇다고 그런 티를 내면 화를 살 듯해서 소년은 마음을 다잡고 되물었다.

"아, 알겠습니다. 그래서, 그게… 무슨 용건이시죠?"

"결투 리그에 관한 일로 왔어. 너희의 참가 유무와 팀 구성원이 누구인지를 알고 싶어. 아니, 지금 당장 빨리 불어. 뭐, 답할지 말지는 자유지만 귀찮으니까 거부할 생각은 말고."

몹시도 모순되는 내용이었지만 어차피 팀을 등록하는 즉시 주변에도 그 편성은 알려질 테니, 그 정도 일은 학생회에 숨길 이유가 없었다. 올리버는 순순히 현재 상황을 설명했다.

"…현시점에서 정해진 건, 나나오와 한 팀으로 참가한다는 것뿐입니다. 세 번째 멤버에 관해서는 검토 중이지만요."

"그래? 그럼 정해지면 무조건 바로 말해. 네 자유이기는 하지만."

누가 시킨 듯이 덧붙여 말한 후, 팀은 느닷없이 올리버의 멱살을 잡아당겼다. 그리고는 그대로 놀란 후배의 귓가에 대고 속삭였다.

"참고로, 이건 그냥 혼잣말인데. …이번 결투 리그의 결과는 선거에 큰 영향을 미칠 거야. 그런데 교사 녀석들이 전례 없는 규칙을 만들어서 전개를 예측할 수 없는 부분이 많아. 내가 무슨 말을 하려는지는 알겠지?"

"…네."

"나갈 거면 제대로 해. 그리고 팀메이트는 신중하게 골라. 뭐, 전부 네 자유지만!"

거기까지 말한 후, 팀은 어깨를 탁 치고 후배에게서 떨어졌다. 나나오의 현재 상황은 올리버가 이야기한 내용에 포함되어 있었기에 그는 이어서 옆에 있던 유리에게로 시선을 옮겼다.

"전학생인 미스터 레이크지? 너, 선거에서는 누굴 지지할 거야?"

"아직 결정을 못 했네요. 앞으로의 활동을 보고, 가장 멋지다 싶은 사람을 지지하려고요!"

"…그래? 일찌감치 정해 두라고."

애초에 관심이 별로 없었는지, 이쪽에 비해 그다지 물고 늘어지지 않은 채 그렇게 한마디를 남기고 팀은 냉큼 자리를 떴다. 인파 속으로 사라지는 그 뒷모습을 배웅하며 나나오가 나직하게 중얼거렸다.

"뭔가 분위기가 심상치 않아 보였소."

"하급생 리그의 추세도 선거에 영향을 미칠 수 있기 때문이겠지. …밀리건 선배가 학생회와 손을 잡았으니 선배를 지지하는 우리도 넓은 의미에서는 학생회 측의 장기짝으로 헤아려지고 있을 거야. 완전히 무관하다고 볼 수는 없겠지."

올리버가 고개를 끄덕이며 말했다. 학생회는 전례 없는 규칙에 대응하느라 여념이 없다는 것을, 조금 전 팀과의 대화를 통해 어렴풋이 알 수 있었다. 그쪽에 대한 배려를 비롯해서 나중에 형과 누이에게 확인을 해 둘 필요가 있겠다. …그렇게 생각하며 그는 다시금 주변을 둘러보았다.

"고드프리 총괄의 생각도 궁금해. 하지만 지금은 일단 우리 학년 강자들의 동향을…."

"혹시 나 찾는겨?"

끝까지 말하기도 전에 표표한 목소리가 끼어들었다. 다시 떠들썩한 넓은 홀을 둘러보던 올리버의 시선 끝에 붙임성 좋은 미소를 띤 장신의 소년이 서 있었다.

"로시. …그래. 네 동향도 궁금했어."

"나하하, 강자라고 혀 주니께 기쁘구먼. …그놈을 델고 있는 건 맘에 안 들지만서도."

언짢은 투로 말하며 로시는 유리의 얼굴을 물끄러미 노려보았다. 그 모습을 보니 올리버도 이 둘은 상성이 안 좋았다는 사실이 새삼 떠올랐다. 그는 자연스럽게 상대의 시선을 가로막고 서며 로시에게 물었다.

"이런 류의 이벤트에 네가 빠질 리가 없겠지. …나는 나나오와 팀을 짤 거야. 너는 어쩔 거지?"

"헤에~? 말하는 본새를 보니께 세 번째 멤버는 미정인갑네. 그라믄 너랑 팀 하는 것도 재미있겠구먼."

"벌써 배신하는 건가. 배짱도 좋군."

낮고도 무거운 목소리가 로시의 등 뒤에서 울리는가 싶더니, 커다란 손이 그 목덜미를 잡고 들어 올렸다. 반쯤 공중에 뜬 자세로 로시는 능청스럽게 혀를 헤~ 내밀어 보이며 말을 이었다.

"농담 좀 헌 거 갖고 뭘 그려. 표정 좀 풀드라고, 나리."

로시는 뻔뻔스럽게 농담을 해댔다. 올리버는 그런 그의 등 뒤에 선 중후한 풍격의 소년과 똑바로 눈을 맞추며 말했다.

"미스터 올브라이트. …너는 로시와 한 팀으로 출전하려고?"

"선정할 만한 인원은 한정적이지. 진심으로 이길 생각이라면 말이다."

한 손으로 급우를 번쩍 든 채로 올브라이트가 말했다. 공중에서 달랑달랑 좌우로 흔들리는 모양새로 로시도 말을 곁들였다.

"너랑 한 팀인 것도 든든헐 테지만, 그라믄 정작 너를 못 이기잖어. 컨디션 불량도 우연도 다 빼고, 이번에야말로 깔끔하게 이겨 불겄어."

"그래, 이전에는 미안했어. …물론 도전은 받아들일게."

올리버는 고개를 끄덕이며 도전에 응했다. 하지만 문득 궁금해졌다. 그들이 한 팀으로 리그전에 출전한다는 건 알겠지만, 선거에는 어떤 의견을 가지고 있을까.

"…화제를 바꾸자면. 둘 다 선거에 관해서는 어떻게 생각하지?"

"나는 관심이 읎어서 딱히. 나리는?"

"생각할 여지가 있으면 좋겠지만. 유감스럽게도 나는 올브라이트의 장남이다."

올브라이트가 어깨를 으쓱하며 내뱉은 말을 통해 올리버는 상대의 사정을 짐작했다. 가문 간의 관계나 정치적인 입장에 따라 투표할 수 있는 대상이 제한되어 개인의 생각을 개입시킬 여지가 없다… 그런 뜻이리라. 명문 이단사냥꾼(그노시스 헌터) 가문의 적자(嫡子)가 인권파 후보에게 투표했다는 이야기는 그 자체로 파란의 불씨가 될 수 있는 것이다. 그러한 사정을 고려하면 올브라이트가 표를 던질 이는 보수파 학생… 요컨대 이전 학생회 파벌의 후보로 제한된다.

하지만. 올리버는 생각했다. …1학년 때 자신, 그리고 나나오와 지팡이를 부딪히기 전의 그였다면. 그 굴레를 두고 지금처럼 불만 섞인 투로, 혹은 농담을 하듯 말하지는 않았을 거다. 그러한 생각에 괜히 감상에 젖으며 올리버는 조용히 고개를 끄덕였다.

"…그렇지, 미안해. 생각해 보면 알 일이었는데."

"상관없다. 어차피 사소한 일이니, 너희와의 재대결에 비하면. …안 그런가, 우리의 리더?"

올브라이트가 대담한 미소를 지어 보이더니 등 뒤로 시선을 던졌다. 그쪽 방향에서 걸어온 새로운 인물을 보고 올리버는 흠, 하고 눈을 가늘게 떴다.

그들과 같은 학년인, 행동거지 하나하나에서 좋은 집안 출신이란 것이 느껴지는 긴 머리 소년. 인연이 시작된 것으로 치면 로시나 올브라이트, 두 사람보다 이전… 첫 마법검 수업까지 거슬러 올라가야 하는 상대와 올리버는 오랜만에 정면으로 마주했다.

"미스터 앤드루스. …네가 세 번째 멤버구나."

"그래. 팀전이라면 이 두 사람과 함께해야겠다고 이전부터 생각했으니까. …물론 너희를 이기고 우승하기 위해서 말이야. 미스터 혼, 미즈 히비야."

리처드 앤드루스는 곧바로 도전장을 던졌다. 하지만… 인연이 깊은 두 사람 옆에 멀거니 서 있는 유리의 모습을 보고서 눈살을 찌푸렸다.

"…그쪽의 세 번째 멤버는 미셸라가 아닌 건가? 물론 답하지 않아도 상관은 없지만."

"아니, 아직 안 정했어. 딱히 숨기려는 게 아니라 순수하게 아직 생각 중이야."

셰라의 사정은 일단 덮어 두기로 하고 올리버는 솔직하게 현재의 상황을 전했다. 상대가 탐색전을 위해 질문을 던진 게 아니라, 오히려 이쪽이 완전한 상태이기를 바라는 의미에서 한 것임을 알기 때문이다. 2년도 더 알고 지내다 보니 어느 정도는 속마음을 알 수 있었다.

그렇군, 하고 앤드루스가 고개를 끄덕였다. 그런 그의 모습을 올리버의 옆에서 물끄러미 쳐다보며 나나오가 음, 하고 미소를 지은 채 입을 열었다.

"투지가 넘치는구려, 앤드루스 공. 벌써부터 시합이 기대되오."

"…그래. 네 눈에도 그렇게 보인다면 나도 자신감을 가져도 되겠어."

훗, 하고 웃으며 중얼거린 후 앤드루스는 몸을 돌렸다. 그가 걸어 나가자 로시와 올브라이트도 그대로 뒤를 따랐다. 자신의 실력에 자부심이 있는 세 사람이 손을 잡자, 그 뒷모습에서마저 강호 팀의 풍격이 느껴지는 듯했다.

"리그전 중 우리와 부딪히게 될 거다. 세 번째 멤버는 그 점을 염두에 두고 정하도록 해. 그러지 않으면, 반드시 후회하게 될 테니까."

"헤에. 우리도 결투 리그에 나갈 수 있다고?"

우의의 방을 둘러보니, 당연히 들떠 있는 것은 3학년만이 아니었다. 신문부가 뿌린 호외를 읽고서 2학년인 딘이 그렇게 말하자 같은 테이블을 둘러싸고 있던 친구, 피터 코니시가 물었다.

"선배들 분위기를 보니, 이전과는 규칙이 많이 다른가 봐. …딘, 혹시 나가려고?"

"당연히 나가야지. 모처럼 킴벌리에 들어왔으니 이럴 때 경험을 마구 쌓아야 하지 않겠어?"

"알토 선배하고는 한 팀이 되지 못할 텐데?"

리타가 조용히 대화에 끼어들었다. 허를 찔린 딘이 요란하게 홍차를 뿜어냈다.

"콜록, 콜록…! 가, 갑자기 무슨 소리야, 리타!"

"앗, 미, 미안. …그게, 그 사람이 참가한다면, 혼 선배나 히비야 선배, 가이 선배랑 팀을 짜지 않을까, 그런 생각이 든 것뿐이야."

소녀는 허둥대며 해명했다. 피터가 쓴웃음을 지은 채 주문을 외워 테이블을 치웠다.

"그만 인정하라고. 딘이 알토 선배한테 푹 빠졌다는 걸 모르는 사람은 없어."

"그런 거 아니야! 나, 난 존경하는 거야, 그 사람을!"

"확실히 반년도 안 돼서 그리폰을 길들여 버린 건 놀라웠지. 그것 때문에 딘은 더더욱 가까이 가기가 껄끄러워졌지만."

"글쎄 이상한 쪽으로 의심하지 말라니까! …작년 한 해 동안, 그 사람한테 도움도 많이 받았고, 보호도 해 줬잖아. 조금은 성장한 모습을 보여 주고 싶다고."

"…아아…. 그건, 이해가 될지도."

가이의 환한 미소를 떠올리며 리타가 조용히 중얼거렸다. 그녀도 작년 한 해 동안에만 얼마나 선배에게 신세를 졌는지 모를 정도였다. 원예로 예를 들자면, 물을 준 만큼 자랐다는 걸 보여 주고 싶은 거다. …그런 생각을 하는 건 도움받은 입장으로서는 지극히 당연한 일이다.

한동안 생각한 끝에 그녀는 미소를 띤 채 다시 딘을 바라보았다.

"같이 나갈까, 딘 군? 나도 선배들한테 좋은 모습을 보여 주고 싶어졌어."

"오오. 말이 좀 통하는데, 리타?"

딘이 씩 웃으며 팔을 치켜들기에 리타도 자신의 팔을 부딪쳐 답했다. 그 모습을 보고 있던 피터가 팔짱을 낀 채 신음했다.

"나도 함께하고 싶지만, 아무래도 싸움은 좀…. 멤버가 한 명 더 있으면 서포트에 전념할 수 있을 텐데."

그렇게 말하며 테이블 한구석을 흘끔 쳐다보았다. 지금까지 한 번도 대화에 끼지 않은 친구가 그곳에 있었다. 시럽을 듬뿍 끼얹은 팬케이크를 나이프로 썰며 테레사는 차가운 눈으로 피터를 마주 보았다.

"…뭐죠?"

"어엉? 쳐다도 보지 말라 이거야?!"

"자자, 딘 군, 시비 걸지 말고. …있잖아, 테레사는 없어? 이 기회에 좋은 모습을 보여 주고 싶은 사람."

그 질문에 테레사가 식사를 하던 손을 딱 멈췄다. 그녀 역시 말을 듣자마자 한 사람의 얼굴이 떠올랐기 때문이다.

빗자루 경기의 리그전이 그러했듯, 결투 리그의 결과도 총괄 선거의 결과에 적지 않은 영향을 미친다. 그 점을 염두에 둔 채 올리버는 규칙이 고지된 그날 밤, 형과 누이의 공방을 찾았다.

"…고드프리 진영을 이기게 해야 한다. 하지만 너무 조직적으로 움직이면 교사들이 낌새를 채겠지."

공방 구석에 놓인 케이지 앞에 서서 그 안에 든 사역마들에게 먹이를 주며 그윈이 말했다. 선거전을 둘러싼 정세가 복잡화된 영향인지… 그치고는 어쩐 일로 옆얼굴이 다소 피곤해 보였다.

"성가신 이야기이기는 하지만, 이 딜레마에 골머리를 썩으며 작전을 짜는 건 우리 역할이다. 너는 마음에 드는 상대와 팀을 짜서 정정당당하게 리그전 우승을 목표로 해라. 참가하지 않겠다면 그래도 상관없고. 단, 결정되면 빨리 말해라. 우리 쪽에서도 손을 쓰는 방식을 바꿔야 하니까."

"…참가는, 하려고 해. 이런 이벤트에서는 당당하게 행동하는 게 좋을 테니까. 하지만 '평범하게 참가해서 우승을 목표로 할 때'와 '온갖 수단을 동원해 확실하게 우승을 거머쥘 때'의 행동 방식은 다를 수밖에 없잖아. 나는 정말 전자(前者)의 자세를 취해도 되는 거야?"

"일개 3학년의 범위에서 최선을 다하는 건 상관없다. 우리 쪽에서 백업을 안 하지는 않겠지만, 넌 그걸 의식하지 말고 움직이란 뜻이다."

형의 말에 올리버도 고개를 끄덕였다. 일개 학생의 입장에서 리그전 우승을 목표로 하고, 그 활동을 통해 고드프리 일행을 응원하는 것. …지금 자신이 취할 수 있는 행동 중에서는 그게 가장 자연스러울 것이다.

"…저는 어떻게 할까요."

바로 옆에서 소녀의 목소리가 울렸다. 올리버가 시선을 돌려보니, 바로 옆쪽 바닥에 테레사가 무릎을 꿇고 있었다. 규칙상 그녀도 결투 리그에 참가가 가능하다는 사실을 전제로, 그는 잠시 생각한 후에 입을 열었다.

"너도 가까운 친구와 함께 참가하지 그래, 테레사? …아마 이번 규칙대로라면 3학년은 3학년끼리, 2학년은 2학년끼리 팀을 짜는 사람이 많을 거야. 나도 그럴 생각이니 이쪽을 보조할 생각은 안 해도 돼."

소녀에게 그렇게 말한 후, 올리버는 다시 형에게로 고개를 돌렸다. 사역마를 돌보는 일을 마친 그윈도 수건으로 두 손을 닦으며 두 사람을 바라보았다.

"괜찮지, 형? 테레사는 아직 킴벌리에서 겉도는 감이 있어. 환경에 녹아들게 하기 위해서라도 이런 류의 이벤트에는 적극적으로 내보내는 게 좋잖아."

"분부하신 대로 하겠습니다."

그윈의 답을 기다리지 않고 테레사가 입을 열었다. 반대하기 전에 냉큼 이야기를 마무리 지으려는 속셈이다. 그녀의 새침한 옆얼굴을 바라보며 그윈이 가볍게 한숨을 내쉬었다.

"그렇게 판단했다면 상관없다. …하지만 노르, 미궁 안에서의 행동에는 이전보다 더 주의해라. 이전에는 미즈 히비야를 노린 습격이 있었다고 들었지만, 이번에는 너 자신이 표적인 상황이다."

형의 충고에 올리버는 무겁게 고개를 끄덕였다. 나나오, 유리와 함께 2층에서 싸운 상대가 저절로 머릿속에 떠올랐다. 지금은 고인이 된 모건 덕분에 무사할 수 있었지만, 그 헐떡이는 듯한 웃음소리는 끈질기게 귓가를 맴돌았다.

"앞으로 당분간, 네가 미궁에 들어올 때는 상급생 동지가 반드시 같은 계층에 있도록 조치하마. 나든 섀넌이든 상관없으니, 들어올 때는 사전에 꼭 보고해라."

"고마워, 형. …말이 나와서 말인데, 오늘 밤에도 부탁할게."

올리버가 그렇게 말하고서 의자에서 일어나 방의 출구를 향해 몸을 돌린 그 순간… 누군가가 옆에서 소매를 잡아당겼다. 그가 시선을 옮겨 보니 조금 전까지 방구석에서 마법도구를 정리하고 있던 누이, 섀넌이 생글생글 웃는 얼굴로 그곳에 서 있었다.

"…누나?"

"중간까지, 같이, 가자. 테레사, 도."

가볍게 산책을 권유하듯이 그녀는 말했다. 당연히 올리버로서는 천지가 뒤집혀도 그것을 거절할 수가 없었다.

기분전환 삼아 걸을 때는 2층이 좋다. 녹음이 풍부하고 하늘은 높고, 가짜이기는 해도 태양이 있다. 미궁에 들락거리다 보니 올리버도 알 수 있었다. 교사로 돌아가는 시간조차 아껴 가며 연구에 몰두하는 상급생들에게 이 공간은 유사 지상과 같다는 것을.

"…먹히지 않는 풀(페퍼 위드)입니다."

올리버가 그런 생각을 하며 누이와 나란히 걷던 중, 문득 테레사가 달려왔다. 지금은 그녀도 모습을 드러내고 있고, 손안에는 근처 땅에서 뜯어 온 듯한 풀이 들려 있었다.

"달이면 방충제가 됩니다. 씹으면 엄청 맵습니다."

"잘 알고 있, 네, 테레사. 훌륭, 해."

섀넌이 칭찬하며 머리를 쓰다듬어 주자 테레사는 곧장 다시 달려갔다. 그대로 잠시 주변을 두리번거리더니, 1분도 안 돼서 다시 두 사람의 곁으로 달려왔다. 이번에는 크고 반투명한 애벌레를 움켜쥐고 있었다.

"흐리멍덩 나방(브랄리스)의 유충입니다. 그냥 먹을 수 있지만, 매우 맛이 없습니다."
"…먹어 본 적이 있어?"
"있습니다. 입안이 보라색으로 물들고, 한동안 아무 맛도 못 느끼게 됩니다."
"그래…. 귀중한 지식이네."
"먹어 보시겠습니까?"
"다음 기회에."
소년이 그렇게 답하자 테레사는 들고 있던 애벌레를 버리고 다시 어슬렁어슬렁 돌아다니기 시작했다. 숨소리도 내지 않고 숨어 다니는 평소의 그녀와는 정반대되는 그 모습에 올리버는 다소 당황했다.
"…들떠 있는 걸까, 저건."
"후후, 귀엽, 지? 노르의 앞, 에서는… 언제나, 어른스러운 척을, 하잖아."
그 말을 듣고서야 올리버는 깨달았다. …들떠 있다는 것을 제외하더라도 이쪽이 테레사의 본모습은 아닐까. 평소의 과묵한 모습은 밀정이라는 임무가 그녀에게 강제한 것이다. 그럴 필요가 없을 때 보이는 지금과 같은 행동거지야말로 소녀의 진짜….
멍하니 서서 테레사의 뒷모습을 바라보는 올리버에게 섀넌이 슬그머니 귓속말을 했다.
"…괜찮아. 입학한 뒤로는, 즐거워, 보여. 친구, 이야기도…

제법, 해.”

그 말에 작은 안도감을 느끼며 올리버는 힘없이 고개를 끄덕였다. 그렇게 말없이 다시 걸음을 옮기는 동생을 향해 섀넌은 살며시 물었다.

“…몸은, 어때?”

“…아아, 완전히 회복됐어. 움직일 때의 위화감도 사라졌고, 이전보다 상태가 좋게 느껴질 정도야.”

“…그래….”

“그러니까, 이제 아무 걱정….”

“그럴 리가, 없어.”

올리버의 말을 가로막듯 섀넌이 단언했다. 고개를 푹 숙인 그 옆모습에 소년이 숨을 죽이고 걸음을 멈췄다.

“얼마나, 아팠는지… 알아. …전부는 아니, 지만… 나는, 다 알아.”

“…누나.”

가만히 선 올리버의 뺨에 섀넌이 두 손을 가져다 댔다. 눈물이 고인 눈으로 똑바로 동생을 바라보며 그녀는 떨리는 목소리로 말했다.

“…노르가… 걱정 안 되는 순간 같은 건… 없어…!”

속절없이 흐르는 누이의 눈물 앞에서 소년은 말문이 막혔다. 테레사는 어쩌면 좋을지 알 수가 없어서 쭈뼛거리며 그런 두 사람 근처를 어슬렁거렸고… 그러던 중 제삼자의 기척이 느껴져 그녀는 밀정으로서의 행동을 취했다. 소녀가 풀숲에 모습을 숨기는 것을 보고 정신을 차린 올리버도 누이에게서 몸을 뗐다.

"…어라?"

머지않아 두 사람의 시선 끝에서 풀숲을 헤치며 한 소년이 나타났다. 호기심에 빛나는 눈으로 올리버와 섀넌을 번갈아 바라보며, 유리 레이크는 사근사근하게 입을 열었다.

"처음 뵙겠습니다, 선배. 3학년인 유리 레이크입니다. 평소 같이 다니는 다섯 명과는 다른 일행이네, 올리버 군."

"안, 녕. 나는, 7학년인, 섀넌 셔우드. …노르의, 친구, 구나."

쓸쓸한 미소를 띤 채 섀넌이 인사에 답했다. …이로써 이야기를 계속할 수가 없게 됐다. 이번만큼은 난입한 유리의 덕을 본 듯해서, 올리버는 그에게로 도망치듯이 다가갔다.

"…또 3층에 가려고 온 거지, 레이크? 나도 함께 갈게."

답을 듣기도 전에 올리버가 걸음을 재촉하자 유리도 선배에게 눈인사를 하고서 뒤를 이었다. 그렇게 두 사람의 모습이 숲속으로 사라진 후에도 섀넌은 그 자리에서 계속 동생이 떠나간 방향을 바라보고 있었다.

"…방해한 것 같네. 미안해."

얼마간 숲속을 말없이 걷던 중, 유리가 나직하게 사과를 했다. 그치고는 보기 드물게 기특한 태도에 눈살을 찌푸리며 답했다.

"…네가 갑자기 끼어드는 건 늘 있는 일이잖아. 왜 이번엔 사과를 하는 거지?"

"하하, 뭐 그렇기는 하지만. …그렇게 씁쓸한 표정을 보고 나니, 안 그럴 수가 없어서."

새넌의 미소를 두고 유리가 중얼거렸다. 그 말을 들은 순간, 납덩이를 짊어진 듯이 올리버의 다리가 무거워졌다. 지금 당장 뛰어서 돌아가고 싶은 충동이 가슴속에 솟구쳤지만, 그는 그걸 간신히 삼키고 옆에 자리한 소년에게로 다시 고개를 돌렸다.

"낮에 이야기한 것 중, 미처 못 물어봤던 게 있어. 네가 독자적으로 수사하고 있다는 사건 중 두 번째로 말한… '뼈 적출 사건'이란 건 뭐야?"

"아아, 그거? 으~음… 설명하기가 좀 복잡한데, 괜찮겠어?"

올리버가 고개를 끄덕이며 걸음을 멈췄다. 그의 눈앞에서 쓰러진 나무에 걸터앉으며 유리가 입을 열었다.

"미리 말해 두자면, '뼈 적출 사건'이라는 이름은 내가 붙인 거야. 그러니 아마 현시점에서 그걸 '수수께끼'로 인식하고 있는 건 나뿐일 거야."

"음? 너만 아는 사건, 이라는 뜻이야?"

"음~ 살짝 달라. 일어난 일 자체는 모두가 알지만, 그걸 '사건'이라고 생각하지는 않는다…는 쪽이 가까울 거야."

느닷없이 의문스러운 표현이 튀어나왔다. 당황한 올리버에게 유리는 계속해서 말을 늘어놓았다.

"결론부터 말하자면, 범인은 알아. 7학년인 사이러스 리버모어 선배야."

"……?!"

"아, 만난 적 있어? 좋겠다~ 난 아직 없는데."

흥미진진하다는 투로 유리가 물었다. 하지만 올리버는 대조적으로 험악한 얼굴로 답했다.

"…좋지 못한 상황에서 몇 번 만났어. 너도 알겠지만, 뼈를 매개로 한 고도의 복합마술을 다루는 마법사야. 킴벌리에서도 손에 꼽는 위험인물이지."

"응응, '송장 회수꾼(스캐빈저)'이라는 이명으로 불리고 있었지? 아무튼… 그 리버모어 선배는 가끔씩 미궁 안에서 학생들을 공격하잖아? 사실은 요전에 그 피해를 당한 직후의 상대를 발견했거든. 5학년인 파멜라 선배란 사람이야."

"'미궁 상인'인 미즈 고턴 말이야? 나도 자주 신세를 지는 사람이야."

"응, 1층에서 곧잘 노점을 열잖아. 덕분에 편하게 물건들을 보충하고 있어."

유리의 무사태평한 말투와 달리 올리버의 표정은 점점 험악해졌다. …자신들이 빈번히 신세를 지고 있는 것만 봐도 알 수 있듯, 파멜라 고턴은 많은 학생들에게 '있어 주면 고마운' 존재다. 그렇건만 리버모어는 왜 그녀를 노린 것일까.

"2층과 3층 중간에 휴식 장소인 동굴이 있잖아? 그 선배가 거기 쓰러져 있는 걸 발견했거든. 일단 치료하고서 이야기를 들어보니, 리버모어 선배한테 당했다더라고.

가볍게 몸을 진찰해 봤는데 그 선배, 뼈를 뽑힌 상태였어. 2번 요추… 심지어 정성스럽게도 그 자리에 맞는 인공뼈로 바꿔 놨고. 잠시 쉬고서 혼자서 교사로 돌아갔는데, 상당히 상태가 안 좋아 보였어. 등뼈는 마력순환에 큰 영향을 미치니 당연한 일이지만."

"…뼈를, 뽑혔다고?"

팔짱을 낀 채 올리버는 그 말을 되풀이했다. 그러자 유리는 추가 정보를 덧붙여 말했다.

"신경 쓰여서 조사해 봤더니 이런 피해를 당한 건 파멜라 선배만이 아닌가 봐. 과거 3년 동안, 여러 학생들이 리버모어 선배에게 공격당해서 뼈를 뽑혔어. 피해를 당한 학생들은 얼마 동안 상태가 좋지 않았지만, 제대로 치료가 되도록 조치를 해 둬서 별일은 없었고. 그러니 피해 사실을 학생회에 보고하지 않은 학생도 꽤 있지 않을까."

"…너 자신은 어떻게 조사한 거야? 공공연히 알려지지 않은 그 피해 사실들을?"

"특별한 일은 안 했어. 학생회가 보관하고 있는 미궁 내의 사건 사고 기록을 보여 달라고 하고 그 정보를 토대로 피해자를 찾아가 탐문 조사를 한 것뿐이야. 너라면 읽어 본 적이 있을 것 같은데?"

그렇군. 올리버는 납득했다. 그 기록이라면 그도 몇 번인가 체크한 적이 있다. 미궁 안에서의 사고를 줄이는 건 고드프리의 오랜 목표라, 열람을 신청하자 기꺼이 보여 주었던 것이다. 그 기록을 참고해서 발생 빈도가 높은 사고를 추려 낸 신문 기사 등도 교내에서는 정기적으로 배포되고 있다.

"뼈를 매개로 마법을 쓰잖아, 리버모어 선배는. 그 정보는 다들 알다 보니 학생을 공격해서 뼈를 빼앗아도 딱히 의문을 가지는 사람은 없어. 다들 '무슨 술식에 사용하나 보지' 정도로만 인식하고 있을 거야. 하지만 나는 그 부분이 마음에 걸려서 말이야."

유리는 서서히 말하는 속도를 높이며 로브의 품속에서 한 권의 노트를 꺼냈다. 그의 수사수첩 같은 것일까. 빽빽하게 적혀 있는 그 메모들 속에서 유리는 한 페이지를 펼쳐서 올리버에게 들이밀었다.

"이것 좀 봐. 학생회의 기록과 학생들에게 한 탐문 조사를 통해 리버모어 선배가 빼앗은 뼈의 일람을 만들어 봤어. 전부 다해서 62개. 보고되지 않은 경우도 많을 테니 물론 완벽하지는 않지만….”

그가 들이민 일람을 올리버도 확인해 보았다. 늑골, 쇄골, 요골, 척골, 경골(脛骨), 슬개골… 위에서 아래까지 훑어보다 보니 하나의 사실을 알 수 있었다.

“…이건.”

“재미있지? 맞아, **중복되는 게 하나도 없어**. 인간의 뼈는 약 200개니까, 무차별적으로 60개 이상을 모았다면 어딘가 겹치는 게 있을 만도 한데. 그렇지 않은 걸 보면, 리버모어 선배가 의도적으로 중복되지 않게 하고 있을 가능성이 높은 것 같지 않아?”

생글생글 웃는 얼굴로 유리가 말했다. 그러한 추측에서 자연스럽게 떠오른 상상을, 올리버는 나직하게 입 밖에 냈다.

“…**인간 한 사람만큼의 뼈**를, 모으고 있다…?”

“역시 그래 보이지?”

노트를 탁 덮어 품속에 도로 넣으며 유리가 대꾸했다. 그 눈동자에는 억누를 수 없는 호기심이 형형히 빛나고 있었다.

“내가 쫓고 있는 ‘수수께끼’는 이거야. 왜 학생의 뼈를 빼앗아 모으는 것인가? 그걸로 무엇을 하려는 것인가? 아아, 너무너무 궁금해 죽겠어!”

“…보아하니 앞으로도 수사를 계속할 생각이지? 이제 어쩌려고?”

"글쎄에~ 재료를 모으고 가설을 정리해서, 본인에게 직접 물어볼까? 기록에 있는 리버모어 선배와의 조우 사례는 3층 이후인 경우가 태반이었으니, 그 근처를 어슬렁거리다 보면 언젠가 만날 수 있겠지."

"그게 정말 무슨 의미인지 알고서 하는 소리야? 네가 하려는 짓은 상대의 마도의 핵심을 건드리고 파헤치려는 행위야. 하물며 상대는 그 유명한 '스캐빈저'… 자살행위나 다름없다고."

엄격한 투로 올리버가 경고했다. 그 말을 들은 유리는 환한 얼굴로 대꾸했다.

"날 걱정해 주는 거야? 기쁜걸?!"

"기뻐하지 마! 무모한 너에게 상식적인 충고를 하고 있는 것뿐이니까!"

올리버는 목소리를 높여 말했다. 하지만 한편으로는 다 알고 있었다. …무슨 소릴 해도 이 소년은 멈추지 않으리라는 걸. 그는 이미 마법사로서 자신의 존재방식을 결정했다. 그 각오가 된 상대에게 죽음의 위험 같은 건 아무런 걸림돌이 되지 않는다.

그렇기에 그것을 능가하는 자살행위를 막을 만한 방법은 없을지. 입을 다문 채 한참을 생각한 끝에 그는 한 가지 제안을 입 밖에 냈다.

"…결투 리그에 관심이 있었지, 너는."

"응?"

"미궁 안에서 리버모어 선배를 추궁하는 건 자살행위 그 자체야. 하지만… 같은 일을 표면에 있는 교사에서 한다면, 위험성은 그나마 낮아지겠지."

올리버의 그 말에 유리는 감을 잡았다는 듯한 얼굴로 손가락을 튕겼다.

"…아하. 이번 결투 리그에 리버모어 선배가 나올 가능성을 말하는 거구나."

"물론 확증은 없어. 하지만 이번 리그는 상금과 상품이 모두 파격적인 만큼 가능성은 있지. 우연히 마주칠 걸 기대하며 3층을 어슬렁거리는 것보다는, 그쪽이 그나마 계획적으로 일을 진행할 수 있을 거야. 그리고 무엇보다도… 주변에 보는 눈이 있으면 신변의 안전을 꾀하기 쉬워져."

무리해서 미궁에 들어가지 않아도 기회는 있다. 그 점을 정성껏 설명하자 유리가 응응, 고개를 끄덕였다.

"축제의 열기에 숨어 목적을 달성해 버리라는 거구나. 응, 좋은 생각이야. 하지만… 그러면 나 자신도 축제에 참가하는 게 도리이려나?

아아, 하지만 이를 어쩐담, 팀메이트가 돼 줄 사람이 없네. 어디 나랑 한 팀이 되어 줄 같은 학년 학생 두 명은 없으려나아? 이왕이면 엄청나게 믿음직한 동료였으면 좋겠는데!"

큰 소리로 고민을 하며 흘끔흘끔 눈짓을 하는 유리의 모습에 올리버는 땅이 꺼져라 한숨을 내쉬었다. …이렇게 될 듯한 예감은 들었지만, 역시 이렇게 되는 건가.

제2장

오프닝
개막

결투 리그는 안 그래도 떠들썩한 이벤트다. 심지어 이번에는 총괄 선거 직전에 개최되는 데다, 학교 측에서 파격적인 상금과 상품을 증정한다. 학생들이 흥분하지 않을 이유는 어디에도 없다.

관객석이 된 교실에는 대형 투영수정이 설치되어, 교내 곳곳에 배치된 감시 골렘의 시야를 실시간으로 전달해 주었다. 교사 그 자체를 무대로 한 대형 예선전을 관전하기 위한 설비다. 복도에 놓인 긴 테이블에는 간단히 요기를 할 만한 각종 음식들이 늘어서 있어서, 학생들은 그것들을 집어 먹으며 교실과 교실 사이를 자유롭게 오가면서 지냈다.

"어엉?! 뭐야, 넌!" "붙어 볼래, 이 자식아?!"

리그가 개시되기도 전에 돌발적인 사고가 곳곳에서 일어났다. 지나친 난투가 벌어지면 이벤트를 관리하는 학생회 멤버들이 제지하지만, 이곳은 마경(魔境) 킴벌리. 일선을 넘지 않는 한은 기본적으로 묵인해 준다. 어느 정도의 부상이라면 알아서 고칠 수 있어서, 그야말로 죽기 직전이 아니면 교의(校醫)에게 신세를 질 일도 없다.

"…아아…. 이거지… 이거어…."

3층의 대형 교실에는 실황중계석이 설치되었다. 그곳에 마법검 사범(마스터)인 가랜드와 나란히 앉은 한 여학생이 황홀한 표정을 짓고 있었다. 시합이 개시되기를 이제나저제나 기다리고 있는 학생들의 열기를 띤 술렁거림, 차례를 앞둔 참가자들의 긴장감과 침묵… 그러한 격전의 예감에 끓어오르는 분위기를 피부로 느끼며….

"…아~… 정숙하세요. 수다도 살육전도 멈추고, 지금 이 순간은 정숙하세요."

그녀가 천천히 입을 열었다. 빗자루 경기의 로저 포스터와 나란히 명물 실황중계자라 불리고 있는 교내 제일의 결투 중독자, 그렌다 손더스의 개회 인사가 엄청난 열량과 함께 교내에 울려 퍼졌다.

"킴벌리 학생 여러분, 결투는 좋아하십니까? …저는 엄청 좋아합니다. 세끼 식사보다, 밤샘 후 늦잠을 자는 것보다, 엄마가 갓 구워 낸 체리 파이보다… 다른 그 무엇보다도 마법사들의 싸움을 사랑합니다. …아아, 물론 직접 하기도 하죠. 어제도 했고 아침에도 했고, 사실은 5분 전에도 했어요. 하지만 유감스럽게도 저의 몸은 하나뿐이라 전혀 성에 차질 않죠.

그러니 부탁드리겠어요. **너희의 몸뚱이를 쓰게 해 주세요**. 소금 한 동이에 절인 생선처럼, 자나 깨나 저를 결투에 절어 들게 해 주세요. 그 대신 저는 해설을 하죠. 결투자들의 활약을, 분투를, 모략을, 기지를, 실패를, 간과한 점을, 빗나간 예상을… 그 결과 발생하는 수많은 승리와 패배를, 남김없이 말로 풀어내겠어요. 혀가 찢어져도 좋아요. 어차피 금방 고칠 수 있고, 저는 분명 못 알아채고 계속 떠들어 댈 테니까요.

…네, 요컨대. 지금 이 순간을 기점으로, 이번 시즌 결투 리그를 개막한다아아아!"

선언에 호응해 학생들이 내지른 환호성이 교사를 가득 메웠다. 동시에 예선 스타트 지점과 각 교실의 수정이 공중에 투영하는 영상 속에서 리그 참가자들이 일제히 움직이기 시작했다. 그렌다와 가랜드가 곧장 해설에 나섰다.

"자아자아자아, 2학년들이 출발했습니다! 교내에 숨겨진 '보물'을 향해 모두가 돌진합니다! 요전까지 신입생이었던 저들이 10분 후에 출발하는 3학년들과 얼마나 차이를 벌릴 수 있을까요!"

"글쎄. 우선 힌트를 통해 단서를 정확하게 읽어 낼 지식과 분석력이 필요하지. 결투 리그라는 말을 듣고 전투만 의식했던 학생들은 여기서 고생할 거다. 팀에서 한 사람이라도 이런 류의 수수께끼 풀이에 능한 동료가 있는지가 관건인데…."

예선 경기는 교사 전체를 무대로 한 보물찾기. 출발한 2학년들이 가장 먼저 맞닥뜨린 것은 교사 1층 복도에 난립한 원기둥과 그 표면에 새겨진 수많은 비문(碑文)들이었다.

기둥에 새겨진 문장은 모두 다르고, 내용은 하나같이 의문스러웠다. 딘이 기둥 중 하나에 얼굴을 들이댄 채 문장을 읽었다.

'아침 안개와 함께 솟아나, 품 안에 바늘을 끌어안는다. 그것들이 가장 많이 모이는 장소'… 비문에는 그렇게 적혀 있었다.

"…야! 뭐 생각나는 거 없냐, 테레사?!"

"다른 사람에게 묻기 전에 조금은 스스로 생각해 보지 그래요."

"생각해도 모르겠으니까 물어보지! 아침 안개니 바늘이니, 다 무슨 소리냐고!"

과장스럽게 고개를 갸웃거리는 딘의 옆에서 리타가 비문에 새겨진 문장을 손가락으로 쓸었다. 그러더니 작은 목소리로 다른 학생들에게는 들리지 않게끔 팀메이트 두 사람에게 말했다.

"…이거, 아마 그거 같아. 왜, 마법생물학 수업 때 배웠잖아. 시간 장난꾼(클록 노크)의 생태."

그 말에 딘의 눈이 휘둥그레졌다. 그러고는 비문에 바짝 얼굴을 들이대고 노려보더니, 이윽고 작은 목소리로 대꾸했다.

"…그거구나! 뭐야, 수업 때 배운 지식을 토대로 한 거였어?!"

"아무리 킴벌리라도 이런 이벤트에서 학생이 못 풀 과제를 내지는 않아. 클록 노크는 시계가 클수록 많이 모여드니까… 교내에서 가장 큰 시계는, 아마 동쪽에 있는 그거겠지? 가자, 테레사!"

리타가 목소리를 높이며 앞장섰다. 그 뒤를 따르며 테레사는 팀메이트가 그녀라 다행이라고 솔직하게 생각했다. 사실 교사의 말은 평소에 귀담아듣지 않은 탓에 그녀는 딘보다 더 힌트의 내용이 이해가 안 되었기 때문이다.

참가자들이 힌트 해석에 애를 먹는 가운데, 테레사 일행을 비롯한 몇몇 팀이 기둥 아래를 벗어나기 시작했다. 그 모습을 본 가랜드가 미소를 띤 채 말했다.

"…몇 개 팀이 벌써 올바른 방향으로 달려가는군. 열심히들 배웠어."

"그런 것 같군요! 그나저나 수업만 잘 들으면 진행할 수 있다니, 참으로 킴벌리답지 않은 양심적인 과제입니다! 어떻게 된 거죠, 가랜드 선생님? 내년부터 페더 스톤으로 이적이라도 하시는 건가요?!"

"느닷없이 신랄할 소리를 하는구나, 넌. …뭐, 안심해라. 이건 어디까지나 결투 리그의 예선전. 힌트를 올바르게 해석한다 해도, 힘없는 자가 앞으로 나아갈 수 있게끔 되어 있지는 않으니."

건물 안을 통과하는 최단 경로를 선택한 덕에 힌트를 해독한 지 3분도 되지 않아 테레사를 비롯한 세 사람은 첫 번째 목적지에 가까워지고 있었다. 교사 동쪽에 세워진 시계탑… 그것의 긴 바늘과 짧은 바늘이 지금은 완전히 엉뚱한 시간을 가리키고 있는 걸 확인한 딘이 말했다.

"오, 저거 아냐? 힌트에 있던…."

"딘 군, 안 돼!"

그 로브의 등 부분을 리타가 순간적으로 잡아당겼다. 의표를 찔려 몸이 뒤로 젖혀진 딘의 눈앞에, 거대한 무언가가 날갯짓을 하며 내려섰다. 전체 길이가 20피트 남짓 되는, 맹금류의 머리와 날개에 사자의 몸을 지닌 마수가.

"KYOOOOOOOOOOOO!"

"으아아아아악?!!!!!"

상대의 울음소리와 경쟁이라도 하듯 딘이 절규했다. 그런 그의 옆을 지나치며 테레사는 눈앞에 나타난 위협에 집중했다.

"…그리폰."

리타가 딘을 감싸듯이 나란히 서자, 테레사도 지팡이검을 겨누었다. 그런 세 사람의 모습을 까마득히 높은 위치에서 마조의 두 눈이 날카롭게 노려보았다.

"여기서 첫 번째 장해물이 앞을 가로막습니다! 아니, 그나저나 2학년생한테 그리폰은 좀 너무한 거 아닌가요, 가랜드 선생님?! 저도 성체랑 일대일로 싸우기는 싫은데요!"

"딱히 쓰러뜨리라는 게 아니다. 과제에 사용된 개체에게는 불살의 저주가 걸려 있으니, 저건 어디까지나 '장해물'이야. 어떤 수단을 사용해서든 돌파하면 돼. 그걸로 판단력과 대응력을 시험하는 거다."

영상에 시선을 고정한 채 가랜드가 말했다. 때때로 마을 하나를 가볍게 멸망시키기도 하는 마수에게 미숙한 2학년들이 어떻게 대처할지… 어떻게 분전(奮戰)할지를 애타게 기대하며.

"…딘 군, 정신 차려! 시선을 피하면 위험해!"

"어… 어, 어엉!"

리타의 목소리에 정신을 차린 딘이 허둥지둥 지팡이검을 겨누었다. 테레사를 비롯한 세 사람은 우선 거리를 둔 채 적을 관찰하기로 했다. 시계탑 앞을 가로막은 마수를 향해 테레사가 한 걸음씩 다가가 그 거리가 20야드에 접어들었을 즈음, 그리폰은 위협 섞인 울음소리를 냈다. 그 이상 다가오면 공격하겠다는 의사표시라, 그로써 그리폰이 문지기 역할을 맡고 있다는 것이 명백해졌다.

"…싸워도 이기진, 못하겠지? 어쩌지, 이거?"

몹시 난처한 투로 리타가 중얼거렸다. 무턱대고 돌진해 봐야 역습을 당할 뿐이겠지만, 이대로 눈씨름만 계속하고 있으면 곧 후속 팀들이 따라붙을 거다. 그녀들이 예선을 돌파하기 위해서는 어떻게든 그리폰의 수비를 돌파해 시계탑에 도달해야만 한다.

"…주의를 끌겠습니다."

"어?" "야, 야."

테레사가 두 사람 사이를 통과해 한 걸음을 내디뎠다. 다음 순간, 그녀가 가볍게 휘두른 지팡이검이 자신의 허벅지를 살짝 베었다. 땅바닥에 피가 뚝뚝 떨어지자, 두 팀메이트는 깜짝 놀랐다.

"야, 너?!" "테, 테레사!"

"…흡…."

그대로 테레사는 그리폰의 사정권에 발을 들였다. 상처로 인한 고통 때문인지 평소의 날렵한 움직임은 찾아볼 수 없었다. 비틀비틀 불안정한 발놀림이 그대로 지면에 피의 궤적을 남겼다.

"…KYOO…?"

그런 그녀의 움직임을 몇 초 동안 바라본 후, 문득 그리폰이 앞으로 몸을 기울여 테레사에게 앞다리를 뻗었다. 그 공격을, 옆으로 몸을 날려 종이 한 장 차이로 피하며 테레사가 중얼거렸다.

"…**낚였다**."

"호오. 움직임이 좋군."

실황중계석에서 가랜드가 감탄한 투로 중얼거렸다. 그에 맞춰 옆에 있던 그렌다도 입을 열었다.

"오오, 미즈 카르스테, 서서히 자신에게 상처를 내서 피를 흘립니다! 하지만 그리폰은 어째서인지 그 후에 보인 그녀의 움직임에서 눈을 떼지 못하는군요! 선생님, 이게 대체 어떻게 된 거죠?!"

"육식 동물의 본능을 자극하는 움직임이다. 피까지 흘려 그리폰의 주의를 끌고 있군. …굳이 말하자면 상처 입은 작은 동물 같은 행동이라고 할까."

가랜드가 답했다. 질문을 던진 그렌다도 당연히 그 원리는 알았지만 관객들에게 그것을 전달하는 것도 실황중계자의 역할이다. 역시나 그러한 사정도 잘 알기에 마법검 교사는 설명을 이어갔다.

"…그래. 알기 쉽게 말하자면, 강아지풀. 고양이를 키워 본 적이 있다면 알겠지만 그걸로 놀아 줄 때도 잘하는 사람과 못하는 사람은 있지. 미즈 카르스테의 움직임은 극상(極上)이라 할 수 있다. 그리폰이 무의식중에 손을 뻗을 수밖에 없을 정도로."

피를 흘리며 돌아다니는 테레사의 모습은 힘이 없어 당장에라도 붙잡힐 것만 같았다. 하지만 그런 인상과 달리 그녀는 몇 번이나 종이 한 장 차이로 발톱을 피해 나갔다. 그렇게 반복되는 행동에 푹 빠져 버린 시점에서 이미 그리폰은 테레사의 술수에

걸려든 것이었다. 몸을 던져 미끼 역할을 맡은 2학년의 모습을, 관객석에 자리한 상급생들이 감탄스럽다는 눈빛으로 바라보고 있었다.

"KYOOOOO!"

요란한 울음소리를 내며 앞발의 갈고리발톱을 휘두르는 그리폰. 몹시도 위태로운 동작으로, 하지만 실제로는 무난하게 그걸 피하며 테레사는 나직하게 중얼거렸다.

"…번거롭군요."

본래 그녀의 실력, 밀정으로서의 실력을 발휘하면 그리폰 한 마리를 처리하는 건 어려운 일이 아니다. 하지만 지금은 전교 학생이 일거수일투족을 주목하고 있는 상황이라, 2학년의 수준에서 크게 벗어난 움직임은 취할 수 없다. 그러한 갈등의 결과가 이 강아지풀을 흔드는 듯한 양동(陽動)이었던 것이다.

"…큭!"

하지만 그러한 사정은 꿈에도 모르고, 솔선해서 몸을 던진 테레사의 행동을 본 딘이 자신의 콧등을 퍽 하고 후려쳤다. 동시에 코피가 쏟아졌다. '자신의 피를 본 것'을 계기로 그의 사고가 급속도로 냉정해졌다.

"…리타, 가자. 지금이라면 지나갈 수 있어."

"딘 군, 하지만…."

"그리폰이 반응하면 내가 주의를 끌게. 힌트가 순간적으로 기억할 수 있는 내용일지 어떨지 모르니, 네가 확인하는 게 낫잖아. …거, 걱정 마. 난 경험자니까."

떨리는 손으로 지팡이검을 움켜쥐며 딘이 허세를 부렸다. 과거 휘말려 들었던 사건 때문에 그리폰에게 트라우마가 생긴 그가 공포심을 억누르고 버티고 서 있자, 그 모습을 본 리타도 각오를 굳혔다.

시선을 다시 앞으로 옮긴 리타가 눈대중으로 거리를 쟀다. 목적한 장소까지는 30야드 남짓. 힌트가 이전과 마찬가지로 비문에 새겨져 있다고 가정하면, 확인하는 데 걸리는 시간은 5초에서 10초. 20초면 돌아올 수 있는 거리다.

"…가자!"

"으응!"

두 사람은 동시에 땅을 박차고 달려 나갔다. 테레사가 그리폰의 주의를 끌어 주고 있는 덕에 가는 길에는 방해를 받지 않았다. 그리폰을 경계하는 딘의 옆에서 리타는 기둥에 달라붙다시피 얼굴을 들이대고 그 표면에 새겨진 문장을 신속하게 확인했다.

"…황혼의 무지개… 여덟 개의 붓… 좋아, 외웠어!"

리타는 목적을 달성하고 몸을 돌렸지만, 그 순간 그리폰이 자신의 임무가 무엇이었는지를 다시 떠올렸다. 테레사의 양동에서 관심을 끊고 돌진해 오는 마조의 모습에 리타와 딘이 나란히 경계 자세를 취했다.

"윽…!" "그래. 해 보자, 이 자식아!"

등을 돌려 도망치기만 하면 당한다…. 그렇게 판단한 두 사람이 연달아 작렬주문을 쏘았다. 한 발은 빗나갔지만 그 동작 직후를 노린 두 번째 주문이 눈 근처에서 폭발. 눈부신 섬광이 그리폰의 시야를 일시적으로 무력화했다.

"좋아, 지금이다!"

그 즉시 딘이 달려 나갔다. 리타도 그 뒤를 따랐지만 시야를 넓게 확보하고 있던 그녀는 알아챘다. 자신들이 측면으로 통과하려는 그리폰이 꼬리를 하늘 높이 치켜들어, 바야흐로 앞서가는 소년을 향해 내려치려 하고 있다는 것을.

"딘 군, 위야!"

"엉?!"

한 박자 늦게 딘도 그것을 알아챘지만 이미 방어나 회피를 하기에는 늦었다. 리타가 커버하려 해도 서로의 거리가 너무 멀었고, 주문을 욀 시간조차 없다.

"…큭!"

가차 없이 떨어지는 꼬리 앞에서, 순간적으로 결단을 내린 리타가 왼팔을 뻗었다. 그 로브의 소매에서 무언가가 슈르륵 뻗어

나가 딘의 허리를 휘감았다. 소년의 몸이 확 끌려간다…. 그와 동시에 그가 서 있던 장소를 그리폰의 꼬리가 바람을 가르며 통과했다. 기울어진 딘의 등을 리타의 손이 떠받쳤고, 그렇게 자세를 바로잡은 동료의 손을 잡고 달려 나갔다.

"…어, 어어…?"

"이제 괜찮아! 가자, 테레사도!"

부름을 받은 테레사가 그리폰의 사정권에서 벗어나 말없이 뒤를 따랐다. 그렇게 어찌어찌 무사히 두 번째 힌트를 얻은 2학년 팀 삼인방은 다음 목적지를 향해 달리기 시작했다.

"어라? 방금 미즈 애플턴의 소매에서 채찍 같은 것이 뻗어 나가지 않았나요?"

"뭔가 도구를 사용한 거겠지. 사역마나 골렘류가 아니라면 예선전의 규칙상 문제는 없다."

가랜드는 실황중계자의 질문을 가볍게 받아넘겼다. 그렇게 얼버무리는 모습에서 그렌다는 약간의 위화감을 느꼈지만, 그 점을 지적하기 전에 남자는 다른 것으로 화제를 넘겼다.

"어찌 되었건, 저 팀이 제1관문을 첫 번째로 돌파했다. 제법 좋은 팀이군. 위태로운 면도 많지만, 각자의 강점을 살려서 서로를 잘 보조하고 있어."

"확실히 방금 그리폰과의 싸움은 훌륭했죠! 그럼 저 팀이 이대로 우위를 지키며 달아날 수도 있을까요?!"

"글쎄다. 이제 곧 과제 개시로부터 10분이 경과하지. …3학년생들의 추격이 시작될 거다."

출발 신호와 동시에 3학년생들이 달려 나갔다. 그 선두에 우선 앤드루스의 팀이 있었다.

"드디어 시작이구먼. 아~따, 기다리다 목 빠지는 줄 알았네잉."

"안심해라. 지금부터는 쉴 시간도 주지 않을 테니."

"목표는 1위 통과, 최소한 상위 세 팀에 드는 거야. 안 그러면 이 멤버를 모은 의미가 없어."

경쾌하게 달리는 로시와 올브라이트 사이에서 리더인 앤드루스가 자신의 합격선을 정했다. 예선전이라고 대충 할 생각은 눈곱만큼도 없다. 그들에게 이것은 킴벌리에서 처음으로 임하는 진심을 다한 싸움이기에.

난이도 차이는 있지만 준비된 힌트를 해독해 '보물'을 찾는다는 수순은 2학년과 다를 바 없다. 비문이 새겨진 기둥 앞에 도달한 롤 헤어 소녀가 흠, 하고 콧숨을 내쉬며 말했다.

"이런 타입의 과제도 나오는군요. 스, 알겠나요?"

"당연하지! 내가 시원스럽게 풀어 주겠어!"

스테이시가 셰라와 교대해 비문과 마주했다. 물론 셰라가 풀지 못할 과제는 아니었지만 이번에는 그녀에게 주도권을 주기로 결심한 바였다. 의욕적으로 해독에 도전하는 그 모습을, 롤 헤어 소녀는 옆에 선 종자인 페이와 함께 흐뭇하게 지켜보았다.

10분이라는 핸디캡에 경유해야 하는 힌트의 수가 2학년생보다 많고, 내용 해독의 난이도도 수직 상승했지만 그럼에도 1년이라는 시간의 차이는 컸다. 테레사 일행이 통과한 지 얼마 되지 않아, 캐티 팀도 교사 동쪽에 자리한 시계탑에 도달했다.

"…그리폰이 문지기인가. 역시 성체는 박력이 다른데?"

"아, 이 애라면 괜찮아. 내가 놀아 줄 테니까 둘이서 힌트를 보고 와."

"그래. 느긋하게 돌봐 주고 있어."

캐티의 제안에 가이 일행은 고개를 끄덕이고서 비문을 확인하러 갔다. 망설임 없이 역할 분담을 하고서 사근사근하게 곱슬머리 소녀가 다가서자, 오히려 마수 쪽이 당황한 듯이 주춤거렸다. 그럴 만도 한 것이, 그녀는 이미 킴벌리가 경계용으로 사역하고 있는 모든 그리폰들과 교류를 해 둔 상태였기 때문이다.

"아하하하하! 둘 다 이것 좀 봐, 등에 태워 줬어!"

"오오, 즐거워 보이시는구려!"

한편, 다른 힌트를 더듬어 도달한 교사 서쪽 광장. 이곳에서는 바람을 가르며 달리는 일각마(유니콘)의 등에 매달린 유리의 웃음소리가 울려 퍼졌고, 나나오도 신이 나서 그 뒤를 쫓아다니고 있었다. 그리폰과 마찬가지로 문지기일 터인 마수와 함께 노는 두 사람의 모습을 곁눈질하며, 혼자서 묵묵히 힌트를 확인하던 올리버가 한숨을 내쉬었다.

"귀찮아하는 것 같으니 적당히 해 줘…. 좋아, 힌트는 풀었어. 계속 가자."

그렇듯 3학년 팀이 맹렬하게 추격하고 있다는 사실은 모른 채, 테레사 일행은 순조롭게 세 번째 힌트를 통과한 참이었다. 다음 목적지를 향해 복도를 달리던 중, 딘이 소리쳤다.

"야, 꽤 좋은 페이스 아냐?! 이대로 가면 보물도 곧 찾겠어!"

"응! 다른 팀은 안 왔으니까 어쩌면 1등으로…."

리타는 고개를 끄덕이며 낙관적인 말을 내뱉으려 했지만, 문득 등 뒤에서 여러 개의 발소리가 들려왔고… 그쪽으로 시선을 돌렸을 때에는 이미 낯익은 장신의 선배가 바로 옆에 와 있었다. 넋이 나간 그녀의 얼굴을 옆에서 들여다보며 가이가 입을 열었다.

"오, 리타잖아? 빠른걸, 너희들?"

"그린우드 선배?!"

"여기 있는 걸 보니 같은 힌트를 쫓고 있었나 보네! 2학년이 그 과제를 클리어하다니, 세 사람 다 대단하다!"

"아, 알토 선배…!"

딘도 눈이 휘둥그레져서 소리쳤다. 그러는 동안에도 그들과 캐티 일행의 거리는 빠르게 벌어져, 세 사람의 뒷모습이 눈 깜짝할 새에 멀어졌다.

"미안, 먼저 갈게! 본선에서 만나면 안 봐준다?"

"무리는 하지 마, 이기려 하지 말고 살아남아. 그게 이 킴벌리에서는 제일이야."

피트의 충고를 끝으로 그들의 모습이 모퉁이를 돌아 사라졌다. 너무도 손쉽게 역전을 당하는 바람에 2학년들은 선배들이 사라진 방향을 향해 달리면서도 한동안 찍소리도 할 수가 없었다.

교사 전체에 설치된 감시 골렘이 일제히 큰 소리를 냈다. 영상

속에서 걸음을 멈춘 학생들에게 실황중계를 맡은 그렌다가 싸움이 끝났다는 사실을 알린 것이다.

"여기까지! 과제를 돌파한 팀이 일정 수에 달해 본선전에 참가할 팀이 모두 정해진 관계로, 하급생 리그 예선 종료! 예선을 돌파한 열여섯 개 팀, 우선 축하드립니다! 특히 2학년 팀 둘은 정말 애 많이 썼어~!"

"흠…. 생각했던 것보다 차이가 컸군. 핸디캡을 15분으로 할 걸 그랬나."

결과를 확인한 가랜드가 조용히 중얼거렸다. 그런 가운데 그렌다가 예선 통과 팀을 각각 소개하여, 사흘 후에 있을 본선전에 대한 관객들의 기대감을 더욱더 부추겼다.

"지금부터가 진짜 시작이지만… 뭐, 일단."

"다들 예선 돌파 축하해!"

예선전 종료 직후, 담화실에 모인 면면이 발포 사과수(사이다)가 담긴 잔을 부딪쳤다. 그걸로 일단 목을 축인 후, 캐티는 요란하게 안도의 한숨을 내쉬었다.

"아~ 그나저나 다행이야아, 예선전이 직접 싸우는 타입의 과제가 아니라서! 이런 거라면 얼마든지 환영이라고!"

"뭐~ 그건 그렇지. 평범하게 싸웠다면 열여섯 팀 중에 남기도 힘들었을 테니까, 우리는."

"지식과 통찰력도 실력의 일부야. 전투에 정신이 팔려 공부를 게을리하는 쪽이 잘못이지."

"수수께끼에 요괴와의 달리기 시합. 참으로 파란만장하여 즐거웠소!"

가이, 피트, 나나오가 떠들썩하게 감상을 주고받았다. 그 모습을 흐뭇하게 바라보며 셰라가 문득 이야기의 방향을 바꿨다.

"2학년생들도 애 많이 썼죠. 특히 예선을 통과한 두 팀 중 한 쪽은… 셋 다 낯이 익던데요."

"딘 군이랑 리타랑 테레사 말이지? 그 셋은 굉장해, 자칫 잘못했으면 한발 늦을 뻔했어!"

"리타는 강하다고, 성실하고 소질도 있는 데다 근성도 있거든. 나도 느긋하게 있을 수 없겠는걸."

이야기가 나온 김에 가이와 함께 예뻐하고 있는 후배들을 칭찬해 주며, 캐티가 시선을 슬그머니 다른 곳으로 옮겼다. 이야기꽃이 핀 그녀들과 떨어진 담화실의 구석에서 셰라의 팀메이트인 스테이시와 페이가 조용히 휴식을 취하고 있었다. 캐티가 우으~ 하고 신음하며 입을 열었다.

"…저 둘도 이쪽 테이블에 오면 좋을 텐데."

"저도 그러라고 했지만…. 아직 쑥스러운 모양이에요."

"뭐, 상관없어. 일단은 라이벌이니까. 이제 곧 싸우게 될지도 모르니, 친목질을 하지 않는 것도 방법은 방법이잖아.”

문득 진지한 얼굴로 가이가 말했다. 그 말을 들은 캐티가 으으, 하고 어깨를 움츠렸다.

“…그 말을 들으니 의식이 되네. 그렇긴 하지. 나도 앞으로 올리버나 셰라랑 싸우게 될지도 모르고.”

“열여섯 팀이 난전을 벌일 테니 반드시 그렇게 되겠죠. 하지만 그래서는 아무래도 시합 수가 지나치게 많아질 텐데요. 개인전과는 달리 한 시합에 많은 시간과 품이 들 테고, 그 점을 염두에 두면 본래의 리그전처럼 진행되는 건 결승전부터가 아닐까 싶은데….”

“뭐, 어떻게 굴러가건 일단 붙게 될 거라고 생각해 두는 게 좋겠지. 야, 올리버, 좀 알려 주라. 어떻게 하면 너흴 이길 수 있을까?”

“본인한테 물어보지 마…. 어쨌든 너희가 진지하게 임하는 이상, 봐주지는 않겠다고 약속할게.”

“봐줘도 괜찮은데? 그럼 오천만 베르크를 어떻게 나눠 먹을지 말인데.”

“거기, 가이! 꾀부리려고 하지 마!”

장난을 치던 가이의 뺨을 캐티가 꼬집어 잡아당겼다. 그러던 중 올리버의 세 번째 팀원인 유리가 그들의 떠들썩한 모습을 방 입구에서 발견하고 달려왔다.

“이야~ 미안, 불러 줬는데 늦게 와서! 내가 앉을 자리는 있을까?”

“다른 데서 의자를 가져와도 괜찮지만… 셰라, 넌 슬슬 가 봐야 하지?”

방의 반대쪽 테이블을 의식하며 올리버가 롤 헤어 소녀에게 자리를 뜰 타이밍이 되었다고 알려 주었다. 그 말에 셰라가 고개를 끄덕이며 살며시 자리에서 일어났다.

“그러네요. 제 의자에 앉으세요, 미스터 레이크. …그럼, 저는 스와 페이 쪽 테이블로 돌아갈게요. 양해를 구하고 오긴 했지만, 슬슬 토라질 때가 된 것 같으니까요.”

“어엉, 다녀와.” “다음에는 같이 차 마시자고 전해 줘!”

동료들의 따뜻한 배웅을 받으며 셰라는 마음 편히 지금의 팀메이트가 기다리는 테이블로 떠나갔다. 정이 많은 그녀가 사이에 끼어 불편하지 않도록, 이런 경우엔 나머지 다섯 명이 등을 밀어 주기로 했던 것이다. 멀리서 스테이시와 대화를 하기 시작한 셰라의 모습을 곁눈질하며 그들은 빈자리에 유리를 초대했다.

“수고했어. 좀 어떤 것 같냐, 유리? 우리 애들 둘이랑 한 팀이 되어 예선을 치러 보니까.”

“난 그런 수수께끼 풀이를 아주 좋아하거든! 예선에서 끝낼 게 아니라 앞으로도 쭉 계속하고 싶을 정도야! 본선전도 즐거운 시합이 됐으면 좋겠어!”

의자에 앉은 유리가 신이 나서 말했다. 본선전에 대한 기대로 가슴이 부풀어 오른 그와는 대조적으로 올리버는 턱에 손을 댄 채 생각하기 시작했다.

"…이 자리에 있는 세 팀에, 조금 전에 이야기했던 2학년 팀, 그리고 순조롭게 예선을 통과한 로시의 팀. 열여섯 팀 중 이 다섯 팀에 관해서는 기본적인 정보가 있어. 그렇다면 우선적으로 체크해야 할 건 나머지 열한 팀인데…."

그가 거기까지 말한 참에, 담화실의 벽 몇 군데가 쩍 벌어지더니 입이 되어 말하기 시작했다. 결투 리그의 운영을 감독하는 가랜드의 통보였다. 다른 방과 복도도 상황은 같아서 그 목소리가 교사 전체에 울려 퍼졌다.

"…본선 출전 팀에게 전한다. 시합 대진이 정해졌다. 제1시합은 리베르트 부대, 미스트랄 부대, 에임스 부대, 혼 부대까지 네 팀이 치른다. 시합 내용은 게시판에 공개할 테니 반드시 체크하도록. 반복한다, 제1시합은…."

두 팀메이트와 함께 올리버는 조용히 그 고지를 받아들였다. 동료들끼리 부딪히지 않게 되었다는 데에 작은 안도감을 느끼기는 했지만, 그 대신 세 개의 미지(未知)가 가로놓여 있었다.

"말하기가 무섭게 이렇게 됐네. …하나같이 정보가 적은 팀이야. 뭐가 튀어나올지 알 수 없는 시합이 되겠는걸, 이거…."

"여기, 이게 하급생 리그 예선 통과 팀이야. 모두의 약력까지 정리해 뒀어."

모든 사람들 앞에 자료 다발이 놓였다. 예선 종료로부터 30분도 채 되지 않아 열여섯 팀, 48명의 정보가 열거된 그것을 본부실에 자리한 학생회 멤버들이 묵묵히 훑어보았다. 얼마쯤 지나 총괄의 측근 중 한 명인 레세디 잉웨가 입을 열었다.

"…나쁘지는 않군. 예선에서 다소 판별하기 어려웠지만, 유력한 학생이 소속된 팀은 순조롭게 본선에 진출했어. 이 정도면 예상하기도 쉽지."

"뭐 그렇지. 미즈 히비야의 팀, 미즈 맥팔렌의 팀, 미스터 앤드루스의 팀… 대략적인 인상으로 말하자면, 우승 후보는 이 정도인가?"

자료와 눈싸움을 벌이며, 지금은 어여쁜 소녀의 모습인 팀 린턴이 중얼거렸다. 그 예상에 고개를 끄덕이며 다른 멤버들이 다른 정보를 확인하기 시작했다.

"그 세 팀 중 현 학생회를 지지하겠다는 확답을 받지 못한 학생은…."

"앤드루스 팀 전원. 그리고 전학생인 미스터 레이크다."

"앤드루스와 올브라이트는 완전 보수 명가의 적자잖아. 현재의 정세에서 이쪽에 붙게 하기는 어렵지 않겠어?"

"그 세 팀은 일단 내버려두기로 하고, 다른 팀들은 어떻지? 본선은 난전 형식이야. 강한 팀이 순조롭게 살아남을 거라는 보장은 없어."

"명확하게 현 학생회 지지 세력이라 할 수 있는 게 다섯 팀, 반대로 이전 학생회를 지지하는 건 네 팀. 나머지 네 팀은 불명… 그렇다면 요컨대, 두 팀이나 세 팀은 적이라고 보는 게 좋겠지. 레온시오 일행이라면 그런 공작도 빈틈없이 했을 거야."

제한된 시간 속에서 학생회 멤버들은 좋은 수를 모색했다. 그러한 광경 앞에서 고드프리가 어쩐지 복잡한 얼굴로 팔짱을 낀 채 중얼거렸다.

"…모든 팀이 당당하게 싸우기만 한다면, 우리 역시 아무것도 안 해도 되겠지만 말이지."

과거 시합 영상이 그렌다의 해설과 함께 흘러나오는 가운데, 각 팀은 자축 행사를 짤막하게 마치고 해산하여, 사흘 후 예정된 본선을 위한 최종 조정 단계에 돌입했다. 올리버, 나나오와 함께 적당한 교실에서 휴식을 취하며 유리가 복도를 흘끔거렸다.

"…아직 교사에 안 왔을까, 리버모어 선배는."

"가능성이 없지는 않겠지만, 아무래도 상급생 리그 개시일 즈음에나 나타나겠지. …그렇게 눈에 불을 켜고 찾을 필요는 없어. 그 사람이 모습을 드러내면 어차피 금방 소문이 날 테니까.”

지팡이검을 오른손에 들고 라노프류의 동작을 연습하며 올리버가 답했다. 그가 이 멤버로 팀을 짠 데에는 유리의 자살행위를 막는다는 의도도 있었던지라 리버모어가 나타나 주는 것은 바람직한 일이라 할 수 있었다. 하지만… 막상 대치하는 순간을 상상하자 등줄기가 얼어붙는 듯한 느낌을 금할 수 없다. 그것을 떨쳐내듯 소년은 지팡이검을 날카롭게 휘둘렀다.

“…그 일은 둘째 치고, 지금은 본선전에 관해 이야기하자. 나나오와 나는 작년과 재작년에 교내에서 눈에 띈 적이 잖았던 만큼 전투방식도 어느 정도 알려져 있어. 다시 말해 우리에 대한 대책을 강구했을 거라는 거야. 어떤 조건에서 싸우건 쉽지는 않을 거라고.”

“그것 참 두근거리는걸!” “벌써부터 가슴이 설레는구려!”

축제를 앞둔 듯이 두 사람은 들떠서 말했다. 눈웃음을 띤 채 그 모습을 바라보며 올리버는 오늘까지 그들이 해 온 준비들을 돌이켜 보았다.

“우선 실력을 알고 싶어.”

미궁 1층에 자리한 작은 방에서 팀을 짜기로 한 세 사람이 만났을 때, 올리버는 곧장 그렇게 요구했다. 하지만 그 말을 들은 본인은 생글생글 웃기만 하고 아무 말도 하지 않았다. 그 이전에 자신이 무슨 소릴 들었는지도 못 알아챈 눈치다.

"응? 누구의 실력 말이야?"

"시치미 떼지 마, 너 말이야. 아군의 전력을 알아야 작전을 세울 수 있어. 우리와 한 팀이 되기로 한 이상, 오늘은 철저하게 장점과 단점을 알려 줘야겠어."

그렇게 못을 박으며 올리버가 상대에게 얼굴을 확 들이댔다. 유리가 두 손을 들어 보이며 그를 달랬다.

"물론 뭐든 답할 생각이지만… 글쎄~ 미궁에서 함께 행동하는 동안 내가 할 수 있는 건 대충 다 보여 준 것 같은데."

"물론 그 범위에서 분석을 하기는 했어. 마법출력은 하나같이 높고, 순간적인 판단력과 대응력이 뛰어난 반면 검술과 체술은 어이가 없을 만큼 체계가 없어. 하지만 의식적으로 정석을 무시하고 있는 로시 같은 타입과는 다르지. 어떤 식으로 단련을 하면 그렇게 되는지 모르겠지만… 굳이 예를 들자면, 너는 '야생 마법사' 같은 인상이야."

"아하하하! 과연, 그것 참 그럴싸한 표현인데?!"

"소생도 동감이오. 유리 공에게서는 깊은 숲의 냄새가 나오. 어디 출신인지는 모르오만, 어릴 적부터 야산을 가까이하며 자라 온 듯싶소."

나나오가 본인이 느낀 인상을 입 밖에 냈다. 그 말을 들은 유리가 조용히 미소를 지은 채 대꾸했다.

"…부모님이 시골의 '마을 소속'이라 느긋하게 생활한 탓인지, 나는 지식과 기술을 주입받은 기억이 거의 없어. 그런 의미에서는 나나오의 말대로 뛰놀았던 야산 그 자체가 스승이라고 할 수 있을지도 몰라.

매일이 즐거웠지만, 이야기를 듣고 보니 그만큼 위험하기도 했지. 그곳에는 여러 마법생물이 살고 있어서, 하루에도 몇 번씩 생명의 위협과 마주했던 것 같아. 하지만… 희한하게도 무섭다고 생각한 적은 한 번도 없어. 어째서일까?"

유리는 고개를 갸웃한 채 말했다. 그 내용을 통해 올리버는 상대가 살아온 세월의 본질을 분석했다. 그야말로 모르는 언어로 적힌 서적을 해독하듯이.

"…서적이나 구두를 통한 지식의 전수를 최소한으로 하고 환경 그 자체를 스승 삼아 단련한 건가. 전례가 없지는 않지만… 굳이 말하자면 동방에 가까운 사상인데."

"산을 달리며 단련한 경험이라면 소생에게도 있소. 강인한 마음을 일구는 데 제격이었더랬소."

나나오가 팔짱을 낀 채 공감했다. 목표를 가지고 단련했다기보다는 가까이에 있던 환경 그 자체가 심신을 자연스럽게 연마해 주었다…. 상대의 내력이 그러하리라는 것을 올리버도 막연하게는 알고 있었다. 하지만 팀메이트로서는 조금 더 구체적으로 파악해 두고 싶었다.

"지금까지 몇 번인가 물었지만, 다시 말해 줘. …2층에서 습격해 온 적과 원거리 전투를 벌이게 됐을 때, 풀숲에 모습을 숨긴 적의 움직임을 너는 '물어보니 알려 줬다'고 했지. 그건 누구에게… 아니, 무엇에게 '물었던' 거지?"

"으~음, 그것도 살짝 설명하기가 어려워. 어떻게 설명을 해야 할까."

유리가 눈을 감은 채 생각에 잠겼다. 얼마쯤 지나 그는 근처의 허공을 가리키며 말을 이었다.

"…예를 들어서, 저기 나무가 자라 있다고 치자. 그 나무 뒤에 누군가가 있다고 치고. 우리가 있는 곳에서는 당연히 안 보이지. 하지만 그 나무는 자기 뒤에 누가 숨어 있는지 알고 있을 거야. 그럴 때 나는 물어봐, 지금 거기 누가 있어요? 그러면 어렴풋이 알려 주는… 듯한 기분이 들어."

"그건… 식물과 의사소통을 한다는 뜻이야? 아니면 거기 깃든 정령 같은 것?"

"으~음, 글쎄? 둘 다 아닌 것 같은데에."

대답하기 막막해진 소년이 두 손으로 머리를 싸쥐었다. 억지로 말을 쥐어짜게 하는 건 좋지 않을 것 같다는 생각에 올리버는 질문의 방향을 바꿔 보기로 했다.

"그럼 인공물에 둘러싸인 장소에서는 어때. 그래도 마찬가지로 '대답'이 돌아와?"

"그때그때 다르다고나 할까. 냉큼 답해 줄 때도 있고, 반대로 완전히 입을 다물어 버릴 때도 있어. 하지만… 마법사가 직접 손을 댄 물건은 '물어봐도' 무시할 때가 많은 것 같단 말이지. 어째서일까?"

새로운 질문에 유리는 고개를 갸웃했다. 자기 자신에 관한 고민을 하기 시작한 그를, 올리버가 한 손을 들어 제지했다. 상대가 혼란에 빠져서는 될 일도 안 된다.

"생각은 거기까지만 해. 몇 가지 가설이 떠오르기는 했지만, 전부 현 단계에서 검증하기는 어렵겠어. …우선은 충분해. 질문을 퍼부어서 미안해, 레이크."

"응? 왜 사과를 해? 눈앞에 수수께끼가 있으면 당연히 알고 싶잖아. 오히려 기뻐, 내가 너의 '수수께끼'가 됐다는 게!"

평소의 미소로 돌아온 유리가 올리버의 어깨를 두드리며 말했다. 올리버는 쓴웃음을 지은 채 다시 입을 열었다.

"다음 이야기로 넘어가자. …마법검이나 주문학 수업에서는 같은 상대와 여러 번 맞붙기가 어렵잖아. 결국… 이게, 네 실력을 알 가장 빠른 방법이겠지."

그렇게 말하며 올리버는 지팡이검을 뽑아 보였다. 상대의 의도를 알아챈 유리가 웃으며 고개를 끄덕였다.

"아하, 시합을 하자는 거지? 올리버 군하고? 아니면 나나오하고?"

"두 사람 모두와 여섯 판씩 하자. 규칙은 주문과 검을 사용하는 종합전으로…."

…그렇게 시작해서 그들은 세 마법사를 하나의 팀으로 완성시키기 위한 수련을 쌓아 왔다. 모든 면에서 완벽한 수준이라고 할 수는 없겠지만, 기한 안에 할 수 있는 일은 다 했다는 자부심이 올리버에게는 있었다. 결단코 대비가 부족한 상태로 오늘을 맞은 것이 아니다. 그러니.

"…이번엔 너희가 옳은 거겠지."

시합에 대한 기대감과 고양감으로 가득한 두 팀메이트의 모습에 올리버는 조용히 미소를 지은 채 고개를 끄덕였다. 눈여겨봐 둔 동료와 팀을 이루어 최대한의 준비를 하고 싸움에 임하게 됐다면, 즐겨야 마땅할 것이다. 아무리 많은 의도가 이면에서 꿈틀대고 있다 해도 이것은 어디까지나 실력을 시험하는 이벤트다. 목숨을 건 살육전이 아니라.

시합에 임하기 위한 마음가짐을 다지고 있는 올리버를, 나나오가 가슴을 편 채 바라보며 말했다.

"음, 고양되지 않을 수가 없잖소. 오늘에 이르기까지, 다른 팀들도 우리와 마찬가지로 준비를 거듭했을 것 아니오. 어떠한 책략이, 기술이, 마법이 도사리고 있을지. 그 모든 것에 우리는 어떻게 대응할지… 이건 아무리 생각을 해도 질릴 것 같지가 않소."

강대한 적의 이미지가 그대로 커다란 즐거움으로 이어진다. 타고난 무인이라 해도 과언이 아닌 나나오 히비야의 존재방식 앞에서 올리버는 강렬한 빛에 타들어 가는 듯한 심정으로 생각했다. 그녀와 같아지지는 못할지라도… 하다못해 그 옆에 서기에 부끄럼 없는 자신이 되고 싶다고.

그렇다, 준비를 해 온 것은 나나오 일행만이 아니다. 다가오는 본선전에서 승리를 거두기 위해, 결투 리그의 출전자들은 온갖 수단과 방법을 동원했다. 오히려 사전의 하마평에서 '불리하다'고 예상된 팀들은 보다 절실하게 준비했다고 할 수 있었다.

미궁 1층 '고요한 미로'의 어딘가. 광석 램프의 빛이 못 미덥게 비추고 있는 어슴푸레한 공간, 한 남학생이 차가운 석제 벽에 등을 기댄 채 말없이 서 있었다. 넥타이 색은 3학년생의 그것이고, 다소 오뚝한 코와 일부를 보라색으로 물들인 머리카락이 특징적인 소년이다.

"…오~ 왔구나아."

정면에서 파닥파닥 날갯소리가 들려오자 소년은 땅바닥을 향하고 있던 시선을 위로 올렸다. 두 마리의 박쥐가 어둠 속에서 뛰쳐나오자 여러 명의 사람이 소리도 없이 그것을 따라 나타났다. 우측에 세 사람, 좌측에 세 사람. 사역마인 두 박쥐를 양손의 둘째손가락에 앉히며 소년은 옅은 미소를 띤 채 입을 열었다.

"이렇게 불러내서 미안하다. 너무 경계하진 말라고… 이런 소릴 해 봐야 무리겠지만. 우린 적이니까아."

"알고 있다면 바로 본론으로 들어가지. 용건이 뭐냐, 미스트랄?"

소년을 기준으로 우측에 선 세 사람 중 선두에 위치한 남학생이 쓰고 있던 후드를 벗으며 낮은 목소리로 물었다. 이쪽은 덩치가 크고 얼핏 보면 상급생으로 착각할 만큼 차분했지만, 넥타이의 색은 역시나 3학년의 그것이다. 그가 가만히 눈총을 쏘자 미스트랄이라 불린 소년이 어깨를 으쓱했다.

"성질도 급하네에, 미스터 리베르트. 용건은 그쪽도 이미 짐작하고 있을 것 아냐. …확인했지이? 본선전 대진은."

그렇게 말하더니 미스트랄은 그 자리에 책상다리를 하고 털썩 주저앉았다. 그렇게 눈앞에 있는 여섯 명을 시선으로 벨 듯이 둘러보더니.

"솔직하게 묻겠어. 승산, 있다고 생각하냐, 우리한테?"

조금 전과 달리 날카로운 질문을 던졌다. 미스트랄의 정면 좌측에 선 세 사람 중 한 명이 후드를 벗더니, 소녀가 얼굴을 드러

낸 채 소곤소곤 이야기했다. 하지만 그 눈매는 여전히 긴 앞머리에 가려져 있었다.

"…흐름에 따라서는… 없지는, 않지 않을까요…."

"호오. 동감이야아, 미즈 에임스."

에임스라 불린 작은 몸집의 소녀와 마주한 채, 미스트랄은 얄밉게 입술을 삐죽거리며 답했다.

"참고로 그 '흐름'이라는 놈의 내용도 맞혀 볼까? 우선 너희는 미즈 히비야의 팀이 다른 팀과의 연속 전투로 소모되기를 기다리겠지. 그리고 녀석들이 지치면 타이밍을 봐서 끼어들어 어부지리를 취한다. 자잘한 부분은 둘째 치고, 대충 이런 느낌이지?"

그 지적에 침묵이 깔렸다. 내뱉는 듯한 투로 미스트랄이 말을 이었다.

"알지, 알아. 왜냐하면, **우리 모두 그렇게 생각하고 있으니까**. …그럼 어떻게 될까? 아무도 그 녀석들과 제대로 싸울 생각이 없잖아. 시합에서는 서로에게 꽝을 떠밀려 들 테고, 최고로 꼴사나운 숨바꼭질이 기다리고 있겠지. 하핫, 웃겨서 눈물이 다 날 것 같네에."

"…무슨 말을 하고 싶은 거냐, 미스트랄?"

완곡한 비아냥거림은 무시하고 리베르트가 담담하게 이야기의 핵심을 물었다. 하지만 다음 순간… 그런 그들의 **등 뒤에서** 목소리가 울렸다.

"아무리 발악을 해도 꼴사나울 거라면…."

"…온 힘을 다해 꼴사납게 굴어 보자는 거야."

미스트랄 이외의 여섯 명이 순간적으로 반응했다. 돌아봄과 동시에 좌우로 흩어져 지팡이검을 겨눈 것이 다섯, 망설임 없이 돌진해 칼을 뽑아 일격을 날린 것이 한 명이었다. 그 칼날이 상대의 목을 치기 직전에 딱 멈췄다.

"오, 오오? 반응이 좋은거얼, 미즈 에임스."

"아이고, 무서워라아. 내숭을 떤 거였구만. 수업에서 그런 움직임은 보인 적 없잖아, 너."

목에 에임스의 지팡이검이 닿아 있는 그림자가 즐거운 듯 말하자, 그 옆에서 리베르트 일행이 지팡이검을 겨눈 그림자와 같은 목소리로 웃었다. 그와 동시에 여섯 명은 놀라서 눈이 휘둥그레졌다. 그곳에 **직전까지 이야기하고 있던 상대와 완전히 같은 얼굴** 둘이 나란히 서 있었기 때문이다.

"성질 좀 죽이자고오. 놀라게 한 건 미안하지만 약속을 어기지는 않았어. **나는 혼자서 여기 왔다고**."

벽 근처에 주저앉은 미스트랄이 쿡쿡 웃었다. 눈앞에 펼쳐진 광경과 모순되는 그 말을 염두에 둔 채, 리베르트가 세 명의 미스트랄을 신중하게 번갈아 쳐다보았다.

"…변화… 아니, 이건."

"분신, 같군요. 그것도 지극히 정밀도가 높은 분신. …자신은,

없지만요."

에임스가 나직한 목소리로 분석을 입 밖에 냈다. 모두가 이해한 것을 확인한 후, 서 있는 쪽의 미스트랄들이 순서대로 입을 열었다.

"내가 먼저 말을 꺼냈으니까아. 먼저 카드를 보여 주는 게 도리 아니겠어?"

"꽤 놀랍지, 이거? 일단은 우리 가문의 비전(祕傳)이라고."

지팡이검을 겨누고 있는 에임스 일행을 향해 같은 얼굴을 지닌 미스트랄들이 같은 목소리로 말했다. 얕은 잠을 자던 중 꾼 악몽 같은 광경에 리베르트가 눈살을 찌푸렸지만, 문제의 본질은 그 떨떠름한 느낌이 아니었다. 무엇보다도 놀라운 점은, 이만큼 가까이서 차분하게 관찰했음에도… 아직도 그들은 **진짜 미스트랄이 누구인지 알 수가 없다**는 것이었다. 어두운 주변 환경 때문이기도 하겠지만, 그 자체로 이미 심상치 않은 일이었다.

"비장의 카드 한두 개 정도는 당연히 그쪽에도 있을 것 아냐아. 전부 다는 아니라도 좋으니, 너희도 여기서 알려 주고 가."

"연계할 방법이 없으니까아. 서로 뭘 할 수 있는지를 모르면."

미스트랄의 그 말을 들은 직후, 에임스가 상대의 목에 대고 있던 지팡이검을 물렸다. 그녀는 동료들이 있는 쪽으로 몇 걸음 물러나며 나직하게 물었다.

"…처음부터 세 팀이 손을 잡고, 미즈 히비야 팀을 철저하게 노리자. 당신의 제안은… 요컨대, 그러한 것인가요?"

"난전에서 모난 돌은 정 맞는 법이잖아아. 미즈 히비야의 팀이 특출나게 강하니, 내버려둬도 시합은 비슷한 흐름이 될거얼. 아까 말한 꼴사나운 숨바꼭질 후에 말이야."

"그렇다면 그때까지 낭비되는 시간이 아깝겠지이. 너희와 쓸데없이 서로의 발목을 잡는 짓거리는 하고 싶지 않아아. 그런 빈틈을 보여 가며 이길 수 있는 상대가 아니라고, 그것들은."

서 있는 쪽의 미스트랄 두 사람이 번갈아 가며 말했다. 이어서 벽 근처에 앉아 있던 미스트랄이 입을 열었다.

"우선 약속해. 미즈 히비야의 팀이 탈락할 때까지, 우리는 서로의 팀을 노리지 않는 거야아. …거절할 이유는 없을걸. 너희가 진짜로 이기고 싶다면."

딴 사람이라도 된 듯 엄격한 투로 미스트랄이 말하자, 그 내용에 여섯 사람은 한참 동안 입을 다물었다. 얼마간 생각한 끝에 리베르트가 조용히 입을 열었다.

"시합 밖에서의 동맹, 이란 건가. …만약 그 말대로 한다면, 시합 개시부터 3대 1로 싸우게 된다. 누가 봐도 노골적인 전개겠지. 마스터 가랜드가 제지하지 않겠나?"

"누군가를 봐주거나 짜고 치는 시합이라면 마스터도 제지하겠지. 하지만 잘 생각해 봐아, 내 제안은 그게 아니잖아."

"유력한 팀이 집중 공격의 표적이 되는 건 난전에서 흔한 일이야아. 우린 그걸 철저하게, 계획적으로 할 뿐이고."

"모든 수단과 방법을 동원해 온 힘을 다해 싸운다… 그 사람은 그걸 나무라지 않을 거얼."

확신에 찬 투로 세 명의 미스트랄이 말했다. 얼마간 모두가 말없이 생각에 잠겨 있던 중, 에임스가 질문을 던졌다.

"…확인하겠어요. 미즈 히비야의 팀을 탈락시킨 순간부터는, 원래대로 서로 적. 그렇게 생각해도 될까요."

"이해력이 좋은거얼, 미즈 에임스."

"바로 그거야. 너희와 치고받는 건 그다음이라고오."

"물론 그다음에 내 팀을 집중 공격해도 전혀 상관없어어."

대담하게 말한 후, 세 명의 미스트랄이 쿡쿡 웃었다. 리베르트가 흥, 하고 콧방귀를 뀌었다.

"확실히 그다음 일은 아무것도 약속할 수 없지. 하지만… 그 시점까지 이해관계가 일치한다는 건 분명한 사실이다."

그렇게 말하더니 겨누고 있던 지팡이검을 허리에 찬 칼집에 넣었다. 이어서 리베르트는 같은 팀원 두 명에게 눈짓을 하고서 짧은 고갯짓만으로 의사소통을 하더니.

"나는 고식(클래시컬) 골렘을 다룬다. 필드의 지형, 지질에 따라 할 수 있는 일이 크게 달라져. 어떤 역할을 맡을지는 상황에 따라 고려해 보지."

승낙한다는 말 대신 단적으로 자신의 특기를 밝혔다. 그가 시선을 옆에 자리한 에임스에게로 옮기자, 그녀 역시 고개를 끄덕이며 입을 열었다.

"…라노프와 리제트의 보법은 거의 다, 익혔으니. 일정 이상으로 복잡한 지형에서라면… 누가 상대건, 히트 앤 런으로 교란하는 역할을 맡을 수 있을… 것 같습니다."

"돌격했다 탈출할 수 있다는 거야? 미즈 히비야와 미스터 혼을 상대로?"

"자신은, 없지만. …대신, 눈에 띄게 못하는 것도 없으니까요. 작전의 빈틈을 메우는 역할로서는, 여러모로 써먹기 편리하실 겁니다."

의외로 대담한 에임스의 발언에 리베르트는 눈이 휘둥그레졌다. 어쨌든 세 팀의 동맹은 성립하여 세 명의 미스트랄이 동시에 씨익 입꼬리를 치올렸다.

"표정들이." "볼만해졌구마안." "좋았어."

그렇게 그들은 의논하기 시작했다. 강대한 사냥감을, 세 팀이 함께 궁지로 몰기 위한 작전을.

제3장

배틀로열

사파전

하나의 싸움이 끝날 때까지 어떠한 흐름을 거치는가. 그 추이에는 방대한 패턴이 존재하고, 누구든 모든 것을 완벽하게 상정할 수 있는 것은 아니다. 여러 팀이 참가하는 난전에서는 더더욱 그러해서, 초반의 작은 우연이 종반에서 승패를 가르는 결정타가 될 가능성마저 있다.

"아, 잠깐만, 나나오. 거긴 용의 브레스가 닿아." "흐으음."

그리고 결투 리그 예선전으로부터 사흘이 지난 현재. 그런 시합이 코앞으로 다가온 교사 1층의 대기실에서 올리버의 팀메이트 두 사람은 불안한 낌새는 조금도 보이지 않은 채, 보드 게임에 몰두하고 있었다.

"……."

물론 지금 와서 고민해 봐야 소용없다는 것은 올리버도 알았다. 대략적인 예상과 대책은 머릿속에 때려 박아 두었으니, 이제 실제 시합의 흐름에 맞춰서 유연하게 대응해 나가는 일만 남았다. 그런 의미에서 전투 직전에 긴장하지 않는 것은 바람직한 일이다. 적어도 긴장해서 뻣뻣해져 있는 것보다는 훨씬 낫다. 낫기는 하지만.

"흠, 골렘이 횡렬로 늘어섰소. 이러면 합체할 수 있는 게 맞소?"

"오, 제법인데, 나나오? 잠깐 규칙 좀 체크할게. 으~음, 합체 후의 흙 골렘은 내구력과 공격력이…."

"…여덟 배야. 그 버전에서는."

두꺼운 룰 북을 체크하기 시작한 두 사람을 보다 못한 올리버가 끼어들었다. 생김새와 크기가 각기 다른 말이 빽빽하게 늘어선 게임판을 바라보며 그는 질렸다는 얼굴로 말을 이었다.

“시합 직전에 그렇게 복잡한 게임을 즐길 수 있다는 게 신기한걸….”

“파란만장해서 재미있어. 올리버 군은 안 해? 마법 체스 다이내믹.”

“…버전 15부터 시작해서 28까지는 했지만, 질려 버렸어. 몇 달에 한 번씩 규칙이 갱신되고, 그때마다 이전의 정석이 뒤집어지는 건 너무 심하잖아. 나는 그보다 훨씬 세련된 보통 사람의 체스가 좋아.”

그렇게 말한 올리버는 내심 ‘아버지가 했던 것과 같은 소릴 하게 될 줄이야’라고 생각하며 쓴웃음을 지었다. 자연스럽게 과거의 기억이 뇌리에 되살아났다. 무적의 챔피언으로 군림했던 어머니와 그런 그녀에게 연패해 눈물을 그렁거리며 “노르, 정상적인 체스를 하자.”라고 말하던 아버지. 두 사람 중 누구와 게임판을 사이에 두고 마주할지, 그는 그것이 늘 고민이었다.

“시합 개시까지 5분 남았다. 다들 준비해라.”

짧은 회상이 상급생의 목소리로 인해 중단되었다. 나나오와 유리도 말을 움직이던 손을 멈췄다.

“오, 차례가 됐나 보네.” “알았소이다.”

올리버가 일어선 두 사람과 나란히 서자, 천장에서 목소리가 울려 퍼졌다.

"…시합을 개시하기에 앞서, 본선전의 규칙을 설명하겠다."

오전 10시가 되자 실황중계석의 가랜드가 입을 열었다. 그 목소리는 감시 골렘이 전달해 오는 영상 너머, 곧 시합에 참가할 열두 명의 선수들에게 울려 퍼졌다.

"경기는 네 팀에 의한 난전이다. 하나의 전장에 네 개의 팀이 동시에 들어서서 시합 개시. 주문과 검을 사용하는 총합전으로 쓰러뜨린 적 팀의 인원수로 점수를 매기고, 시합이 끝날 때까지 살아남은 팀에게는 2점을 가산. 그것들의 합계치가 가장 높은 팀이 승리한다.

또한 사전에 신고한다는 조건으로 마수와 골렘의 사역도 허가한다. 사용하고 싶지만 준비된 게 없을 경우에는 운영 측에서 범용 개체를 대여하기도 하니, 부담 없이 신청하도록."

대여는 주로 2학년 팀에 대한 구제 조치다. 3학년쯤 되면 정찰이나 전령용 사역마 정도는 당연히 상비하고 있지만, 2학년생 모두에게 같은 수준을 요구하기에는 다소 무리가 있다. 뭐, 이 제1시합은 네 팀 모두 3학년만으로 구성되어 있으니 그런 걱정은 필요 없었지만.

"이건 하급생 리그니 당연히 완전한 불살주문을 걸어야 한다. 주문의 살상력도 중상을 입히지 못하도록 계약으로 제한했으며, 낙석 등의 불의의 사고를 방지하기 위해 필드 전체를 불살의 저주로 가공해 두었다. 따라서 육체적 손상과는 별개로 참가자에게 전투 중 '부상'과 '전투 불능'을 판정할 장치가 필요했다. 선수들의 양쪽 손목과 발목, 그리고 목에 장치한 링이 그것이다."

"이겁니다!"

가랜드의 옆에서 실황중계자인 그렌다가 유유히 일어나, 스스로 견본이 되어 양쪽 팔다리와 목에 장착한 링을 영상에 띄웠다. 가랜드가 설명을 이어 갔다.

"그 링은 강한 열이나 냉기, 충격과 같은 '육체에 대한 공격적인 간섭'을 감지해, 그것들의 합계치가 일정 선을 넘으면 주문을 발동… 장착한 부분 주변을 단계적으로 마비시킨다. 예를 들어 왼손에 찬 고리 주변에 주문이 스치면 왼팔 전체의 감각이 옅어지고, 직격하면 완전히 마비되는 식이다. 머리나 몸통에 대한 대미지에는 목에 찬 링이 일괄적으로 발동하는데, 이 경우에는 마비가 아니라 기절… 다시 말해서 전투 불능에 빠진다. 목에 찬 고리를 제외한 양쪽 팔다리를 모두 당했을 경우도 마찬가지다."

일단 말을 끊은 후, 가랜드가 그렌다에게 시선을 보냈다. 그 의도를 파악한 그녀가 지팡이검을 뽑아 자신이 주로 사용하는 오른팔에 겨누었다. 영상이 그 부분을 크게 비추었다.

"주의해야 할 점은, 주로 사용하는 팔을 당해도 탈락은 아니라는 거다. 평범한 결투와 달리 이것은 팀전. 주문과 검을 모두 사용할 수 없게 되어도 몸이 움직이는 한은 팀의 승리를 위해 활약할 여지가 있지. 선수들은 그 점을 염두에 두고 끈기 있게 싸우길 바란다."

원칙적으로 마법사는 주로 사용하는 팔로만 지팡이를 다룰 수 있다. 그 점을 전제로 한 통상적인 결투에서는 '주로 사용하는 팔을 베인다=주문도 검도 다룰 수 없게 된다=패배'로 간주되지만, 집단전에서는 그렇지가 않다. 미끼, 벽, 사역마의 사역에 전념 등… 할 수 있는 일은 많은 것이다.

"전장은 시합마다 여러 지형 중 무작위로 선택된다. 제한시간은 한 시간. 규칙에 저촉되지 않는 범위에서는 어떤 식으로 싸우건 자유지만 잠복, 혹은 도주한 채 오랫동안 싸우지 않는 자는 싸울 의지가 없다고 판단해 링의 저주가 발동, 전투 불능 상태가 되니 주의하도록."

싸워서 살아남아라. 그 간단한 테마를 부각시키며 가랜드는 추가 정보를 덧붙여 말했다.

"금지 사항은… 우선 선수의 사망, 후유증으로 이어질 만한 위험 행위 전반. 주술도 여기에 포함된다. 그러한 것들에 해당되지 않더라도 무의미하게, 혹은 과도하게 상대에게 고통을 주는 행위는 당연히 금한다. 이러한 행동이 눈에 띈 선수에게는 경고나 벌칙을 부가하고 매우 악질적일 경우에는 즉시 실격 처리한다. 또한 필드에는 심판을 맡은 상급생이 대기하고 있다. 시합 중에는 나와 그들이 내내 감시의 눈을 빛내고 있다는 걸 잊지 마라."

"요컨대 얍삽한 짓은 하지 말라는 거죠?!"

실황중계자인 그렌다가 단적으로 번역했다. 그녀는 말없이 고개를 끄덕이는 가랜드로부터 옆에 앉아 있는 두 인물에게로 시선을 옮겼다.

"가랜드 선생님과 더불어 차기 학생총괄 후보 두 분을 제1시합의 해설로 모셨습니다! 미즈 밀리건, 미스터 윌리, 시합 전에 한마디씩 부탁드립니다!"

"차기 총괄 후보인 베라 밀리건이야. 이번에는 특등석에 초대해 줘서 영광이야. 동석 상대는 조금 마음에 안 들지만."

"차기 총괄 후보인 퍼시발 윌리다. 어쩐지 옆이 시끄럽지만, 킴벌리의 다음 세대를 짊어질 몸으로서 이 정도의 고행은 인내해 보이도록 하지."

두 후보가 벌써부터 서로를 견제하는 말을 던졌다. 그 말을 들은 그렌다는 웃으며 "으헤엑, 살벌해라."라고 말한 후, 테이블 위에 놓인 시계를 쳐다보았다.

"어이쿠, 어느덧 시합 개시 2분 전! 선수들이 전장으로 입장합니다!"

"어이, 시간 됐다. 다녀와."

운영을 맡은 상급생이 출발하라며 세 사람을 재촉했다. 동시에 방 안쪽에 자리한 벽에 쳐 두었던 천이 떨어져, 험준한 바위산을 그린 한 폭의 그림이 나타났다. 올리버 일행은 곧장 이해했다. …그것이 이번 전장으로 가는 '입구'라는 것을.

저마다 의욕 넘치는 얼굴로 나란히 선 나나오와 유리에게, 올리버가 첫 번째 지시를 내렸다.

"후드를 써. …둘 다 준비는 됐지?"

"물론이지." "기다리다 목이 빠지는 줄 알았소."

후드를 깊숙이 뒤집어쓰며 두 사람은 힘차게 답했다. 그들의 가슴에서는 긴장감보다 기대감이 명백하게 앞서고 있었고, 그렇다 보니 격려의 말은 필요하지 않을 듯했다. 누가 먼저랄 것 없이 그 기세 그대로 세 사람은 그림 속으로 몸을 던졌다.

어둠 속으로 몇 초간 떨어진 끝에 몸이 탁 트인 공간으로 내던져졌다. 세 사람은 소리도 내지 않고 착지해, 우선 잽싸게 주변 상황을 확인했다.

"…역시 그림 속의 그곳인가."

옅은 오렌지빛을 띤 바위들로 이루어진 험준한 지형이 그곳에 펼쳐져 있었다. 생명의 기운은 희박한 반면, 지면은 마법사라면 눈을 감아도 알 수 있을 정도의 '힘'으로 가득했다. 자세히 정찰을 하기도 전에 올리버는 자신들이 위치한 장소의 특성을 파악했다.

"제1시합의 무대는 섬문암(베르다이트) 광상지대! 미궁의 마법기술을 응용해서 실재하는 지형을 국소적으로 재현하는 방법으로 구축한 전장입니다! 팀전의 경험도 풍부한 게스트 두 분은 이 무대를 어떻게 평가하시는지요!"

실황중계자인 그렌다가 곧장 게스트 두 사람의 의견을 물었다. 사안의 마녀가 옅은 미소를 띤 채 답했다.

"광상을 뽑다니. 처음 보면 당황하게 되는 필드 중 하나지. 우선 지형의 특성을 간파할 수 있을지 어떨지, 그리고 그걸 전략에 편입시켜 잘 활용할 수 있을지가 문제인데. 귀여운 후배들의 실력이 어떨지 구경이나 해 볼까…."

우선 실제로 보여 주는 편이 빠르겠다는 생각에 올리버는 딛고 선 지면에 가볍게 마력을 실어 보였다. 그러자 한 개의 돌기둥이 쑥쑥 돋아나, 눈 깜짝할 새에 허리 높이까지 성장했다.

"오오." "헤에!"

나나오와 유리가 흥미롭다는 듯이 같은 광경을 바라보았다. 지면의 가공은 라노프류 땅의 품새의 기본이지만 일반적인 조건에서는 주문도 쓰지 않고 이렇게까지 커다란 현상을 일으키는 것은 어렵다. 다시 말해서 이곳의 지면은 일반적이지 않은 것이다.

“봤으니 알겠지만. 이곳의 지반은 대량의 베르다이트… 풍부한 마력을 띤 마석으로 형성되어 있고, 지면에 영향을 미치는 타입의 마법은 모조리 효과가 강해져. 예를 들어 차폐주문인 클리페우스 등이 그렇지. 반면, 대항속성의 마법은 지면에 흡수되어 위력이 떨어지니 주의해 줘.”

설명을 덧붙이며 올리버는 이것은 꽤 골치 아픈 전장이라고 생각했다. 땅의 품새를 유연하게 활용하는 스타일인 그 자신에게는 당연히 큰 영향을 미칠 테고, 안 그래도 정보가 부족한 적 팀의 동향도 더욱 예상하기 어려워졌다. 싸움이 시작되기 전, 우선 이 필드에 적응해 둘 필요가 있다.

“약간의 마력으로 큰 현상을 일으킬 수 있는 반면, 그걸 의식하지 않으면 자기 마법의 위력에 당황하게 될 수도 있어. 물론 그 반대일 수도 있고. 주의해 줘.”

최소한의 주의사항만을 전달하고서 올리버는 말을 아꼈다. 이론적인 설명을 줄줄 늘어놓기보다는 눈앞에 있는 두 사람에게는 단순하게 실제로 느끼게 하는 편이 좋겠다고 생각했기 때문이다. 그래서 그는 다른 점을 확인하기 시작했다.

"그쪽은 어때, 레이크?"

"음~… 별로 좋지 않아. '목소리'가 엄청 작아. 아니, 거의 안 들리네."

가까이에 있던 바위에 손을 대고 있던 유리가 어깨를 으쓱했다. 현재까지도 의문점이 많은 그의 특기, 자연물에 질문을 던지는 '그 감각'은 이곳에서는 못 써먹을 것 같다. 자연적인 환경이 아니라 결투 리그의 운영 측이 준비한 인공 환경이기 때문일까…. 그렇게 추측하며 올리버는 고개를 끄덕인 후 오른손에 든 지팡이검을 휘둘렀다.

"그렇다면 정공법을 쓸 수밖에. …**깨어나라—사타스사르숨.**"

그가 그렇게 주문을 왼 순간, 로브 안에서 세 개의 그림자가 튀어나와 세 방향으로 날아갔다. 작은 새와 같은 형상의 소형 골렘이다. 풀려난 그것들은 빠른 속도로 필드 상공을 날아다녔고, 그로 인한 시각 정보는 사역자인 올리버에게 공유되었다.

"…윽…."

여러 개의 시야가 머릿속에 떠오르자 가볍게 '멀미'가 나긴 했지만, 거기에도 몇 초 만에 적응했다. 눈을 감고 지형 관측에 집중하며 올리버는 다시금 입을 열었다.

"…정찰용 소형 골렘을 날렸어. 우선 이걸로 전체 지형, 그리고 가능하면 다른 세 팀과의 대략적인 위치 관계를 파악하자."

"한동안은 주변 상황을 살피며 숨바꼭질을 해야 하려나?"

"물론 공격해 오면 대처해야겠지만, 정보가 하나도 없는 상태에서 돌아다닐 상대는 없겠지. …이 싸움은 위치 관계가 매우 중요해. 여러 팀 사이에 끼면 단숨에 불리해질 거야."

그렇게 말하며 소년은 지팡이검을 나나오와 유리 사이를 향해 내밀었다. 의도를 알아챈 두 사람이 각자의 지팡이검을 거기에 포갰다. 동시에 올리버가 머릿속에서 정리한 '지도'가 두 사람에게 전달됐다. 서로의 소양과 훈련은 필요하지만, 마법사들은 이런 식으로 의사소통을 할 수도 있었다.

"이미지를 보낼게. …보여? 방향은 편의상으로 설정한 거지만, 이곳은 필드 전체의 남동쪽. 현재까지 주변 200미터 이내에 적은 없어. 지형은 가장자리에서 중앙으로 갈수록 표고가 높아지고, 한가운데에 유독 높은 봉우리가 있어.

우선 몸을 숨겨 가며 전속력으로 이곳을 목표로 하자."

"흠흠, 알았어." "진을 치려면 고지대에 쳐라. 전쟁의 기본이구려."

고갯짓을 주고받은 후, 첫 목표를 설정한 세 사람이 신속하게 움직이기 시작했다. 유리가 바위 뒤에서 상공을 흘끔 올려다보니… 그곳에는 이미 운영 측이 배치한 감시 골렘과 다른 팀이 보낸 것으로 보이는 소형 골렘 여러 기가 날아다니고 있었다.

필연적으로 올리버 일행과 같은 시각, 다른 팀들도 차례차례 행동을 개시했다.

"광상이라. …아무래도 우리가 당첨 제비를 뽑은 것 같군."

리베르트 부대의 리더를 맡은 3학년생, 유르겐 리베르트가 돌멩이를 주워 들여다보며 중얼거렸다. 그 양옆에서 두 학생이 고개를 끄덕였다. 매처럼 날카로운 눈매를 지닌 여학생이 카밀라 아스무스, 밝은색의 곱슬머리 남학생이 토마스 채트윈. 그들이 리베르트의 팀메이트였다.

"바로 시작하려고?" "화끈하게 날뛸 수 있겠어, 대장?"

"그래. …양질의 베르다이트다. 여기라면 이상적인 형태로 세울 수 있겠어."

그렇게 답한 리베르트가 지팡이검을 뽑아 발치에 겨누더니 우선 주문으로 넓은 범위의 지면을 평평하게 만들었다. 이어서 거기에 지팡이검의 끄트머리로 빛을 내뿜어 무언가를 그리기 시작했다. 그 작업을 계속하며 그는 옆에 선 두 사람에게 말했다.

"도면은 A-3다. 둘 다 머리에 넣어 두었겠지?"

"알았어~" "잊을 리가 없잖아. 그만큼이나 연습했는데."

두 사람도 곧장 그 말에 응해 작업을 개시해서, 일대의 지면을 캔버스 삼아 문자와 도형이 뒤섞인 정교하고도 복잡한 마법진을 그려 나갔다….

"…남동쪽 혼 부대, 북서쪽 에임스 부대, 남서쪽 미스트랄 부대가 각각 이동 개시! 필드 중앙의 고지대를 향해 일직선으로 움직입니다! 출발 지점부터 목적지까지의 거리는 거의 동일합니다! 자아, 어느 팀이 가장 먼저 도착할 것인가!"

관객석에서는 필드 곳곳에 설치된 감시 골렘의 시야를 통해 각 팀의 동향을 확인할 수 있다. 같은 곳을 향해 움직이기 시작한 세 팀을 각각 관찰하며 밀리건이 턱에 손을 댄 채 말했다.

"흐~음…. 역시 혼 부대가 특출나게 빠른걸. 올리버 군과 나나오는 그렇다 쳐도 그 둘에 뒤지지 않는 미스터 레이크의 움직임도 놀라워. 작년에 전학 온 탓에 정보도 적어서, 그의 실력은 도통 짐작이 안 가는걸?"

"흥, 발이 빠르다고 다 좋은 건 아니지. 이 조건에서 필드의 유일한 고지대를 선점한다면 다른 팀들에게 집중 공격을 당할 각오가 필요해. 뙴박질 이후의 대책은 있는 건가?"

정적(政敵)인 밀리건이 올리버 부대의 편을 들려 하는 것을 알아챈 대립 후보, 웥리는 그녀에게 반대 의견을 내놓았다. 게스트 두 사람이 신경전을 벌이는 모습을 웃는 얼굴로 곁눈질하며 실황중계자인 그렌다는 더더욱 분위기를 띄우기 시작했다.

"세 팀의 경쟁에서 잠시 시선을 옮겨서, 북동쪽의 리베르트 부대를 보겠습니다! 저들은 개시 지점에서 거의 움직이지 않고 있군요!"

"고지대 쟁탈전에 참가하지 않는 것도 방법은 방법이지. …하지만 이렇게까지 움직임이 없으니 의도를 모르겠군. 지면에 뭔가를 그리고 있는 걸 보면, 설마 저곳에 진을 칠 셈인가?"

납득이 안 된다는 얼굴로 월리가 팔짱을 낀 채 말했다. 시합에 영향을 미치지 않도록 감시 골렘은 선수로부터 떨어진 곳에 있어, 그들이 지면에 무엇을 그리고 있는지까지는 확인할 수 없었다. 이 의견에는 밀리건도 고개를 갸웃하며 덧붙여 말했다.

"방어에 전념해 다른 팀들끼리 싸우다 탈락하는 걸 기대한다쳐도, 저곳은 전선에서 너무 멀어. 전의가 없는 걸로 간주되어 실격될 수도 있는데… 정말 무슨 생각인지."

그렇게 시합 개시로부터 8분이 경과했을 즈음. 험준한 지형을 가장 빨리 통과한 올리버 일행이 필드 중앙에 위치한 봉우리에 도달했다.

"어렵지 않게 정상을 차지했네."

"방심하지 마. 매복은 없는 듯하지만 이미 적도 근처에 있을 가능성이 높아. …**가르고 막아라—클리페우스.**"

주문으로 지형을 정비하며 올리버가 육안으로 주변을 살폈다.

정찰 골렘을 통한 초계도 병행하고 있지만 그쪽은 격추되지 않기 위해 고도와 기동을 유지할 필요가 있는 데다, 골렘 자체의 '눈'의 성능도 마법사 본인에게는 미치지 못한다. 따라서 자기 자신을 높은 곳에 위치시키면 정보의 정확도가 대폭 상승하고, 그로 인해 주변을 쉽게 경계할 수 있게 되면 골렘을 통해 보다 넓은 범위를 꼼꼼히 살펴볼 수 있다.

"우선 적 팀의 위치를 파악. 그게 끝나면 곧장 뛰어 내려가서 가까이에 있는 상대를 격파하자. 우리의 목표는 어디까지나 속공을 통한 각개격파야. 이 장소에는 집착하지 마."

색적(索敵)을 위해 지형을 활용하고는 있어도 올리버는 이 장소를 요새로 삼을 생각이 없었다. 아무리 고지대가 유리하다 해도 포위당하고 싶지는 않았기 때문이다. 하지만 적이 농성을 하면 일이 성가셔지니, 색적을 하며 셋이서 지면에 주물(呪物)을 묻어 마법트랩을 배치해 나간다. 실제로 발동하는 것은 전체의 3분의 1 정도고 나머지는 가짜지만 '트랩이 있다'는 인식만 심어줘도 적은 주춤거릴 수밖에 없다. 광상 덕에 지면에 관계하는 마법이 강력해진다는 것도 큰 이점이다.

"……? 북동쪽에 한 팀이 있지만, 이쪽으로는 안 오는군. 지면에 뭔가 그리고 있는 듯한데 의도를 모르겠어. 당장 위협이 되지는 않을 것 같지만…."

의아해 하면서도 발견한 적 팀의 상공에 골렘 한 기를 배치시켜 두었다. 그 후 각기 다른 방향을 감시하고 있는 유리와 나나오에게 시선을 옮겼다.

"으~음, 도무지 찾을 수가 없네."

"소생도 마찬가지요. 다들 잘도 숨는구려."

두 사람의 보고에 올리버는 고개를 끄덕이며 "괜찮아."라고 말했다. …테레사와 같은 은신의 전문가가 아닌 한, 이 상황에서 '숨은 상태로 계속 움직이는 것'은 매우 어렵다. 따라서 적을 찾을 수가 없다는 것은 '극단적으로 느리게 움직이고' 있거나 '멈춰 있다'는 뜻으로, 바위 뒤에 숨어 이쪽의 빈틈을 노리고 있는 단계로 추측할 수 있다. 그 점을 염두에 두고 지형과 조합해 보면, 보이지 않아도 대략적인 위치는 알 수 있는 것이다.

슬슬 끌어내기 위해 손을 써 볼까. 올리버가 그렇게 생각한 참에 문득 지면에서 진동이 전해져 왔다. 세 사람의 시선 끝에서 떨어진 돌조각이 비탈길을 따라 데굴데굴 굴러갔다.

"흠, 흔들리는구려." "지진인가?"

나나오와 유리가 의아해 했다. 하지만 그 원인을 찾을 필요는 없었다. 올리버가 골렘에게 감시시키고 있었던 필드의 북동쪽에서 엄청난 기세로 일부 지면이 융기되기 시작했기 때문이다.

"……?!"

“…완성이다.”

술식 전개를 마친 리베르트가 낮게 중얼거리며 이마에 떠오른 땀을 손등으로 훔쳤다. 팀메이트 두 사람과 그 본인이 위치한 장소는 조금 전과 크게 달라져 있었다.

급격하게 변형, 융기된 지면이 하나의 탑이 되어 그들을 밀어 올려, 원래 가장 고지대였던 봉우리를 넘어서 필드 전체가 내려다보일 정도로 높아져 있었던 것이다. 심지어 그것은 평범한 바위산이 아니었다. 내부에는 공간이 있고, 측면에는 여러 개의 창문이 있으며, 적절하게 평지화된 기슭의 지면에는 방벽까지 설치되었다. 준험한 바위산에 홀연히 출현한 그것은 말 그대로 ‘요새’였다.

“수고했어.” “중간에 실수로 무너뜨리지 않아 다행이야.”

자루가 긴 백장을 쥔 채 카밀라와 토마스가 눈 아래의 풍경을 내려다보았다. 그들이 교대하듯 정해진 위치에 서자, 큰일을 마친 리베르트가 그 자리에 털썩 주저앉았다.

“…잠시 쉰다. 높이는 충분할 거다. 맞힐 수 있겠지?”

“당연하지.” “이미 조준하고 있어. 한~참 낮은 산곡대기를.”

두 사람이 그 말에 답하며 조준했다. 시선 끝에는 조금 전까지 필드에서 가장 높은 곳이었던 장소가 있다. 그곳에 진을 친 사냥감들을 향해 지팡이 끝을 겨눈 채, 큰 소리로 주문을 영창한다.

“화염이여 일어나라—플람마.” “전광이여 내달려라—토니트루

스!"

"…가르고 막아라—클리페우스!"

화염과 전격이 우뚝 솟아난 '탑'의 꼭대기에서 발사되자, 올리버는 곧장 방벽을 세웠다. 마법을 받아 낸 벽이 삐걱거리고 그 양옆으로 전기를 띤 열풍이 휘몰아쳤다. 순식간에 격변한 상황을 파악하려 애쓰며 올리버는 날카롭게 지시를 날렸다.

"북동쪽에서 주문 저격! 반격은 하지 마, 자세를 낮춰!"

주문으로 방벽을 보수하며 나나오와 유리를 재촉해 일단 방어에 집중한다. 반격을 하고 싶은 마음은 굴뚝같다… 하지만 북동쪽에 위치한 적과의 거리는 너무도 멀다. 이 정도로 먼 거리에서 주문전을 벌이면 공격을 닿게 하는 것조차 어렵다. 다른 팀들도 경계해야 하는 이상, 지금은 방어에 전념할 수밖에 없다.

"와, 굉장해. 탑이 새로 솟아났어, 저기."

"오오, 그렇구려. 생각지 못한 모양새로 고지대를 빼앗겼소."

나타난 탑을 확인한 유리와 나나오가 놀란 투로 말했다. 아직도 태평하기만 한 두 사람의 태도에 맥이 탁 풀리는 듯했지만, 올리버는 눈앞에 펼쳐진 상황을 분석했다.

"…아마도, 골렘 축성이야. 저만큼 큰 건 처음 봤지만."

"이럴 수가아?! 리베르트 부대, 대담하게도 스스로 축성을 했습니다! 새로운 탑을 만들어 내는 것으로 가장 높은 고지대를 억지로 뒤바꾸는 엄청난 묘기(妙技)… 아니, 이건 장인의 기술을 선보였다고 해야 할까요! 그러고는 지체 없이 필드 중앙에 자리한 혼 부대를 저격합니다아!"

"호오, 골렘 축성인가. 제법이군, 미스터 리베르트. 고도의 고식(古式) 골렘술을 응용하다니."

실황중계자인 그렌다의 옆에서 가랜드가 감탄 섞인 목소리로 말했다. 해설이 계속될 줄 알았더니, 마법검 교사는 거기서 말을 끊고서 게스트 두 사람을 쳐다보았다. 그 의도를 알아챈 밀리건과 월리가 입을 열었다.

"주제넘지만 보충 설명을 하겠어. 재료부터 설계까지 엄밀하게 계산해 생성하는 현대의 주류 골렘에 비해 술식의 '핵(核)'만을 준비해서 그 자리에 있는 재료로 만들어 내는 방식을 고식 골렘술이라고 해. 가장 큰 이점은 작은 핵만 가지고 다녀도 커다란 골렘을 운용할 수 있다는 점이지."

"단점은 현지에 있는 재료에 따라 골렘의 크기와 성능이 좌우된다는 점을 들 수 있지. 흔해 빠진 흙에서는 흔해 빠진 흙인형만 만들 수 있고, 현장의 지질에 따라서는 구축 자체가 어려운 경우도 있다. 하지만… 물론 그 반대의 경우도 있을 수 있지.

이번이 바로 그 반대의 경우다. 전체가 풍부한 마력을 띤 마석 광상으로 된 이 필드는 현지의 재료로 골렘을 생성하기에 최적의 환경이라 할 수 있을 거다. 통상적인 조건이라면 하급생 세 명의 마력으로 저토록 큰 건물을 구축하기는 어렵겠지. 하지만 이곳이라면 술자의 실력에 따라 가능하다. 아무래도 소모는 크겠지만."

윌리가 지적한 대로, 팀 리더인 리베르트는 전투를 팀메이트에게 맡기고 잠시 휴식을 취하고 있는 듯했다. 저만한 대작을 만들어 낸 직후니 무리도 아니라고 생각하며 밀리건이 다시금 입을 열었다.

"골렘은 크면 클수록 움직이는 데 대량의 마력이 필요해. 하지만 그렇기에 그냥 움직이지 않으면 된다는 사고방식도 예전부터 있었지. 골렘의 본질은 '그릇'이니, 딱히 팔다리가 있을 필요는 없다는 거야. 그런 사고방식에 근거해서 행하는 것이 바로 골렘 축성… 말하자면 하루아침에 지어 내는 마법사의 성인 거지."

사안의 마녀가 그렇게 설명을 마무리하자, 가랜드가 만족스러운 미소를 띤 채 고개를 끄덕였다.

"둘 다 좋은 해설이다. 덧붙여 말하자면… 저만큼 커다란 건물을 만들려면 지면에 핵을 묻고 주문 한 구절을 읊는 것만으로는 아무래도 부족하지. 주변의 지질을 파악한 후, 작성시 구조가 편향되지 않도록 적절한 마법진으로 서포트할 필요가 있다.

그 자체도 난이도가 상당한데, 리베르트 부대는 시합 개시로부터 10분도 되지 않아 차질 없이 해냈지. 술자인 미스터 리베르트의 기량은 물론이고 팀 전체가 주도면밀하게 준비했다는 게 느껴지는군.

어쨌든 혼 부대가 기동력으로 얻은 지형상의 우위는 이걸로 뒤집혔다. 혼 부대는 순식간에 난관에 봉착한 셈이지. 이 상황에서 대응을 잘못하면 단숨에 궁지에 몰리게 될 거다…."

같은 시각. 올리버 일행이 진을 친 바위산 기슭에서도 다른 팀이 새로운 움직임을 보이고 있었다.

"오, 시작했군, 리베르트 부대. 믿음직스러운걸."

로제 미스트랄이 이끄는 미스트랄 부대 삼인방이다. 올리버가 예상한 대로 기슭의 바위 뒤에 몸을 숨긴 채 습격할 타이밍을 재고 있었던 것이다. 그리고 그들이 기다리던 기회가 지금, 눈앞에 있었다.

"질 수 없지이, 이쪽도 뒤를 잇자고오. **나의 몸을 복사하여—에핑고 터지고 속여라—플라블.**"

소년이 눈을 감고 영창을 시작했다. 그 지팡이 끝에서 생겨난 흐물흐물한 유체가 서서히 형상을 이루더니 또렷한 윤곽을 띠었고… 이윽고 그 자리에 두 번째 로제 미스트랄이 나타났다.

"가르고 막아라—클리페우스! …내려가자! 가장 높은 고지대가 아니게 됐으니, 이곳에 머물러 봐야 의미가 없어!"

북동쪽에서 강력한 주문이 날아드는 가운데, 그쪽 방향의 방벽을 강화하며 올리버가 지시하자 유리가 반대쪽으로 걸어 나갔다.

"으~음, 저격을 피해 움직이려면 서쪽으로 가야겠지만…."

그렇게 말하며 비탈길로 고개를 내밀어 상황을 살폈다. 하지만 그 즉시 날아든 전격이 근처에 있던 바위에 맞아 불꽃을 튀겨, 그는 다시 바위 뒤에서 자세를 낮췄다.

"역시나, 있을 것 같더니. 위와 아래에서 협공하고 있어."

"북서와 남서에 각각 세 명의 모습이 보여. 남서쪽으로 돌파하자."

색적을 통해 얻은 정보를 토대로 올리버가 다음 행동을 결정했다. 바위산을 벽 삼아 저격을 막으며 남서쪽으로 이동, 비탈길을 뛰어 내려가는 기세를 살려 적 팀을 돌파… 혹은 격파한다. 가장 높은 고지대가 뒤바뀐 것은 예상치 못한 일이지만 속공에 의한 각개격파라는 전술 그 자체는 무너지지 않았다.

새로운 목표를 정한 세 사람이 움직이기 시작한 다음 순간…

문득 유리가 걸음을 딱 멈췄다.

"음? 왜 그래, 레이크. 빨리 움직이지 않으면 집중포화를 당할 거야."

"…응… 하지만, 뭔가 좀…."

유리가 관자놀이에 손가락을 댄 채 입을 다물었다. 그 모습을 통해 올리버도 알아챘다.

"**그 감각**이야?"

"…아마도. 희미하지만, 뭐라고 **말하는** 것 같아서. 으~음…?"

소년은 고개를 갸웃한 채 생각에 잠겼다. 그 말에서 경고 같은 예감을 느낀 올리버는 다시금 주변을 둘러보았다. …지금까지의 색적으로 적 팀의 동향은 거의 파악했을 터. 지금의 위치 관계라면 남서쪽으로 움직이는 방침이 가장 확실하다. 하지만 그 판단을 내리며 뭔가 간과한 점은 없을까?

사고하는 동안에도 날아드는 주문 저격을, 나나오가 주문으로 보강한 바위벽이 막아 냈다. 그럼에도 넘실대는 열풍을 피부로 느끼며 동방의 소녀가 나직하게 입을 열었다.

"감복했소. 저토록 먼 곳에서 이렇게까지 강력한 마법을 날릴 수 있다니."

솔직하게 감탄스럽다고 했을 뿐인, 본인도 별생각 없이 내뱉은 말. 하지만 올리버는 그 말에서 무시할 수 없는 위화감을 느꼈다.

"…아니, 이상해."

"흠?"

"부자연스러워. 동쪽에는 한 팀, 서쪽에는 두 팀이 있어. 우리와의 거리도 서쪽에 있는 적이 훨씬 가깝고. 그런데 **공격은 명백하게 동쪽에서 오는 게 강렬해**."

올리버의 머릿속에서 위화감이 부풀어 올랐다. 적의 시점에서서 생각해 보면 지금은 세 팀이 동시에 상대에게 집중포화를 쏟아부을 수 있는 중요한 타이밍이다. 모두가 화력을 아낄 이유가 없고, 북동쪽에 자리한 '탑' 팀의 사선을 유지하기 위해서라도 이쪽을 되도록 바위산의 동쪽으로 유도하고 싶을 거다. 그렇다면 더더욱 서쪽에서 압박을 가할 필요가 있다. 그렇건만 실제로 서쪽에서 날아오는 마법의 수는 눈에 띄게 적다.

화력을 낼 수 없는 모종의 이유가 있다. 그렇게 추측한 순간, 올리버는 골렘 한 기의 시선을 자신들이 있는 바위산 정상 부근으로 옮기게 했다. 예상한 대로… 주문 저격의 충격과 굉음을 위장 삼아 방벽에 달라붙으려 하는 세 명의 인물이 시야에 비쳤다.

"…크! 뒤쪽이야, 나나오!"

경고를 받은 동방의 소녀가 즉시 몸을 돌렸다. 그와 동시에 방벽을 뛰어넘은 인물 중 한 명이 일직선으로 그녀를 향해 달렸다. 나나오는 칼을 손에 들고 단단히 버티고 서서 경계 자세를 취했다. 하지만… 그녀의 눈앞에서 그 인물의 뒤를 따라온 두 개의 전격이 습격자와 나란히 날아들었다.

"흠…!"

돌격하는 동료와 완벽하게 타이밍을 맞춘 엄호 사격. 동시에 육박하는 세 개의 공격을 **전부는 막아 낼 수 없다**고 판단한 나나오는 순간적으로 취사선택을 했다. 좌측으로 힘껏 몸을 날려 우측에서 날아드는 전격을 회피하고, 가슴으로 날아드는 찌르기를 튕겨 내고서 참격으로 적을 견제. 필연적으로… **받아 내기로 결심한 나머지 하나의 전격**이 빨려들 듯 왼쪽 팔꿈치에 직격했다.

"시원스러운 결단. 강하시군요, 역시."

"전광이여 내달려라—토니트루스!" "불어라 질풍—임페투스!"

올리버와 유리가 곧장 주문으로 반격했다. 그것들을 교묘한 발놀림으로 피해 낸 후, 단신으로 돌격해 왔던 인물은 가볍게 도약해 바위 위로 올라갔다. 그곳에서 비탈길로 뛰어내린 순간, 바람에 들춰진 후드 안에서 긴 앞머리가 특징적인 소녀의 얼굴이 드러났다.

"하지만 팔 하나는 접수했습니다. 또 뵙지요…. 다음에는 목을 취하러 오겠습니다."

"미즈 에임스…!"

그런 말을 남긴 후 에임스가 바위산 동쪽으로 모습을 감췄다. 북동쪽에서 저격을 해 오는 바람에 올리버 일행은 선뜻 그 뒤를 쫓을 수 없었다. 그 대신 정찰 골렘을 시켜 추적하며 소년은 곧장 나나오의 곁으로 달려갔다. 조금 전 전격을 받아 낸 그녀의 왼팔은 축 늘어져 있었다.

"미안하오, 왼팔을 맞았소. 다른 곳은 오른쪽 어깨와 가슴인 탓에 선택할 여지가 없었던 터라."

"사과하지 마, 내 색적에 착오가 있었어. …적을 모두 포착했다고 믿은 탓에 허를 찔린 거야. 세 명이 남쪽으로 돌아들어 습격해 왔으니… 조금 전까지 확인한 것 중 절반은 가짜야."

분한 마음과 감탄이 반씩 섞인 심정으로 올리버는 말했다. 이제는 모든 게 납득이 되었다. 서쪽에서의 공격이 비교적 덜 격렬했던 것은 애초에 그쪽에 한 팀밖에 없었기 때문이다. 가짜를 만들어 숫자를 위장해 두 팀이 있는 것처럼 착각시켰다. 그렇게 발생한 이쪽의 의식의 틈새와 저격에 의한 교란에 숨어 에임스 팀이 남쪽에서 접근해 급습. 직후에 동쪽으로 철수함으로써 이쪽의 추격을 뿌리치고 아무런 피해도 입지 않고 히트 앤 런을 성공시켰다.

올리버가 낌새를 채지 못한 데에는 몇 가지 이유가 있다. 우선 가짜의 정밀도가 심상치 않다. 분신이나 환영의 움직임은 아무래도 진짜와 다를 수밖에 없는데, 그의 기억에 따르면 골렘을 통한 관측으로 봤을 때 위화감은 거의 느껴지지 않았다. 그렇게 보이도록 교묘하게 조종하고 있는 것인지, 아니면 고도의 자율성을 지닌 것인지…. 어찌 되었건 커다란 위협이라는 데에는 변함이 없다.

두 번째 이유는 북동쪽의 강력한 주문 저격. 단독이라도 성가셨겠지만 그것은 동시에 에임스 부대의 움직임을 감추고 교란하는 기능도 했다. 가짜에 속아 적 팀을 모두 포착했다고 믿고 있는 상태에서 아무도 없을 터인 남쪽에 주의를 기울일 사람은 없다. 유리가 알아채지 못했다면 이쪽의 피해도 나나오의 팔 한쪽으로 끝나지 않았을지 모른다.

"무엇보다도 성가신 건, 다른 세 팀이 완전히 연계하고 있다는 거야. …이토록 수준 높은 연계를 사전 협의 없이 할 수 있을 리가 없어. 저들은 애초부터 우리만 노리고 처리할 속셈이었던 거야…."

"3대 1이라. 특출한 강자가 있는 싸움에서는 흔한 일이라지만, 꼴이 참 우스꽝스럽네."

순식간에 움직이기 시작한 상황 앞에서 밀리건이 눈살을 찌푸리며 말했다. 옆에 앉은 월리가 비웃듯이 어깨를 으쓱했다.

"마음에 안 드나 보지? 나는 높이 평가하는데. 승리를 위해 할 수 있는 일은 모두 한다…. 킴벌리 학생으로서 실로 바람직한 모습이야. 시합 규칙에도 저촉되는 부분은 전혀 없지 않습니까, 마스터 가랜드?"

그렇게 말하고서 후방으로 시선을 보내는 그에게, 질문을 받은 마법검 교사는 말없이 미소로 답했다. 으쓱해진 월리가 때는 지금이라는 듯이 정적에게 말했다.

"이런 사태를 피하고 싶었다면, 혼 부대야말로 사전에 교섭을 해 뒀어야지. 한 팀이라도 아군으로 끌어들였다면 판이 완전히 달라졌을 테니. 그 부분을 게을리한 건, 저들이 자신들의 힘을 과신하고 있었다는 뜻이고. …아닌가, 밀리건 선배?"

도발적인 시선이 날아왔지만 마녀는 구태여 반론하지 않고 침묵했다. …승리에 대한 집착과는 별개로 마법사에게는 미의식과 긍지가 있기 마련이고… 그것은 자신이 아니라 지금 싸우고 있는 후배들이 증명해야 할 문제이기 때문이다.

"…에임스 부대의 연락이다. 기습에 성공, 미즈 히비야의 왼팔을 못 쓰게 만들었다는군."

바위산 서쪽 기슭에서 싸우고 있는 미스트랄 부대에게 상공의 정찰 골렘이 마력파 신호를 보내왔다. 그것을 확인한 팀메이트의 보고에 리더인 로제 미스트랄이 씨익 웃었다.

"그렇다면 이제 그 양손 흘려내기는 못 쓰겠구만. 하하핫, 일이 잘 풀리는거얼."

"한창 신나 있는데 미안하지만, 다음은 이쪽으로 올 거야. 분신을 썼다는 건 이미 알아챘을 테니까."

또 한 명의 팀메이트가 냉정하게 지적했다. 미스트랄이 우두둑 목을 꺾어 소리를 내며 대꾸했다.

"반가운 소리구마안. 아직 미스트랄의 마술(트릭)을 10퍼센트도 못 보여 줬다고오."

같은 시각. 세 팀의 집중 공격을 받는 상황 속에서 혼 부대는 선택의 기로에 서 있었다.

"…위치 선정이 훌륭한걸. 어디로 움직여도 최소한 두 방향에서 압박하겠다, 이건가."

정찰 골렘의 시야를 통해 적의 위치를 확인한 올리버가 중얼거렸다. …가장 높은 고지대가 뒤바뀐 이상, 이대로 바위산 정상에 머무를 이유는 없다. 문제는 어디로 어떻게 내려갈 것인가. 저격의 사선에 노출되는 동쪽은 당연히 피하고 싶지만, 서쪽에서 두 팀을 동시에 상대하는 것도 좋지 않은 수다. 적들이 서로 손을 잡은 탓에 각개격파의 중요성은 더더욱 커졌다.

그 점을 염두에 두고 행동을 결정한 소년은 다시 두 명의 동료를 바라보며 말했다.

"조금, 의표를 찔러 보려 해. …**단숨에 저쪽으로 도약하자**. 체술에는 자신 있지, 둘 다?"

시선으로 북서쪽을 가리키며 올리버가 말했다. 의도를 간파한 나나오와 유리가 고개를 끄덕인 후 세 사람은 같은 방향을 향해 죽 늘어섰다. 그러고는 지팡이검을 빼들고 발치를 향해 동시에 영창했다.

“““하늘을 찔러라—클리페우스!”””

세 사람의 마법을 올리버가 제어해 하나로 묶었다. 거기에 마석 광상의 힘이 보태지자, 융기된 바위가 그들의 몸을 단숨에 밀어 올렸다. 그 힘을 발바닥으로 받아 내 도약한 세 사람은 산 정상에서 북서쪽을 향해 하늘 높이 날아올랐다.

“우와아, 기분 좋은데?!” “상쾌하오!”

“즐기는 것도 좋지만, 착지에 대비해! …**기세여 줄어라—엘레타다우스!**”

짧은 하늘 여행 끝에 지면이 바짝바짝 다가와, 그들은 아슬아슬하게 감속주문을 통해 속도를 줄여 착지했다. 일부러 완전히 죽이지 않은 기세를 이용해 땅을 박차고 질주하며, 세 사람 중 선두에 선 올리버가 소리쳤다.

“가자! 이대로 미스트랄 부대를 처치한다!”

“알았소!” “에임스 부대가 따라붙기 전에 말이지?”

말과 고갯짓을 주고받으며 목표인 적 팀을 향해 똑바로 바위밭을 질주한다. 위치 관계는 올리버 일행에게 나쁘지 않았다. 세 사람이 착지한 것은 미스트랄 부대의 남쪽이라 적이 달아나려면 북쪽으로 향할 수밖에 없다. 하지만 북쪽으로 달아나면 필드 남서쪽에 위치한 에임스 부대와의 거리도 벌어진다. 자진해서 고립되게끔 하는 것이 올리버 일행의 의도였다. 지형이 복잡한 탓에 북동쪽의 리베르트 부대의 사선도 확보되지 않는다.

"…아니, 안 도망치나."

올리버가 나직하게 중얼거렸다. 이 국면에서의 도주가 무의미하다는 것은 적도 잘 알고 있는지, 걸음을 멈추고 진을 친 미스트랄 부대의 모습이 정찰 골렘의 시야에 비쳤다. 계속해서 십여 초를 달리자, 그 모습은 육안으로 보이는 광경이 되어 올리버 일행의 앞을 가로막았다.

"…설마 날아올 줄은 몰랐어어. 성질도 급하네에, 미스터 혼."

"미스터 미스트랄…."

걸음을 멈춘 올리버 일행의 눈앞, 빽빽이 늘어선 돌기둥 사이에 후드를 뒤집어쓴 그림자 셋이 버티고 서 있다. 하지만 다음 순간… 그들이 일제히 젖힌 후드 안쪽에서 완전히 똑같은 남학생의 얼굴이 셋 나타났다. 거기에 좌우에 자리한 돌기둥 뒤에서도 세 명이 더 추가되어, 놀랍게도 합계 여섯 명의 로제 미스트랄이 그 자리에 늘어섰다.

"환영 준비는 다 해 뒀지이. …시작해 볼까!"

여섯 명의 인물이 동시에 움직이기 시작했다. 한 손으로 칼을 겨누는 나나오의 옆에서 유리가 눈을 껌뻑거렸다.

"우와와, 다들 얼굴이 똑같잖아?! 뭐야, 이거, 여섯쌍둥이?"

"분신과 변화의 응용이야! 현혹되지 마, 분신은 마법을 쓰지 못해!"

어떤 속임수일지 짐작해 낸 올리버가 날카롭게 소리쳤다. 적이 정밀도가 높은 가짜를 다룬다는 사실은 이미 확인했다. 따라서 여섯 명 중 최소한 절반은 분신, 나머지 '진짜'는 미스트랄 본인과 그로 변신한 팀메이트 두 명일 것으로 추측되었다.

"자자, 간다아!" **"빙설이여 몰아쳐라—프리구스!"**

분석하는 동안에도 주문이 날아들었다. 그것을 대항속성으로 막아 내며 올리버는 마법을 사용한 한 사람을 '진짜'로 간주하고 조준했다. 하지만… 그 상대는 지체없이 근처에 있던 돌기둥 뒤로 뛰어들어 다른 동료와 일단 합류, 직후에 좌우로 흩어져 한 명씩 튀어나왔다. 그 행동을 본 올리버가 눈을 가늘게 떴다.

"…과연. 빈번히 위치를 뒤바꿔서 '진짜'를 특정하지 못하게 하는 작전인가."

"그럼, 발견하는 즉시 처리해야겠네!"

유리와 나나오가 적진을 향해 똑바로 돌격했고, 올리버도 그 뒤를 따라 보조했다. 무모해 보이지만 지금은 두려움을 버리고 돌진하는 게 올바른 대응이다. 분신에 힘을 할애하고 있는 만큼 적의 화력은 떨어졌을 거다. 머뭇거리지만 않으면 힘으로 밀어붙일 수 있다.

"베고 끊어라—글라디오!"

나나오가 날린 절단주문이 두꺼운 돌기둥을 단숨에 베어 쓰러뜨렸다. 차폐물 뒤에서 진짜와 분신이 위치를 뒤바꾼다면 우선 그 차폐물을 없애 버리자는 의도다. 물론 빈틈이 보인다면 돌기둥과 함께 적을 양단할 작정이기도 했다.

그녀가 그렇게 적을 압박하는 한편, 유리는 더더욱 공세에 박차를 가했다.

“발소리가 부자연스러운 게 있네. 그게 가짜라면… 진짜는, 너구나!”

관찰을 통해 진짜를 점찍은 순간, 그는 그 상대를 향해 일직선으로 달려갔다. 올리버와 나나오의 주문 공격이 그를 엄호하여 다른 적들에게 보조할 틈을 주지 않았다. 그렇게 유리는 눈 깜짝할 새에 적 중 한 명에게 육박했고….

“…어?”

지팡이검으로 베려던 순간, 어째서인지 어정쩡한 자세로 움직임을 딱 멈췄다. 그의 눈앞에서 미스트랄의 모습을 한 적이 씨익 웃었다.

“케케케… 꽝이야!”

웃음소리와 함께 적의 몸이 하얀빛을 내뿜더니 이내 폭발해 불꽃을 튀겼다. 유리는 반사적으로 몸을 날려 폭풍에서 벗어났지만, 동시에 터진 섬광까지는 피하지 못해 일시적으로 시력을 상실했다. 그 순간을 적은 놓치지 않았다. 측면에서 무방비한 그를 향해 주문을 날린 순간….

"화염이여 일어나라—플람마!"

올리버가 날린 마법이 아슬아슬하게 그것을 공중에서 상쇄했다. 그러고는 즉시 나나오와 함께 이동해 유리의 양옆에 서서, 연달아 날아드는 주문을 막아 내며 올리버가 소리쳤다.

"**전광이여 내달려라—토니트루스!** …괜찮아, 레이크?!"

"괜찮아! 큰일 날 뻔했네!"

몇 초 만에 시력이 회복되어 유리도 잠시 후 전투에 복귀했다. 그가 부상을 입지 않은 것을 확인하며, 올리버는 직전의 일로 새로이 판명된 적의 위협적인 작전을 냉정한 눈으로 분석했다.

"…분신에게 자폭마법을 걸어 둔 건가. 꽤나 재주가 좋은걸, 미스터 미스트랄."

"칭찬해 주니 몸 둘 바를 모르겠네." "관람료라도 받아야 하나아?"

"자아, 자. 어느 게 진짜일까아?"

돌기둥 사이에서 도발적인 목소리로 말하는 다섯 명의 적을 올리버가 노려보았다. 가짜가 폭발한다는 걸 안 탓에 더더욱 공격이 껄끄러워졌다. 물론 상대측도 화력이 부족하지만, 에임스 부대가 도착할 때까지 시간을 버는 게 목적일 테니 그들에게는 문제가 되지 않는다.

하지만 지금까지의 공방으로 수법이 간파되기 시작했다. 그 점을 염두에 두고 다음 행동으로 넘어가기 시작한 올리버의 옆에서, 유리가 조금 전의 일을 돌이켜 보며 고개를 갸웃했다.

"으~음, 이상하네. 분신과 구분해 냈다고 생각했는데."

"그렇게 믿게 만드는 게 저쪽의 속셈이야. 이건 아마도…."

다음 순간. 말을 끝맺기 전에 올리버가 느닷없이 **바로 뒤로 몸을 돌렸다**.

"터지고 번쩍여라—플라르고!"

그가 몸을 돌리며 날린 주문이 허공으로 뻗어 나갔다. 그리고 다음 순간, 그 착탄점에 있던 돌기둥에서 그림자가 허둥지둥 뛰쳐나왔다. 지금까지 마주하고 있던 미스트랄 일행과는 정반대되는 위치에 홀연히 나타난 **일곱 번째 적**. 그 적을 바라보며 올리버가 외쳤다.

"**저게 진짜야**! 나나오!"

동방의 소녀가 즉시 그 뜻을 헤아리고 땅을 박찼다. 사이에 올리버 일행이 있어 동료들도 엄호해 주지 못할 테니 스스로 싸울 수밖에 없다는 것을 깨달은 적도 지팡이검을 겨누었다. 똑바로 돌진하는 나나오와 적의 거리가 순식간에 좁혀졌다.

"전광이여 내달려라—토니트루스!"

"밤의 어둠이여 감싸라—테네브리스!"

눈앞이 아찔할 정도의 전격에 맞서 칠흑으로 물든 공간을 전개시키자, 두 개의 마법이 정면에서 충돌해 상쇄되기 시작했다.

적은 즉시 다음 영창으로 넘어가며 땅을 박차고 후퇴했고….

"커헉…?!"

동시에 목을 찔렸다. 주문을 날린 그 자세 그대로, 마법이 격돌한 공간을 **똑바로 뚫고 온** 나나오의 찌르기에 의해서.

"미즈 히비야의 일격이 목을 찌릅니다아! 여기서 첫 번째 탈락자가 나오는군요!"

"거리 계산을 잘못했군. 양손 흘려내기를 봉인했으니 지금이라면 그녀에게도 주문을 맞힐 수 있을 거라 생각한 거겠지만."

가랜드는 거기서 일단 코멘트를 끊더니 게스트 두 사람에게 가볍게 시선을 보냈다. 그 의도를 알아챈 밀리건이 곧장 입을 열었다.

"번개에 어둠, 대항속성을 통한 상쇄가 깔끔하게 먹혔네. 1학년들을 위해 설명하자면, 대항속성을 사용하지 못해도 주문을 요격할 수는 있어. 화염주문을 화염주문으로 되밀어 내는 식으로. 다만 그렇게 하면 서로의 마법이 충돌한 상태로 공간에 남아서, 그동안에는 양쪽 모두 그 장소에 발을 들일 수 없어. 필연적으로 거리를 둔 채 원거리 전투를 이어 가는 전개가 벌어지기 쉽지. 혼 부대의 목적은 신속한 각개격파일 테니, 물론 나나오 양도 그걸 피하고 싶었을 거야."

기술을 알기 쉽게 해설한 것은 후배들을 지도할 힘이 있다는 사실을 어필하기 위한 것이기도 했다. 당연히 윌리도 손을 놓고 있을 수는 없어서 밀리건의 말을 가로막고 다소 억지로 입을 열었다.

"그에 비해 대항속성을 사용할 경우, 마법의 위력은 충돌 지점에서 상쇄되고 줄어든다. 따라서 서로의 화력에 큰 차이가 없다면 **마법을 쫓아 앞으로 돌격**할 수 있다. 상대의 마법속성을 간파하고 반응할 필요가 있어서 거리가 가까울수록 난이도는 높지만 성공하면 영창 직후의 적과 단숨에 거리를 좁힐 수도 있지. …조금 전과 같은 상황에서 실행할 필요가 있었는지는 둘째치고, 순간적인 판단력과 배짱은 높이 평가하도록 하지. 나라면 무난하게 원거리 전투로 맞서 이기겠지만."

다소 비판적인 투로 코멘트를 마친 윌리의 옆에서 밀리건이 의미심장한 미소를 지었다. 그녀는 알았기 때문이다. 입으로는 저런 소리를 해도 이 고지식한 정적(政敵)이 조금 전 나나오 히비야의 대응을 높이 평가하지 않을 리가 없다는 것을.

그도 그럴 것이… 대항속성에 의한 상쇄 후 찌르기를 한다는 선택은 평소의 그녀였다면 **채용할 필요가 없는 것**이었기 때문이다. 양손 흘려내기로 마법을 빗겨 낸 후 돌격하는 것이 나나오 히비야의 본래 스타일이라 할 수 있다. 특필할 점은 오히려 그 상황에서 평소 사용하지 않는 기술을 순간적으로 성립시켰다는 것. 제한적인 상황에서나 쓸 법한 기술을, 성실하게 수련해 몸에 익혔다는 것이다.

그런 착실한 노력의 결과물을, 퍼시발 월리라는 마법사는 결코 무시하지 않는다. 그 사실을 알고 있기에 밀리건은 후배의 활약을 보란 듯이 자랑스러워했다.

"후흐응. 독자적인 기술에 시선을 빼앗기기 쉽지만, 나나오 양은 저런 마법전투의 기초도 완벽하게 익혔다고. 저기 있는 올리버 군이 소홀히 하게 둘 리가 없거든."

"아직 모를 일이다. 탈락한 건 미스터 미스트랄이 아니니까."

월리가 눈살을 찌푸린 채 말했다. 그가 바라보고 있는 영상 속에서 상황은 크게 움직이고 있었다.

나나오가 미스트랄 부대 중 한 명을 처리한 순간, 올리버 일행을 사이에 끼고 반대쪽에 있던 적들 가운데 두 개의 그림자가 동시에 사라졌다.

"분신이 단숨에 줄었군. …트릭의 전모가 보이기 시작했어."

그렇게 말하며 올리버가 한 걸음을 내딛자, 미스트랄 부대도 곧장 발걸음을 돌려 달려 나갔다. 하지만 그쪽 방향에 다른 적팀이 없다는 것은 이미 확인했던 터라 소년은 망설임 없이 추격에 나섰다.

"쫓자!"

"응! 근데 달리면서 설명해 줄 수 있을까? 뭐가 뭔지 모르겠는데."

나란히 달리며 유리가 물었다. 뒤에서 쫓아오는 나나오의 모습을 곁눈질로 확인하며 올리버는 그 질문에 답하기 시작했다.

"분신은 두 종류 있었어. 자폭 기능을 지닌 정교한 실체 분신과 비교적 간파하기 쉬운 그림자 분신. 전자는 아마도 미스트랄이 조종했고, 후자는 방금 쓰러뜨린 학생이 뒤에서 조종했겠지."

요점을 요약해 설명한다. 요컨대 처음에는 미스트랄 본인+미스트랄로 변화한 학생 한 명+바위밭에 숨은 학생 한 명+실체 분신 둘+그림자 분신 둘, 이렇게 일곱이 있었던 것이다. 그림자 분신과 실체 분신을 비교시킴으로써 '보다 진짜 같은' 후자를 진짜라고 착각케 한, 사람의 심리를 이용한 그것이 첫 번째 함정이었다.

"흠흠, 그렇구나. 그럼 내가 진짜라고 생각한 건 실체 분신 쪽이었네. 하지만 떨어진 장소에 한 명이 숨어 있다는 건 어떻게 알았어?"

"일종의 정석이니까. 눈에 띄는 물체나 행동으로 상대의 의식을 유도하고, 그 사이에 진짜 노림수를 실행하는 것…. 마법 코미디 등에서도 종종 사용되는 미스디렉션이라는 수법이야. 그래서 나는 한 발 먼저 정찰 골렘 한 기를 머리 위에서 선회시키면

서 그 시야에도 주의를 기울였어. 그걸 통해 은신 행동을 하고 있는 한 사람의 존재를 알아챈 거야."

잠복에 사용하는 미채마법은 움직이는 순간 빈틈이 생기기 쉽다. 복병의 존재를 알아챈 올리버는 일부러 무방비한 뒷모습을 내보여 잠복 중인 적이 '지금이라면 칠 수 있다'고 생각하게 만들었다. 그렇게 움직이기 시작한 상대를 정찰 골렘의 시야로 포착해 갑작스럽게 주문 공격을 해서 존재를 드러나게 하고, 이어진 나나오의 추가공격으로 놓치지 않고 처리한 것이다.

한편, 예상치 못한 것도 있었다. 올리버는 숨어서 분신을 조종하고 있는 것이 실체 분신의 술자일 거라 생각했지만, 실제로는 그림자 분신의 술자 쪽이었다. 요컨대 가장 성가신 자폭 기능을 탑재한 실체 분신 하나와 그 사용자인 미스트랄은 남아 있다는 뜻이다.

"또 다른 팀과 연계하면 골치 아파져. 여기서 처치하자!"

"알았소!"

따라붙은 나나오와 합류해 미스트랄 부대의 뒤를 쫓는다. 속도로는 올리버 일행이 크게 앞서다 보니 상대와의 거리는 빠르게 좁혀졌다. 지금이라면 처치할 수 있다… 그렇게 생각한 올리버가 달리며 지팡이검을 겨눈 순간.

"…큭?!"

문득 상공에서 압박감이 느껴져 뒤로 몸을 날렸다. 나나오와 유리도 마찬가지로 반응했고… 그와 거의 동시에 그들의 눈앞에 있는 지면이 요란하게 폭발했다.

"안 되지. 그 정도로 내 저격에서 벗어났다고 생각하면."

북동쪽의 '탑' 정상에서 백장을 겨눈 카밀라 아스무스가 중얼거렸다. 물론 그 시선 끝에는 올리버 일행의 모습이 없었다. 안 그래도 거리가 먼 데다 기복이 심한 지형에 가려져 있는 상태다. 아무리 눈에 힘을 주어도 보일 리가 없다.

하지만… 그것은 어디까지나 **그녀 본인의 눈** 이야기다. '눈'은 사냥감의 머리 위에도 있다.

"바위를 부수고—마그누스　터지고 퍼져라—플라르고!"

앙각(仰角)을 높여 발사한 두 번째 마법이 본래의 궤도를 따라가던 도중에 호를 그리며 낙하를 개시, 장해물 너머에 있는 올리버 일행을 향해 다시금 가차 없이 쏟아졌다….

"…오, 시작됐구만. 골렘 관측에 의지한 곡사로 정확하게도 날리네."

팀메이트가 날린 마법의 궤적을 올려다보며 '탑'에서 다소 떨어진 장소에서 공작을 하고 있던 토마스 채트윈이 어이가 없다는 투로 말했다. 혼 부대가 바위산에서 서쪽으로 도약한 시점에서 그는 저격을 중단하고 지상으로 내려와 있었다. 그도 마법저격의 기량에는 그럭저럭 자신이 있었지만 카밀라와 같은 묘기를 부리지는 못한다.

"넋 놓고 보고 있을 때가 아니지, 이쪽 작업도 마쳐야 하니까. …나 참, 바빠 죽겠네!"

투덜대며 눈앞에 자리한 지면에 마법을 걸어 벽을 만들어 낸다. 전장이 멀리 떨어져 있는 지금이, 그들에게는 앞으로의 전개를 염두에 둔 포석을 깔아 둘 기회이기에.

올리버 일행 앞에 두 번째 작렬주문이 쏟아졌다. 그 착탄 지점은 한 치의 오차도 없이 그들이 미스트랄 부대를 쫓아 최단거리를 달렸을 경우의 위치였다.

"…육안으로 보지 않고도 저격할 수 있는 건가…!"

소년이 전율하며 중얼거렸다. 신기(神技)나 다름없는 기술이다. 우선 북동쪽의 '탑'과 자신들은 한참 떨어져 있어, 평범하게 저격을 하기에도 어려운 거리일 텐데.

장거리 저격마법에는 벽이라 할 수 있는 난관이 셋 있다. 첫째는 마법을 '닿게 하는' 것, 둘째는 '의도한 장소에 맞히는' 것, 셋째는 '착탄시 상대의 위치를 예측하는' 것. 강한 마법출력과 예리한 이미지가 있어야만 첫 번째 벽을 넘어설 수 있다. 두 번째 벽을 넘어서려면 저격의 기술과 마법의 안정성을 양립할 필요가 있고, 세 번째 벽을 넘어서려면 예측의 경험과 센스가 필요하다. 이 세 가지만 해도 커다란 과제이건만, 이 상대는 거기에 네 번째 벽… 말 그대로 '벽을 뛰어넘는' 저격으로 자신들을 노리고 있는 것이다. 아마도 상공에 배치한 정찰 골렘의 눈을 이용한 간접 사격이겠지만 아무리 생각해도 심상치 않은 실력이다.

"모두 거리를 벌려!"

올리버가 곧장 지시를 내리자 나나오와 유리가 좌우로 흩어져 달리기 시작했다. …이러면 휘말려 드는 사태는 피할 수 있겠지만 충분한 대책이라고는 할 수 없다. 추가 대처법을 고민하는 올리버를 곁눈질하며 유리가 한 손을 들어 제안을 했다.

"저격은 내가 막을게. 전투에는 참가 못 하겠지만, 2대 2라도 괜찮지?"

"…부탁할게!"

올리버도 두말없이 고개를 끄덕여 답했다. 한 사람이 방어에 전념해 상공을 감시하고 있으면, 나머지 두 사람은 저격을 경계하는 데 쏟는 주의력을 크게 줄일 수 있다. 공격에 활용할 전력은 줄어들겠지만 이미 미스트랄 부대는 분신을 제외하면 두 사람만 남았다. 자신과 나나오가 있으면 화력은 부족하지 않을 거다.

그렇게 추적을 재개했다. 공중 방어를 담당하기로 한 유리만 다소 뒤처진 채, 잠시 벌어졌던 두 팀의 거리가 다시 줄어들기 시작했다. 올리버 일행의 기척이 등 뒤까지 다가오자 분신을 비롯한 네 명의 미스트랄 부대 중 한 명이 초조한 투로 소리쳤다.

"따라잡힌다! 어쩔 거야, 요격할까?! 아니면 운을 믿고 흩어질까?!"

"하핫. 당황하지 말라구."

진짜 미스트랄이 웃었다. 이렇게 궁지에 처한 상황이야말로 함정을 깔기에는 최적의 타이밍이라 생각하며.

"요격을 해? 흩어져? 바보 같은 소리. 이럴 땐 당연히… 속여먹어야지이!"

선언과 동시에 그것을 실행했다. 달려가는 그들의 앞에 있던 적당한 크기의 바위… 좌우로 두 명씩 흩어져 그 뒤로 뛰어들어 바위 뒤에서 분신과 진짜의 위치를 뒤바꾼 후, 다시 두 명씩 좌우로 흩어져 달려 나갔다. 하지만 물론 그 전개는 올리버도 예측한 바였다.

"나나오는 우측으로! 레이크, 너도 나나오 쪽에 붙어!"

"알았소!" "알았어~!"

나나오와 유리에게 한쪽을 맡기고 올리버 본인은 좌측의 두 사람을 쫓아가는 동작을 취했다. 하지만… 그렇게 추적하던 도중, 미스트랄 부대가 위치를 뒤바꾸는 데 사용한 바위 옆을 지나

치던 그 순간.

"전광이여 내달려라—토니트루스!"

시선은 그대로 둔 채, 올리버가 팔만 움직여 바로 옆을 향해 주문을 쏘았다. 바위 표면에서 번갯불이 튀기더니 허물어진 미채주문 안에서 그림자 하나가 튀어나왔다.

"…이 자식…."

적이 고통으로 얼굴을 찌푸리며 나타났다. 둘로 갈라지는 척을 하며 분신 하나를 추가하고, 한 명이 바위 뒤에 숨어 기습을 할 속셈이었던 것이다. 함정을 간파해 낸 올리버의 주문을 피하지 못한 증거로 상대는 바닥에 한쪽 무릎을 꿇고 있었다.

지팡이검에 대항속성의 흔적이 남아 있는 것만 보아도 분신이 아니다. 올리버는 방심하지 않고 다리를 다쳐 도주하지 못하는 적과의 거리를 좁혔다.

"그 수법은 두 번째야. 너는 진짜일까? 미스터 미스트랄!"

일족일장의 거리에 들어선 순간 땅을 박차고 덤벼들었다. 한쪽 다리에 부상을 입은 상대로서는 저항할 방법이 없다. 이번에야말로 처치했다… 올리버가 그렇게 확신한 순간, 그의 측면에서 전격이 끼어들었다.

"…크?!"

순간적으로 반응해 뒤로 몸을 날리며, 정면에 있는 미스트랄에게는 견제를 위한 마법을 날린다. 상대가 그것을 방어하는 동안 올리버는 잽싸게 주변을 살폈다. 좌측 후방의 다소 떨어진 곳에 위치한 바위 위, 앞머리로 두 눈을 가린 작은 몸집의 여학생이 있었다.

“간발의 차이, 였네요.”

한 손에 지팡이검을 든 채 가볍게 숨을 몰아쉬며 재스민 에임스가 중얼거렸다. 그 존재를 의식하며 바위 뒤로 뛰어든 올리버는 다음에 어떤 행동을 취해야 할지 궁리했다. …예상보다 빨리 따라잡힌 데다, 이 상황에서는 무리해서 싸울 수가 없다.

올리버는 사선에 들지 않도록 바위 뒤에 숨어 북쪽으로 달리기 시작했다. 그의 기운이 멀어지는 것을 확인한 후, 에임스가 한숨을 내쉬며 지팡이검을 내렸다.

“망설임 없이 후퇴했나요. …끝까지 자신을 과신하지 않는군요, 저분은. 참으로 바람직해요.”

“…하핫…. 덕분에 살았어어….”

궁지를 벗어난 미스트랄이 이마에 배어난 땀을 훔쳤다. 에임스는 잽싸게 그리로 달려가 말했다.

“동료분은 구해 드릴 수 없습니다. 당신 팀의 승산은 희박해졌습니다만… 맡은 역할은 끝까지 해 주시겠지요? 미스터 미스트랄.”

싸늘한 목소리로 말하며 지팡이검의 칼끝을 들이댔다. 그것은 질문의 형태를 띤 명령이라, 미스트랄은 고개를 끄덕인다는 선택지를 고를 수밖에 없었다.

한고비를 넘기고 나자, 실황중계석에서도 전황을 정리할 타이밍이 되었다. 밀리건이 미소를 띤 채 팔짱을 끼며 말했다.

"보는 맛이 있는 싸움이었네. 하지만 이번엔 혼 부대의 대응력을 칭찬하지 않을 수 없겠어. 안 그래, 미스터 월리?"

옆에 자리한 정적에게 묻자, 미간을 찌푸린 월리 대신 가랜드가 해설을 이어받았다.

"성질이 다른 두 종류의 분신. 거기에 변화한 동료를 섞어 교란시키고, 그것도 모자라 잠복시켜 둔 동료로 의식 밖에서의 기습을 시도한다. …미스트랄 부대의 전술은 충분히 교묘하다고 할 수 있을 거다. 그걸 한눈에 간파하고 대응해 낸 혼 부대에게는 미즈 밀리건의 말대로 찬사를 보내야겠지."

그 말을 듣고 더더욱 우쭐해진 사안의 마녀는 때는 지금이라는 듯이 후배를 마구 칭찬하기 시작했다.

"팀의 지휘를 맡고 있는 올리버 군은, 나나오 양과 달리 순간적인 직감으로 활로를 여는 타입이 아니야. 그러니 분명 방대한… 정신이 아득해질 정도로 다양한 전술 예상을 통해 싸움에 임하고 있는 거겠지. 상대가 분신을 사용한다는 걸 알아챈 시점에서 올리버 군은 저 함정도 다 예상했을 거란 뜻이야."

내버려두면 그녀가 끝도 없이 말을 늘어놓을 것 같다고 생각했는지, 월리가 떨떠름한 표정으로 끼어들어 발언했다.

"…탁상 위에서 머리를 굴려 본 것만으로 저토록 적절하게 상황에 대응할 수 있을 리가. 대체 후배에게 어떤 훈련을 시키고 있는 거지?"

"어라, 알고 싶어? 이 명감독의 지도법을? 너도 알고 싶은 거야? 으으응?"

밀리건이 얼굴을 바짝바짝 들이대며 말하자 월리가 혀를 찼다. 한편, 그 광경을 관객석에서 지켜보던 가이가 쓴웃음을 지은 채 입을 열었다.

"…뻔뻔하기도 하네, 저 사람. 다 자기 지도 덕분인 걸로 하고 있잖아."

"…뭐어, 응… 확실히 이것저것 배우기는 했으니까…."

옆에 있던 캐티도 미묘한 표정으로 말끝을 흐렸다. 사실상 밀리건에게 가르침을 받고 있는 거나 마찬가지인 그녀는 둘째 치고, 나나오와 올리버는 평소 그렇게까지 많은 가르침을 받지는 않았다. 하지만 선거 활동을 응원하는 입장인 이상, 지금 눈치 없게 딴죽을 걸 수는 없는 일이었다.

그러는 동안에도 실황중계석에서는 정적 간의 공방이 이어졌다. 넌더리가 난다는 듯 의자에서 몸을 틀어 밀리건과 거리를 벌리며 월리가 힘 있는 목소리로 이야기의 방향을 바꿨다.

"혼 부대에 대한 평가는 이쯤 하면 됐어. …그보다 미즈 에임스의 움직임도 훌륭했지. 평범하게 달려서는 제때에 미스트랄 부대를 구하지 못할 거라 판단해, 아까의 혼 부대와 마찬가지로 집속마법을 사용한 도약으로 단숨에 거리를 좁혔다. 동료를 두고 혼자 도약한 것은 비거리를 늘리기 위해서였고. 훌륭한 결단이라고 평가하도록 하지."

"그래, 맞아. 초반부터 생각한 거지만 에임스 부대에서 그녀의 움직임은 월등히 뛰어나. 저렇게까지 잘 싸우는 애였다면 조금은 소문이 났을 법도 한데, 오늘까지 이름도 못 들어 본 게 신기한걸. 실력을 숨기고 있었던 건가?"

밀리건도 순순히 호평을 내놓은 직후, 실황중계자인 그렌다가 소리쳤다.

"오오…. 미즈 히비야가 미스트랄 부대 중 한 명을 따라잡았습니다! 리더인 미스터 미스트랄도 한쪽 다리를 다쳐, 전황은 조금 전까지 불리했던 혼 부대 쪽으로 기울어졌습니다! 자아, 각 팀은 이제 어떻게 움직일까요!"

미스트랄 부대는 몇 가지 오산을 했다. 그중 가장 큰 오산은, 한쪽 팔을 봉인당한 나나오 히비야의 전력이었다고 할 수 있다.

"화염이여 일어나라—플람마!"

등 뒤로 그녀의 모습이 보인 시점에서 달아날 수 없다고 판단한 미스트랄 부대의 학생이 요격용 마법을 날렸다. 양손검(투핸드 소드)을 지팡이검으로 사용하는 나나오가 왼팔을 부상당할 경우, 어떠한 문제가 발생할지는 뻔했다. 마법검 공방에서는 검격의 위력 감소, 그리고 주문전에서는 지팡이를 휘두르는 속도가 저하되어 불리해질 것이다. 물론 그녀도 그러한 문제점을 모두 떨쳐 낸 것은 아니었다.

"빙설이여 몰아쳐라—프리구스!"

그래서 전투방식을 수정했다. 주문 공격에는 응하지 않는다. 접근 과정에서 피할 수 없는 공격만 최소한의 위력으로 상쇄하고, 절약한 마법출력을 다리로 보내 돌진의 속도를 유지한다. 경탄스러운 것은 그 정밀도였다. 상대가 영창하는 소리가 들려오는 즉시 대항속성을 판별, 곧장 주문을 영창해 마법을 날리고 상쇄되는 것을 확인도 하지 않고 마법의 충돌 지점을 향해 뛰어든다. 범상치 않은 판단 속도와 담력이 있어야 비로소 가능한 기술이다.

"전광이여 내달려라—토니트루스…!"

미스트랄 부대의 학생은 필사적으로 주문을 외며 생각했다. **이 정도 수준일 거란 얘긴 없었잖아.**

일반적으로 대항속성의 활용은 마법출력이 낮은 자에게 더욱 중요하다고 일컬어진다. 그 이유는… 지극히 단순한 일대일 원거리 전투로 예를 들 경우, 마법의 위력이 상대방보다 크게 앞서는 측은 극단적으로 말하자면 **주문을 선택할 필요가 없다**. 무엇을 쏘아도 힘으로 뒤지지 않으니, 마법의 조준과 속도에만 전념하면 된다.

그러나 위력이 뒤처지는 측은 그렇지가 않다. 부족한 출력을 다른 것으로 보충할 필요가 있다. 대항속성을 사용하는 것도 그 일환으로 완벽하게 상쇄하지 못할 경우라도 마법의 방향성을 비틀어 냄으로써 높은 확률로 회피할 수 있다. 이는 상쇄에 의한 영향이 단순하고 예측하기 쉬운 대항속성이기에 발생하는 강점으로, 다른 속성을 부딪힐 경우 서로 충돌한 마법들이 어떻게 움직일지를 예측하기가 매우 어려워진다. 그 결과, 생각지 못한 모양새로 여파를 뒤집어쓰거나 그러한 사태를 우려해 움직임이 굼떠지는 전개에 빠지기 일쑤다.

놀라운 점은 **평소의 나나오 히비야가 그러한 걱정과는 거리가 멀다**는 것이다. 그녀의 마법출력은 같은 학년 중에서도 특출하고 앞으로도 크게 성장할 것으로 예상된다. 필연적으로 대항속성을 엄격하게 따져 운용할 기회가 적어질 수밖에 없었고, 양손 흘려내기라는 절기의 존재도 그러한 경향에 박차를 가했다. 그런 그녀가 구태여 대항속성을 정밀하게 구분해 사용할 필요는 없으니, 적어도 습득의 우선도는 낮다…. 모두가 그렇게 생각했다. 미스트랄 부대의 면면 역시 그러했다.

요컨대 착각하고 있었던 것이다. 그녀의 곁에 올리버 혼이 있다는 사실의 의미를. 나나오 히비야라는 마법사는 그의 철저한 감수를 토대로 기초를 다져 왔던 거다.

"크… **가르고 막아라—클리페우스!**"

검의 사거리에 들어오면 동료와 같은 꼴을 당할 거다. 그렇게 생각한 미스트랄 부대의 학생은 그것만큼은 어떻게든 막기 위해 차폐주문을 선택했다. 마석 광상의 지형 효과로 인해 강화된 돌벽이 그의 앞에 두꺼운 방패처럼 솟아났지만.

"베고 끊어라—글라디오!"

소녀의 주문이 그것의 중간 부분을 양단하며 그의 몸통을 함께 쓸어버렸다.

"컥…."

치명타에 반응한 목의 링이 저주를 발동했고, 그것이 의식을 끊을 때까지의 시간 동안 미스트랄 부대 학생의 머릿속에 패인(敗因)이 떠올랐다. …차폐주문에 의한 방어는 많은 마법에 유효하지만 주문을 땅에 걸고서 벽이 형성될 때까지의 시간이 약점이다. 그도 그 사실은 알고 있었고, 그렇기에 '빨리 벽을 만드는' 일에 의식을 집중했다. 그렇게 서둘러 벽을 구축하다 보니 이미지가 허술해져, 절단주문을 견딜 만큼의 강도를 지니지 못한 것이다.

"…망할…."

작은 소리로 욕지거리를 내뱉으며 미스트랄 부대의 학생은 쓰러졌다. 동작을 추스르며 그것을 지켜본 후, 나나오가 조용히 칼끝을 내렸다.

"앗, 벌써 처치했네! 역시 나나오라니까!"

쫓아온 유리가 천진한 목소리로 말했다. 그 상공에서 정찰 골렘이 대기 지시를 전달하기에 두 사람은 잠시 걸음을 멈추고 기다렸다. 그로부터 2분도 채 되지 않아 서쪽에서 올리버가 나타났다. 골렘의 시야를 통해 그도 이미 상황은 파악하고 있었다.

"좌측으로 도망친 건 내가 처치했어. 실체 분신 하나랑 그림자 분신 하나였고. 그림자 분신 쪽은 곧장 사라졌지만."

"흐음? 그렇다면 나머지 한 명은 어디로?"

"둘로 갈라지는 척 바위 뒤에 숨어 있었어. 간파하고 다리 하나는 못 쓰게 만들었지만, 미즈 에임스의 방해로 완전히 처치하진 못했어."

설명하며 조금 전 나나오가 처치한 상대의 얼굴을 들여다보았다. 의식을 잃은 탓에 변화가 풀려 본래의 모습으로 돌아온 남학생의 얼굴이 그곳에 있었다. 그것을 확인한 올리버가 시선을 위로 올리며 말을 이었다.

"이 학생도 미스트랄이 아니야. 그렇다면 소거법으로 내가 싸웠던 상대가 진짜야. 그에게는 아직 그 실체 분신이 있어. 다른 팀과의 전투를 치를 때도 계속해서 경계해 줘."

"응. 근데 그 본인은 이제 빨리 못 움직이는 거지? 실체 분신은 아직 늘릴 수 있을까?"

유리가 의문을 던졌다. 판단을 위해 잠시 생각을 한 끝에 올리버가 그 질문에 답했다.

"…그렇게 정밀한 분신은 운용하는 데 상당히 많은 마력이 필요해. 그는 마력량이 그렇게 많은 타입으로 보이지는 않으니, 만들 수 있다 해도 두 개 정도가 한계겠지. 그림자 분신이라면 이야기가 달라지겠지만, 그건 애초에 술자가 근처에 있어야만 유지가 될 거야."

요컨대 자폭 기능을 가진 실체 분신은 최대 둘. 그것이 미스트랄 부대의 실질적인 잔존 전력이라고 파악한 후, 올리버는 날려 보냈던 정찰 골렘으로 의식을 옮겼다. 서쪽을 감시하던 한 기의 시야에는 이제 아무도 없는 바위밭만 보였다.

"…에임스 부대는 산개해서 잠복한 것 같아. 이대로 찾으러 가는 것도 방법이겠지만, 뿔뿔이 흩어져 숨은 상대를 찾아내려면 시간이 걸려. 미스트랄의 분신 때문에 헛걸음을 할 가능성도 있고, 그 사이에 북동쪽의 리베르트 부대가 필드 중앙으로 이동하면 일이 성가셔져. 승산을 높이려면 순서를 뒤집어야 해."

"먼저 사수(射手)를 처치하자는 것이구려."

나나오가 뜻을 헤아려 결론을 내뱉었다. 올리버는 고개를 끄덕이고서 동쪽으로 시선을 옮겼다.

“우리가 전력을 다해 달리면 에임스 부대는 못 따라와. …동쪽의 ‘탑’으로 가자!”

다음 목표를 정한 세 사람이 일제히 달려 나갔다. …그렇게 달리던 도중, 올리버가 작은 목소리로 속삭였다.

“달리면서 한마디만 더 들어 줘. …골렘을 통해 전체를 둘러보다 보니 신경 쓰이는 게 있어. 어쩌면 이 필드는….”

그 시각, 동쪽 멀리 떨어진 ‘탑’ 위에서도 혼 부대의 움직임을 파악하고 있었다. 한참 동안 타이밍을 살피고 있던 리베르트 부대의 저격수, 카밀라가 나직한 목소리로 말했다.

“미스트랄 부대에서 두 명 탈락했어. 이쪽으로 올 거야.”

“…그렇겠지. 한 명도 줄이지 못한 건 속이 좀 쓰리네.”

팀메이트인 토마스가 옆에서 어깨를 으쓱했다. 그는 방금 지상에서의 공작을 마치고 돌아온 참이다. 그가 시선을 뒤로 빙글 돌려 그곳에 앉아 있는 리더, 유르겐 리베르트를 바라보며 입을 열었다.

“대장. 슬슬 회복됐어?”

“문제없다. 요격할 뿐이야.”

리베르트가 눈을 뜨며 조용히 일어섰다. 흔들림 없는 그 목소리에 두 팀메이트도 짧게 고개를 끄덕여 답했다.

“녹아 무너져라—루툼리무스!”

바로 앞에 있던 바위벽을 올리버의 주문이 녹이고 꿰뚫었다. 그들이 바위밭 사이의 저지대를 선택해 돌파하는 내내, 앞길을 가로막기라도 하듯 똑같은 바위벽들이 연신 눈앞에 나타났다. 부자연스럽다고 생각한 유리가 입을 열었다.

“가는 곳마다 벽이 있어서 달리기 불편하네. 이것도 적의 방해 공작인가?”

“**녹아 무너져라—루툼리무스!** …맞아. 우리가 필드 서쪽에서 싸우는 동안, 진지가 공격받을 경우에 대비해 지형을 변화시켜 둔 거겠지.”

“아하. …어이쿠, 위에서도 오네. **빙설이여 몰아쳐라—프리구스!**”

날아드는 주문을 유리의 마법이 공중에서 요격했다. 발사 지점인 ‘탑’이 정면에 자리해 있어 저격에 대처하는 것은 어렵지 않았지만, 주문을 막는 데 의식과 마력을 할애해야 하는 만큼 전진 속도가 다소 떨어졌다. 그것을 느낀 유리가 끙끙대며 말했다.

“으~음, 이쪽 진로는 사선이 통하나 보네. 벽도 걸리적거리는데, 차라리 우측 바위산 너머로 우회하는 게 좋지 않을까?”

“…아니, 루트는 이대로 유지하자. **우회하는 척**만 하고.”

그렇게 말한 올리버가 진로를 우측으로 틀자, 나나오와 유리도 뒤를 따랐다. 그로부터 얼마 안 되어, 그들이 목표하고 있는 '탑' 꼭대기에서 마법이 발사되었음을 알리는 빛 두 개가 번뜩였고.

"지금이야, 좌측으로 돌아가!"

동시에 올리버가 진로를 좌측으로 변경, 원래의 루트로 돌아갔다. 그로부터 몇 초 후, 그들의 진로에서 우측에 자리한 바위산에 두 발의 작렬주문이 쏟아져… **그 표층이 광범위하게 무너졌다**. 바위와 모래가 뒤섞인 잿빛 격류를 보고 나나오와 유리는 눈이 휘둥그레졌다.

"오오, 산사태구려." "우와와, 저쪽으로 갔으면 큰일 날 뻔했네에."

"사전에 무르게 만들어 둔 지반을 작렬주문으로 무너뜨린 모양이야. …내가 저쪽 팀이었다면, 바위산을 방패 삼아 접근하는 루트를 가장 먼저 떠올렸을 테고. 그곳에 우선적으로 함정을 설치했을 거야."

상황을 통해 적이 취할 행동을 정확하게 예측해 냈다. 그 사실에 가벼운 안도감을 느끼며 올리버는 의식을 다시 정면에 자리한 '탑'으로 돌렸다.

"같은 이유로, 진로상에 보이는 장해물은 모두 **피하지 않을** 거야. 저쪽이 장해물이 없는 길로 유도하고 있을 가능성이 높으니까. 시간은 좀 걸리겠지만, 눈에 보이는 벽보다 보이지 않는 함정을 경계하자."

"흐~음, 흠. …흐으으~음."

느닷없이 달리는 속도를 높여 올리버의 옆으로 다가오는가 싶더니, 유리는 상대의 옆얼굴을 코앞에서 뚫어져라 쳐다보았다. 무시하고 싶어도 신경이 쓰여서 올리버가 입을 열었다.

"…레이크. 왜 내 얼굴을 응시하는 건지는 모르겠지만, 지금은 앞을 봐 줘."

"아하하, 미안미안. 하지만… 왠지 방금, 올리버 군하고 같은 팀이라 다행이다 싶었거든."

"과연 그럴까. 이 시합만 가지고 말하자면, 너는 나와 나나오에게 휘말려 피해를 보고 있는 입장인데."

올리버는 쓴웃음을 띤 채 말했다. 다른 팀들에게 집중 공격을 받고 있는 원인은 그와 나나오에게 있으니, 다른 팀메이트를 선택했다면 유리는 훨씬 유리하게 싸울 수 있었을 가능성이 크다. 하지만… 옆에서 그 이야기를 듣고 있던 동방의 소녀가 문득 미소를 지으며 고개를 가로저었다.

"이기고 지고의 문제가 아니오. 그렇지 않소, 유리 공?"

그녀의 말에 유리가 씨익, 이를 드러내 보이며 웃었다. 어린아이처럼 너무도 순수한 미소였다.

"…잘 표현은 못 하겠지만, 너랑 같이 있으면 평소보다 세계가 또렷하게 보이는 것 같아. 여러 가지 것들을 자세히 설명해 주기 때문일까? 그게 엄청나게 즐겁거든."

뜻밖의 기습을 당한 올리버는 말문이 막혔다. 그래서 그는 팀메이트들에게서 고개를 돌린 채, 헛기침을 하고서 화제를 바꿨다.

"…탑까지 얼마 안 남았어. 도착하면 단숨에 공략하자, 긴장들 해."

"응!" "알았소!"

두 팀메이트의 기분 좋은 대답을 들은 순간, 올리버도 알아챘다. 긴장감과 상황에 집중하느라 몰랐지만… 자신은 지금, 이 시합을 즐기고 있는 건지도 모르겠다고.

한편, 그들이 목표로 하고 있는 필드 북동쪽의 '탑'. 그 옥상에서 카밀라와 나란히 마법저격을 하던 토마스가 예상과 다른 표적의 움직임에 노골적으로 짜증을 내고 있었다.

"…뭐야, 저거. 전혀 유도에 넘어오질 않잖아. 시시하게 말이야~"

"혼이 지휘하고 있으니 당연한 전개다. 투덜대지 말고 조금이라도 속도를 늦춰."

리더인 리베르트가 냉정하게 타일렀다. 원래도 돌다리를 두드리다 못해 부수고 철교를 놓고 건널 성격인 탓에, 애초부터 적이 실수를 하리라고는 기대도 하지 않았다. 오히려 예상대로 되어 간다고 느끼고 있을 정도였다. 논리적으로 최적의 답을 선택하는 만큼, 올리버의 사고는 그도 이해하기가 쉬웠기 때문이다.

"너희들, 앞으로 몇 발 더 쏘고 나면 **아래**로 가라. 최대한 움직임을 들키지 말고."

"네에네." "오케이~"

대답하는 두 사람의 표정에도 초조한 기색은 없었다. 리더의 지휘에 대한 신뢰라면 그들 역시 혼 부대에 뒤지지 않았던 것이다.

"…흠. 기슭이 보이기 시작했소."

전방의 지형이 변화한 것을 확인한 나나오가 걸음을 멈추자, 올리버도 같은 광경을 정찰 골렘을 이용해 상공에서 살폈다. 지금까지 무질서한 기복으로 가득했던 지면은 매끄러운 절구 모양으로 움푹 파여 있고, 그 밑바닥을 기반 삼아 우뚝 선 '탑'의 주변을 높이 10피트 정도의 벽이 빈틈없이 에워싸고 있었다. 지팡이검을 모아 같은 이미지를 공유하고 나자, 유리가 먼저 입을 열었다.

"벽이 탑의 주변을 빙 둘러싸고 있네. 적의 모습은 보여?"

"아니, 아까 옥상에서 탑 내부로 내려간 이후로는 안 보여."

올리버가 고개를 가로저었다. 두 기의 정찰 골렘으로 주의를 기울여 감시하고 있지만, 탑의 기슭이나 측면 창문에서는 적의 모습이 보이지 않았다. 내부로 침입시키는 것도 불가능하지는 않지만 색적에 특화된 소형 골렘은 가까운 거리에서 적에게 발각되면 매우 쉽게 격추될 거다. 리베르트 부대가 최후의 적이라면 모를까, 그 밖에도 에임스 부대가 멀쩡하게 남아 있는 상황에서 '눈'을 잃는 위험을 무릅쓸 수는 없는 일이다. 몇 초 동안 생각한 후, 올리버는 공략의 방침을 결정했다.

"…우선 방벽을 넘어 탑의 1층으로 가자. 적이 요격하러 내려온다면 그곳에서 싸우겠지만, 탑 안에서 농성을 하는 전개도 벌어질 수 있어. 그럴 경우에는 집속마법을 사용해 토대를 무너뜨리자."

"오오, 화끈한 작전이구려." "재밌을 것 같네. 살짝 아깝기는 하지만."

두 사람이 동의를 표하자 올리버는 목소리를 죽여 지시를 내렸다.

"…세 방향에서 동시에 돌입하자. 레이크는 좌측, 나는 정면, 나나오는 우측. 적의 요격은 물론이고 함정에 대한 경계를 게을리하지 마."

각기 다른 진입로로 흩어져 적이 화력을 집중시키지 못하게 할 작정이다. 유리와 나나오가 좌우로 각각 달려가는 것을 확인한 후, 올리버 역시 정면에 자리한 벽을 향해 주문을 외웠다.

"녹아 무너져라—루툼리무스…?!"

구멍을 뚫은 그 순간, 벽을 뚫고 나온 바람의 탄환이 그를 덮쳤다. 순간적으로 몸을 비틀어 피했지만 눈앞에 자리한 벽에 뚫린 손가락만 한 크기의 구멍을 확인하고 나자 소름이 돋았다. …적은 여전히 이렇게나 가늘게 압축한 바람으로 자신을 저격하고 있는 것이다.

"우와악?!" "흐음!"

그의 좌우에서 돌입을 꾀하던 유리와 나나오를 같은 공격이 덮쳤다. 두 사람이 타고난 반응속도와 직감으로 회피하자, 벽 너머에서 담담한 목소리가 울렸다.

"먼 길 오느라 수고했어. 하지만… 갈 길은 더 멀다고. **꿰뚫어라 바람 탄환—임페투스!"**

""꿰뚫어라 바람 탄환—임페투스!""

몸을 날려 물러나는 세 사람을 또다시 벽 너머에서 정확하게 급소를 노린 마법이 덮쳤다. 그것들을 회피하기 위해 올리버 일행은 자연스럽게 벽과 평행으로 달리기 시작했다.

"벽 너머에서 저격을…?! 나나오, 레이크, 위쪽에서의 시선을 차단해! **뒤덮고 감춰라—코벨!"**

올리버가 곧장 머리 위에 암막을 전개하자 두 팀메이트도 그를 따라 했다. 첫 공격에는 당황했지만, 벽 너머에서의 주문 공격은 과거 밀리건과의 전투에서 그 본인도 사용했던 수법이다. 적의 위치로 미루어 분명 이쪽을 직접 보지는 못할 거다. 그렇다면 암막주문으로 상공에 자리한 정찰 골렘의 관측만 차단하면….

"…큭?!"

하지만 그런 소년의 예상을, 연달아 그의 앞뒤를 스친 두 발의 마법이 가차 없이 뒤집었다.

"정확도가 떨어지지 않았어…?! 위에서만 보고 있는 게 아닌 건가? 그럼 대체 어떻게…."

답을 찾아 주변을 둘러보던 올리버는 바닥을 본 순간 알아챘다. …지면이 너무도 평탄하다. 골렘 축성으로 만든 지형이라지만 이렇게까지 넓은 범위를 평평하게 만들 필요는 없고, 이래서는 오히려 적이 움직이기 쉬워진다. 거점 주변에 마법트랩을 설치하지 않은 것도 부자연스럽다. 그것들에 뭔가 의미가 있다면….

"…설마. 이 지면도…!"

벽 너머에서 혼란에 빠진 혼 부대의 세 사람. 직접 눈에는 보이지 않는 그 위치를, '탑'의 1층에 자리를 잡은 리베르트 부대의 세 사람은 정확하게 포착하고 있었다. 바닥 여러 곳에 그려진 자신들의 마법지도와 그 위를 움직이는 세 개의 점을 통해서.

"**꿰뚫어라 바람 탄환―임페투스!** 이쪽의 손바닥 위에서 놀아나니 기분이 어떠냐?!"

"**꿰뚫어라 바람 탄환―임페투스!** 방심하지 마라. 녀석들이라면 머지않아 원리를 알아챌 거다."

리베르트가 낮은 목소리로 중얼거렸다. 벽 너머에서 날린 그 주문이 또다시 적의 근처를 스치고 지나갔다.

"…이 지면도 골렘의 일부야! 우리는 적의 피부 위에 있어!"

사격을 피하고 벽을 따라 뛰어다니며 결론에 도달한 올리버가 분석한 바를 소리쳐 전달했다. 두 팀메이트가 동시에 놀란 표정을 지었다.

"으음… 그 말은 즉, 지면에 감각이 있다는 거야? 벌레가 피부 위로 기어다니면 우리가 느끼는 것처럼, 이 '탑'도 우리의 위치를 알 수 있다고?"

"그렇게 이해해도 돼! 요컨대 이쪽의 위치를 훤히 꿰고 있어!"

정보를 공유하며 올리버는 생각했다. 지면을 평탄화하고 마법 트랩을 설치하지 않은 것은 감지의 정밀도를 높이기 위해서다. 그렇다면 '탑'이 색적에 사용하고 있는 감각은 압력, 열, 마력감지 정도가 유력하겠지만 무엇이 되었건 특정과 대처, 양쪽 모두에 시간이 걸린다. 서쪽에서 접근 중인 에임스 부대는 5분도 채 지나지 않아 도착할 테니 공략에 많은 시간을 쓸 수는 없다.

"그래, 이쪽도 주문으로 반격하는 건 어떨까? 벽이 탑을 둥글게 에워싸고 있으니, 아마 저쪽 사람들은 가운데 근처에 있겠지? 아무렇게나 쏴도 맞지 않을까?"

"그 방법도 생각해 봤지만, 이 방벽은 공격에 대한 내부와 외부의 강도가 각각 달라. 우리 쪽에서는 적이 하고 있는 것처럼 쉽게 벽을 뚫을 수 없어. 벽을 사이에 둔 상태로의 원거리 전투는 명백하게 불리해."

유리의 제안을 올리버는 고개를 가로저어 기각했다. 곡사를 사용하는 수도 있지만 이 역시 직선거리로 쏘는 적에 비해 공격이 늦게 도달하는 만큼 불리하다. 아무튼 벽에 침입할 입구를 하나라도 뚫고 싶지만, 그러려면 같은 장소에 몇 초 동안 계속해서 주문을 걸 필요가 있고, 적은 쉴 새 없이 사격을 퍼부어 그럴 틈을 주지 않았다. 차라리 벽을 타고 뛰어 넘을까도 싶었지만 적도 그런 상황은 계속해서 경계하고 있을 테니, 고개를 내밀자마자 집중포화를 맞으면 높은 확률로 한 사람은 탈락할 거다.

우선 벽을 넘어야 공략할 수 있다. 그렇다고 우격다짐으로 돌격한들 역공만 당하고 말 거다. 소년은 생각했다. 그것들을 염두에 뒀을 때, 이 국면을 타개할 방법은 무엇일까?

"…어디일 것 같소?"

그에게서 약간 떨어진 위치에서 나나오가 문득 입을 열었다. 움직임에 페인트를 섞어 질주하여 벽 너머에서의 저격을 피하며 올리버와 유리가 동시에 그녀에게 시선을 돌렸다.

"이 지면이 피부라면, 그것은 몸 어느 부분의 피부일 것 같소? 발바닥? 손바닥? 이마? 그도 아니면 가슴이나 배?"

"음? 아니, 피부라고 한 건 어디까지나 예를 든 것뿐…."

"흐음, 그렇소이까. 정말로 사람의 피부라면, 느끼기 쉬운 부분과 둔감한 부분이 있을 거라 생각했소만."

나나오는 눈살을 찌푸리며 신음했다. 엉뚱하면서도 소박한 그 의견이 올리버의 귓가를 맴돌았다.

"…그거, 일리 있는데?"

"꿰뚫어라 바람 탄환ㅡ임페투스! 왜들 그러시나, 아무것도 못 하겠어?!"

리베르트 부대의 면면은 일방적으로 상대를 몰아붙였다. 하지만 다음 순간, 문득 그 기세가 멈췄다. 그들이 육안 대신 관측 수단으로 삼고 있던 바닥의 마법지도. 그 안에서 지금까지 분주하게 돌아다니던 세 개의 점이 일제히 사라졌기 때문이다.

"……?" "이봐, 대장! 적의 위치가 안 뜨는데?!"

감지에 오류가 발생한 것이라 생각한 카밀라와 토마스가 그 일을 담당하고 있는 동료에게로 시선을 돌렸다. 그 시선을 받으며, 당사자인 리베르트는 심각한 얼굴로 방벽 쪽을 노려보고 있었다.

"…그렇게 나왔나."

그 순간에도 벽 너머에서 올리버 일행은 움직이고 있었다. 단, 지상이 아니라 벽면 딛기(월 워크)를 사용해 **세 사람 모두 벽면을 질주하면서**.

"저격의 정확도가 크게 떨어졌어. 역시 감각이 있는 건 지면뿐인가!"

적의 마법 몇 발이 세 사람 모두에게서 떨어진 장소를 꿰뚫는 것을 보고 올리버는 자신들이 취한 방법이 옳았음을 깨달았다. 마찬가지로 벽 위를 달리던 유리가 매우 감탄해서 고개를 끄덕였다.

"그렇구나, 지면이 안 된다면 벽을 달리면 되는 거였어. 용케 알아챘네, 나나오!"

"알아챈 것은 아니오만, 답을 알았으면 되었소!"

적에게 위치를 들키지 않도록 작은 소리로 쾌재를 부르며 두 사람은 경쾌하게 벽면을 질주했다. 그 모습을 통해 보다 큰 확신을 얻은 올리버는 벽 너머에 자리한 적의 반응에 집중했다.

"…벽 위에 있는 거야, 저것들…?!"

귀에 닿는 여러 개의 발소리. 의심할 여지 없이 벽면에서 들려오는 그 소리를 들은 토마스의 얼굴이 굳어졌다. 한편, 다른 방향을 감시하던 카밀라가 그녀들의 리더에게 물음을 던졌다.

"벽의 어디쯤에 있는지는 알 수 없어? 저것도 골렘의 일부잖아."

"…무리다. 애초에 벽면에는 감각기를 설치하지 않았어. 그러려면 골렘을 설계 단계부터 재검토해야 해."

리베르트가 떨떠름한 얼굴로 답했다. 그 역시 벽면을 뛰어오르는 것까지는 예상했었고, 그것뿐이었다면 직전의 반응을 통해 위치를 산출해 내면 그만이었다. 하지만 설마 벽면을 주된 발판 삼아 움직일 거라고는 예상치 못했던 것이다. 뿐만 아니라 적의 몸이 벽과 수직이 된 탓에 결과적으로 표적이 작아지기도 했다. 저격 난이도가 불합리하다고 할 정도로 높아지자 토마스가 비명 섞인 목소리로 소리쳤다.

"높은 데서 내려다보고 싶어어…! 이봐, 위층으로 올라가면 안 돼?!"

"논외다. 이동하는 사이에 들이닥칠 거다."

동료의 제안을 리베르트가 기각했다. 높은 위치에서 내려다보면 벽면에 선 적을 육안으로 볼 수는 있겠지만, 이런 급박한 상황에서의 배치 변경을 용납할 만큼 혼 부대는 호락호락하지 않다. 이미 세 사람이 끊임없이 사격을 퍼부어 간신히 붙잡아 두고 있는 상황인데, 여기서 탄막이 옅어지면 적도 금방 사수가 이동했다는 사실을 알아챌 거다. 그렇게 되면 단숨에 침입을 허용해 끝장일 터.

"당황하지 마, 멍청아. **벽은 아직 있고**, 저쪽은 어차피 구멍을 뚫으려 들 거야. 그때를 노려서 한 방 먹여 주면 돼."

카밀라의 말에 토마스도 퍼뜩 정신을 차렸다. 마력을 다리에 할애하고 있는 만큼, 벽면 딛기(월 워크)를 하며 이절주문을 사용하는 건 3학년에게 버거운 일이다. 지금의 혼 부대가 벽에 구멍을 뚫으려면 접근한 상태로 일절주문을 써야만 하고, 그 순간에는 그들의 위치가 뚫고 있는 구멍의 주변으로 한정된다. '이 근처'라는 걸 알게 될 뿐이라 대략적으로 조준할 수밖에 없지만, 탄환을 크게 하고 숫자도 늘려 그 점을 보완하면 그만이다.

방침을 정한 그들이 기회가 오기를 기다리던 중, 예상한 대로 상대가 마법을 사용한 남서쪽 벽의 일부분이 회색에서 짙은 갈색으로 변하기 시작했다. 카밀라가 즉시 지팡이를 그곳으로 뻗었다.

"자, 왔다. …**바위를 부수고—마그누스　터지고 퍼져라—플**

라르고!"

""바위를 부수고—마그누스　터지고 퍼져라—플라르고!""

한 발의 마법 직후에 두 발, 합계 세 발의 이절주문이 벽을 안쪽에서 날려 버렸다. 그것을 **같은 벽면의 떨어진 곳**에서 걸음을 멈춘 채 지켜본 후, 올리버 일행은 일제히 질주를 개시했다.

"이절이 세 발! 지금이야, 들어가!"

세 사람은 적의 손에 의해 부서진 벽을 뛰어넘어, 망설임 없이 그 안으로 몸을 던졌다. …구멍을 뚫을 때에는 벽의 반대쪽에도 조짐이 나타난다. 그 타이밍을 노리고 있다는 건 그들도 당연히 알고 있었다. 따라서 용해주문은 어디까지나 마중물로 사용하고, 적을 반응하게 만든 단계에서 영창을 중단하고 후퇴해 리베르트 부대가 스스로 구멍을 뚫게 했다. 올리버 일행의 정확한 위치를 파악하지 못하는 그들이 어쩔 수 없이 대형 탄환… 넓은 범위를 날려 버리는 이절주문을 사용할 것까지 예상한 것이다.

하지만 벽 하나를 넘었으니 그대로 공략하는 일만… 남은 것은 아니었다. 방벽 내부에 선 순간, 그들의 눈앞에 지면에서 솟아난 **두 번째 벽**이 나타났기 때문이다. 예상치 못한 광경에 유리가 눈을 껌벅거렸다.

"우와, 또 벽이야?!" "인심도 후하구려!"

"당황하지 마, 요령은 같아! 타이밍을 살펴 돌파하자!"

새로운 장해물이 나타났음에도 올리버는 망설임 없이 앞장섰다. 애초부터 거점을 지키는 방벽이 한 겹뿐일 거라고는 생각지 않았다. 한 번으로 안 된다면 두 번, 세 번 반복할 뿐이다. 그렇게 결심하며 그는 나나오, 유리와 함께 두 번째 벽면을 질주하기 시작했다.

'탑'의 방어를 위해 리베르트 부대가 준비한 방벽은 셋. 지면의 감지능력을 간파당하고 첫 번째 벽을 돌파당하는 사태에 대비해, 두 번째 벽의 주변에는 마법트랩을 심어 두었다. …하지만 이 역시 상대가 벽면을 딛고 질주하는 사태까지 염두에 둔 것은 아니었다. 첫 번째 벽 안쪽에서 두 번째 벽으로 위치를 옮긴 혼 부대의 면면은 애초에 지면을 밟지 않아, 함정을 발동시킬 기회 자체를 주지 않았다.

더불어 자신들의 사격이 또다시 침입로를 열고 말지도 모른다는 우려가 리베르트 부대를 망설이게 했다. 그 사실을 알아챈 혼 부대가 이번에는 스스로 구멍을 뚫어, 두 번째 벽을 순식간에 돌파하고 말았다. 세 명이 진을 친 탑의 1층으로부터 불과 십여 야드 떨어진 곳에서 마지막 벽이 솟아나자, 토마스는 코앞까지 다가온 적의 기척에 노골적으로 초조해 하기 시작했다.

"젠장, 이제 한 겹 남았어! 맞아라, 제발 맞아 줘! **꿰뚫어라 바람 탄환—임페투스**… 으억?!"

아무렇게나 사격을 하려던 그를, 카밀라가 등 뒤에서 걷어찼다. 앞으로 고꾸라져 정신을 못 차리고 있는 그에게 리베르트 부대의 저격수는 지팡이를 겨눈 채 담담하게 말했다.

"머리 좀 식혀. 맞으라고 기도하기 시작하면 그대로 끝장이야. 차라리 한 발도 쏘지 않는 게 나아."

조용한 열기를 내포한 말이 이어졌다. 지금까지 그녀가 쌓아 올린 연구와 수련들. 그 세월이 구축한 저격수로서의 긍지가 그녀의 말에서 배어났다.

"**기도하지 말고**, **조준해**. 멀더라도, 빠르더라도, 보이지 않더라도. 존재하는 한 그것은 반드시 그림자를 드리울 테니까."

과거 그녀 본인이 스승에게 들었던 말이다. 천 년을 산 지고(至高)의 마녀의 가르침을 가슴에 품은 채, 카밀라 아스무스는 자신이 가진 모든 감각을 곤두세웠다. …급박한 상황이지만 시점을 바꿔 보면 그리 나쁘지는 않다. 방벽과의 거리가 줄어든 덕분에 이전보다 적의 기척이 선명하게 느껴졌다. 눈보다 귀에 의지해야 한다. 벽면을 질주하는 적의 발소리가 지금은 최대의 단서다.

"……."

울리는 소리에 의식을 집중해 보니, 혼 부대 중 누군가가 정면에 보이는 벽을 아래에서 대각선으로 뛰어오르고 있다는 걸 알 수 있었다. 저격하기에는 정보가 부족하지만, 대략 어디로 향하고 있는지는 판별할 수 있다. 그렇다면 가능하다…. 그 진로상에, **아주 작은 돌멩이를 깔아 두는 것 정도는**.

"꿰뚫고 터져라—플라르고."

카밀라의 지팡이에서 한 발의 작렬주문이 뻗어 나간다. 이미지를 관통력에 쏟아부은 그것은, 벽을 뚫은 직후에 공중에서 폭발했다. 마력의 대부분을 벽을 뚫는 데 사용한 탓에 위력은 별볼 일 없지만 진로상에서 폭발이 일어나면 적은 반드시 반응할 거다. 하물며 벽면 딛기(월 워크)를 사용해 질주하는 중이라면, 급히 방향을 전환하건 감속을 하건 보법을 유지하기 어려워질 테니 그걸로 충분하다. 그 결과, 지금까지 계속 속여 온 중력이 그 몸을 붙잡으면… 저항하지 못하고 땅에 떨어질 거다.

바닥에 새겨진 마법지도에 은은히 점이 밝혀졌다. 그 순간, 두꺼운 벽 너머로 그녀는 확실하게 사냥감의 모습을 포착했다.

"모여라 바람이여—포르티스　휘몰아치고 휩쓸어라—임페투스!"

가만히 허공에 내민 지팡이 끝에서 열풍이 방출된다. 살상범위는 좌우로 길게 설정했다. 사냥감과의 거리는 지금까지 중 가장 가깝고, 그 자세는 낙하 직후라 불안정한 상태다. 어떻게 움직이건 못 피한다. 명중했다는 확신과 함께, 과자틀을 대고 누르기라도 한 듯 타원형으로 벽이 도려졌다.

"…맞았나…?"

벽 너머의 발소리가 딱 그쳤다. 다른 방향을 경계하며 토마스가 곁눈질로 구멍 건너편을 들여다보았다. 공격을 맞고 쓰러진 적의 모습을 상상하며… 그러나 카밀라는 한발 먼저 답에 도달했다.

"…후우."

나나오 히비야가 그곳에 있었다. 한쪽 무릎을 바닥에 꿇고 오른손에 쥔 칼을 내민 자세로, 전혀 사그라지지 않은 투지가 깃든 눈빛을 날리며. 그 광경이 카밀라가 방금 내쏜 저격의 결과를 말해 주었다.

"…끝내주네에."

입에서 자연스럽게 칭찬이 흘러나왔다. …자부했던 대로, 그녀의 저격은 거의 완벽했다. 마법의 속도와 위력은 말할 것도 없고, 타이밍 역시 피하거나 막기가 매우 어려운 때를 골랐다. 그런데도 실패할 가능성이 있다면 단 하나의 경우뿐… **착지 순간을 노릴 것을 예상하고, 발이 벽에서 떨어진 그 시점부터 상대가 상쇄를 위한 이절주문을 영창하기 시작했을 경우뿐이다.**

""터지고 부숴라—플라르고!""

카밀라가 뚫은 구멍에서 두 개의 그림자가 지체 없이 뛰쳐나왔다. 마지막 방벽을 돌파한 올리버와 유리가 주문으로 적을 견제, 곧장 좌우로 흩어져 두 방향에서 거리를 좁히기 시작했다. 두 사람 가운데서 나나오도 뒤를 이어, 방어선이 무너졌음을 확인한 카밀라가 날카로운 목소리로 외쳤다.

“가, 대장!”

“미안하다! …**가르고 막아라—클리페우스!**”

최소한의 방어를 위해 작은 방벽을 남겨 둔 후, 리베르트가 몸을 돌려 달려 나갔다. 이 거리에서 3대 3으로 붙을 경우 그들에게는 승산이 없는 데다, 이미 팀 전체가 이탈할 수 있는 상황도 아니다. 따라서 역할을 분담해 한 명을 도망시키고, 나머지 두 사람은 방패가 되었다. 이 역시 처음부터 정해 둔 바다.

담담하게 지팡이를 겨눈 카밀라 옆에 토마스가 나란히 섰다. 조금 전까지 우왕좌왕하던 이와는 딴사람이 된 듯, 그 표정은 몹시도 차분했다. 조금 전 저격은 동방의 소녀를 처치하지는 못했지만, 파트너의 당혹감을 완벽하게 날려 버렸다.

“미안. 이제 머리가 식었어.”

“아, 그래? 그럼 호흡이나 맞춰.”

두 사람은 쌀쌀맞게 말을 나누었다. 좌우에서 올리버와 유리가 돌아들었지만 그쪽은 ‘탑’의 지주와 리베르트가 남긴 방벽이 있어 잠시나마 방패가 되어 줄 거다. 그게 깨진 이후의 일은 생각지 않고, 두 개의 지팡이는 끝까지 나나오 히비야만을 노리기로 했다. 마법사의 감각이 말하고 있었다. 한쪽 팔을 다친 것을 염두에 둬도, 그녀를 최우선적으로 탈락시켜야 한다고.

"화염이여 일어나라—플람마." "빙설이여 몰아쳐라—프리구스!"

상대가 접근하기를 기다린 후, 두 사람은 완벽한 호흡으로 연달아 주문을 날려 이중공격을 감행했다. 선행하는 마법을 대항 속성으로 막더라도 그 직후에 정반대되는 속성이 직격한다. 나나오도 온 힘을 다해 돌격했으니 좌우로 회피 동작을 취할 수 없다. 그녀 혼자서는 막을 방도가 없는 공격이 코앞으로 육박한 순간….

"화염이여 일어나라—플람마!"

그것을 예상했던 올리버가 바로 옆에서 주문을 개입시켜 후속 마법만을 상쇄했다. 선행하는 마법을 나나오의 대항주문이 상쇄한 순간, 유리가 내지른 전격이 토마스의 가슴을 꿰뚫었다. 카밀라가 저격용 백장을 놓고 지팡이검을 빼들었지만, 그 타이밍에 나나오가 육박… 자세를 취할 시간도 주지 않고 상대의 몸통을 찔렀다.

"훌륭한 사격이었소."

"그거 고맙네."

스쳐 지나는 순간, 두 사람 사이에서는 그런 말이 오갔다. 직후에 링의 저주가 발동. 토마스와 카밀라가 연달아 쓰러졌고, 혼부대는 그것을 확인하지도 않은 채 나머지 적이 있는 곳을 향해 내달렸다.

"……!"

올리버의 눈이 휘둥그레졌다. 리베르트는 그들이 육박해도 아무런 대응도 하지 않고 지팡이검으로 발치를 겨누고 있었다. 그 위치는 1층의 한가운데, 요컨대 '탑'의 토대의 정확히 중심에 해당되는 장소다. 확신에 가까운 예감이 소년의 등줄기를 타고 흐른 순간.

"…해체하라—데이엑티스!"

그 예감을 배신하지 않고 적의 영창이 울렸다. 주문을 받은 바닥이 함몰되어 리베르트를 집어삼키더니 그곳을 기점으로 지주부터 천장까지 일제히 균열이 갔다. 붕괴의 파도는 빠르게 상층으로 퍼져 나갔고, 그렇게 성채 골렘은 건축으로부터 한 시간도 지나지 않아 붕괴했다.

무너져 내린 '탑'의 잔해에 파묻힌 지면. 모래 먼지가 뭉게뭉게 피어올라 몇 야드 앞도 제대로 보이지 않는 가운데, 한 소년이 주변을 두리번거리고 있었다.

"…저쪽에서 무너뜨려 버렸어. 애들은 괜찮을까?"

유리 레이크다. 아무리 성채 골렘이라 해도 커다란 건물이라는 점에는 변함이 없어, 완전히 무너지는 데에는 어느 정도 시간이 걸린다. 잔해에 휩쓸리기 전에 내부의 인간이 탈출할 정도의 유예 시간은 있었다. 하지만… 붕괴를 앞두고 세 사람이 각각 다른 방향으로 달아난 탓에 유리는 나머지 두 사람이 무사한지 확인하지 못한 상태였다. 큰 소리로 부르고 싶지만, 이미 에임스 부대가 가까운 곳에 있을 거라 생각하니 망설여졌다.

"상공의 골렘에게 마력파를 보내서… 아니, 그러면 안 되려나. 위가 보이지 않아서 넓은 범위로 쏘게 될 테고, 그러면 적의 골렘도 알아챌 테니까. 으~음, 어쩐담…."

"…여기야, 레이크…."

그가 동료와 합류할 수단을 고민하던 중, 예상외로 근처에서 목소리가 들려왔다. 유리가 놀라서 돌아보니, 그곳에는 수북이 쌓인 잔해더미가 있었다. 귀에 익은 친구의 목소리는 그 안에서 들려왔다.

"…팔이 끼었어… 잔해를…."

"올리버 군?! 기다려, 지금 치울게!"

유리가 허둥지둥 달려갔다. 당장에라도 주문으로 구하고 싶지만, 우선 상대가 어떤 식으로 파묻혀 있는지부터 확인해야 한다. 잔해의 틈새를 들여다보려고 그가 몸을 숙인 순간.

"…어?"

목소리가 '들려' 생각하기도 전에 그의 몸이 뒤로 물러났다. 동시에 잔해 안쪽에서 칼날이 튀어나와 목을 찌르려 들었다. 유리의 지팡이검이 그것을 아슬아슬하게 흘려보냈다.

"우와악?!"

"…막았나요."

나타난 인물이 한 걸음 후퇴하더니 그대로 일족일장의 거리에서 유리와 대치했다. 앞머리로 두 눈을 가린 소녀… 재스민 에임스 앞에서 그는 그제야 상황을 이해하고 입을 열었다.

"미즈 에임스… 네가 성대모사를 한 거야? 놀랐잖아아."

유리는 어쩐지 태평한 목소리로 놀라움을 표했다. 그러자 에임스가 발끝을 슬쩍 내밀며 거리를 좁혔다.

"당신의 반응도 놀랍기는 하지만, 시간이 없습니다. …이만 퇴장해 주셔야겠습니다, 미스터 레이크."

"좋~아, 붙어 보자!"

소년은 두말없이 고개를 끄덕였다. 강적의 습격을, 그는 오히려 신이 나서 받아들였다….

"어디 있어, 레이크! 대답해!"

"유리 공~! 어디 있소이까~!"

그 시간, 올리버 역시 동료를 찾아 모래 먼지 속을 분주히 돌아다니고 있었다. 방금 나나오와 합류한 덕에 목소리를 죽일 필요성이 적어져, 합류를 우선시하고자 근처에 있을 터인 소년의 이름을 불렀다. 그때, 두 사람의 귀가 문득 단서를 포착했다. 신발 바닥으로 잔해를 밟는 소리다. 그들은 곧장 그것이 들린 방향을 향해 달려갔고.

"…헤에…."

예상한 대로 그곳에서 발견했다. 호기심으로 눈을 황황히 빛내는 유리와, 그 표정과는 정반대되는 목 아래쪽의 광경을. 요컨대 에임스의 지팡이검에 가슴을 정면에서 찔린 그의 모습을.

"유리 공!" "…큭!"

나나오와 올리버는 곧장 지팡이검을 겨누었지만 에임스는 링의 저주로 기절한 유리의 몸을 방패 삼아 공격을 견제, 나아가 그를 떠밀며 후방으로 몸을 날려 후퇴했다. 두 사람이 추격에 나서려던 순간, 적의 등 뒤에서 날아든 두 줄기의 전광이 발치에서 터졌다.

"…아슬아슬하기는 했지만, 드디어 한 명. …목이 간당간당하시군요."

나직하게 중얼거리는 에임스의 후방. 아직도 자욱한 모래 먼지 안쪽에서 새로운 두 개의 그림자가 나타나는 것을 올리버는 포착했다. 이전과 마찬가지로 기동력이 뛰어난 에임스가 선행하고, 그것을 팀메이트 두 명이 쫓아온 것이리라. 유리가 고립된 순간을 정확하게 노렸다.

경계 자세를 취한 올리버와 나나오, 두 사람과 거리를 두고 마주한 채 에임스는 무너진 '탑'의 잔해를 흘끔 쳐다보며 입을 열었다.

"그나저나, 만반의 대비를 한 리베르트 부대를 이렇게까지 신속하게 무너뜨릴 줄이야. 근사한 솜씨이십니다."

"…그들과의 합류가 늦어진 것까지 모두, 너희 작전이었어?"

모래 먼지가 걷힐 때까지 시간을 벌기도 할 겸, 올리버가 살짝 비아냥거리는 말을 상대에게 던졌다. 그 말을 들은 소녀는 순간적으로 미소 짓더니 가볍게 한숨을 내쉬었다.

"그럼요… 라고 허세를 부리고 싶기는 하지만, 그건 과대평가랍니다. 순서가 뒤집힌 것이지요. 당신들이 남아 있는 동안, 다른 팀들이 탈락했으니."

딱히 숨길 이유가 없다고 생각했는지, 에임스가 자조 섞인 투로 사정을 밝혔다. 그녀의 부대도 어부지리를 얻기에는 아직 일렀다. 리베르트 부대와의 합류가 늦어진 것은 고의가 아니라, 그저 제때 오지 못한 것뿐이다. 제일 앞에 서서 달렸던 에임스조차 탑이 붕괴되는 것과 거의 동시에 도착해서, 그 이전의 전황에 개입할 기회는 없었다.

"하지만 미스터 레이크가 탈락했고, 미즈 히비야는 왼팔을 부상. …최선이라는 표현과는 거리가 멀지만, 이 상황은 최악이라 한탄할 정도는 아니지요.

서론이 다소 길어졌습니다. 그러면… 예고한 대로, 목을 접수

하러 가겠습니다.”

대담한 선언을 신호 삼아 에임스 부대가 움직이기 시작했다. 옅어져 가는 모래 먼지 속에서 올리버와 나나오는 그들에게 맞섰다.

“가르고 막아라—클리페우스!” “베고 끊어라—글라디오!”

먼저 움직인 것은 혼 부대였다. 전투 개시와 동시에 올리버가 전방에 벽을 세우고, 그 뒤로 뛰어든 나나오의 절단주문이 벽 너머에서 적을 쓸어냈다. 리베르트 부대가 그들을 고전케 했던 전법을 이용한 기습이다. 에임스와 또 한 명은 영창에 반응해 피했지만 나머지 한 명은 허벅지를 마법의 칼날에 맞았다.

“윽…!” “하아아앗!”

그에 따라 링의 저주가 발동. 본래의 부상에 상응하는 마비 증상이 그녀의 오른쪽 다리에 발생해서 움직임이 굼떠진 참에 나나오가 돌격해 육박했다. 사이에 끼어든 에임스가 아슬아슬하게 칼날을 받아 내자, 같은 상대에게 올리버가 날린 주문은 또 한 명의 팀메이트가 간신히 상쇄. 그렇게 간신히 궁지에서 벗어난 에임스 부대의 세 사람은 다시 상대 팀과의 거리를 벌렸다.

“미안, 민…!”

“아뇨. …하지만, 역시 버겁군요. 이 3대 2는.”

처음 한 합으로 자신들이 불리하다는 것을 확인한 에임스가 중얼거렸다. …혼 부대의 두 사람이 서로에게 등을 기대어 실력을 최대로 발휘하고 있는 데 반해, 그녀는 동료를 보조해야 하는 만큼 공세가 무뎌졌다. 한 사람이 다리를 다쳤으니, 그런 경향은 더욱 가속될 것으로 예상되었다.

이대로 팀끼리 부딪혀 봐야 승산은 없다. 냉정하게 그렇게 판단한 에임스는 하나의 대책을 떠올렸고… 이어서 그것을 실현하기 위한 포석을 두었다.

"…그럼. 마지막 불꽃을 부탁드리겠습니다, **미스터 미스트랄**."

"…케켓…."

필드 서쪽의 바위 뒤, 지금의 주전장으로부터는 멀리 떨어진 장소에서 미스트랄이 웃었다. 한쪽 다리를 부상당한 그는 이제 전투에 참가하고 싶어도 현장으로 달려갈 수가 없다. 하지만… 그것은 물론 그가 전투에 개입할 수 없다는 의미가 아니다.

"어차피 마력도 텅텅 비었어. 있는 대로 흩뿌려 주마아!"

미스트랄은 자신을 고조시키듯 외쳤다. 마지막 힘을 쥐어짜는 그의 머리에, 바야흐로 전장에 도착한 두 명의 분신의 시야가 떠올랐다.

잔해더미에서 동시에 튀어나온 두 개의 그림자. 남쪽에서 자신들에게 접근하는 그들의 기척을 올리버와 나나오는 그 즉시 감지했다.

“흠….” “…왔구나!”

포착하기는 쉬웠다. 분신이 난입한다면 이 타이밍밖에 없는 데다, 무너진 ‘탑’ 주변은 골렘 축성으로 마석을 빨아들인 탓에 극단적으로 시야가 트여 있다. 에임스 부대와의 공방 중에도 복잡한 지형으로 유도하려 들면 주의를 기울여 피하는 동시에 모든 각도에서의 습격에 대비하고 있었다. 전투의 주도권을 쥐고 있는 지금, 그들에게는 그만한 여유가 있었던 것이다.

“분신은 내가 경계할게! 신경 쓰지 말고 에임스 부대를 제압해!”

“알았소!”

두 사람은 망설임 없이 계속 전진했다. 분신의 공격수단은 접근해서 자폭하는 것뿐으로 예측되며, 그 기동력도 올리버와 나나오에게는 크게 못 미친다. 방어 일변도인 에임스 부대를 쫓아 움직이는 동안에는 그리 쉽게 접근하지 못할 테고, 에임스 부대가 후퇴하는 타이밍을 노리면 방향을 틀어 분신을 처리하는 것도 어렵지 않을 거다. 이 상황에 트릭이 개입할 여지는 없는 것이다.

“케켓….” “…그렇게 생각하겠지이.”

미스트랄의 분신들이 혼잣말을 하며 의미심장한 미소를 지었다. 그러던 그때, 전황에 변화가 발생했다. 리더 한 명을 그 자리에 남겨 둔 채, 에임스 부대의 두 사람이 남쪽으로 달리기 시작한 것이다. 그 행동에 올리버가 눈살을 찌푸렸다.

"둘로 갈라졌다? …분신과 합류할 셈인가?"

세 사람이 덤벼도 밀리고 있는 지금, 그 전력을 쪼개다니…. 좋은 수라고는 볼 수 없는 판단이었다. 상대가 각개격파를 노리고 있는 데다, 설령 분신과 합류한다 해도 미스트랄 부대만큼 호흡을 맞춰서 연계를 펼칠 수는 없을 거다. 아니, 그 이전에 합류할 수 있을지조차 불투명하다. 에임스가 가까이에서 보조해 주지 않으면, 자신들은 머지않아 두 사람을 베어 버릴 것이다.

""그럼 어디 즐겨 보실까아!""

논리적인 판단에 따라 올리버와 나나오는 에임스 부대의 두 사람을 쫓으려 했다. 하지만 그 시야 속에서 미스트랄의 분신 둘이 동시에 폭발했다. 생각지 못한 타이밍의 자폭에 올리버는 당황했지만, 그곳을 중심으로 퍼지기 시작한 대량의 검은 연기를 보니 생각이 바뀌었다.

"…연막구인가!"

분신 둘에게 미스트랄이 들려 보낸 마법도구, 그것이 자폭과 함께 작동했다. 검은 연기는 폭풍을 타고 빠르게 퍼져 나갔고, 에임스 부대 두 사람은 그 안을 향해 똑바로 달렸다. 올리버가 신속하게 판단을 수정했다. 두 사람에게 따라붙을 수는 있겠지만, 그때는 자신들도 연기 속에 있게 될 거다.

"연기에 휘말려 드는 건 좋지 않겠어. 에임스 쪽을 공격하자!"

"알았소!"

두 사람은 곧장 방향을 틀어 북쪽으로 달리기 시작했다. 이 상황에서 가장 피하고 싶은 것은 적을 쫓아 들어간 연기 속에서 에임스에게 등을 찔리는 일이다. 그렇다면 그쪽을 먼저 처치하면 된다. 아직도 실력의 끝을 알 수 없는 상대지만, 아무리 그래도 나나오와 둘이 함께 공격하면 처치할 수 있을 거다.

지금까지는 나나오가 선행해 남쪽의 두 사람을 쫓고 있었던지라, 반대쪽에 자리한 에임스를 노리기 시작하자 일시적으로 앞뒤가 뒤바뀌었다. 다시 말해서 앞서가는 올리버의 뒤를, 다소 거리를 둔 채 나나오가 쫓는 형상이 되었다.

아무런 문제도 없을 터인 그 배치를… 다음 순간, **지면에서 솟구친 벽**이 둘로 갈라놓았다.

"…뭐야?!" "올리버!"

그 벽은 나나오에게는 눈앞에서, 올리버에게는 등 뒤에서 홀연히 나타났다. 제아무리 올리버 일행이라 해도 즉시 대응하지 못하고 멈춰 섰고, 에임스는 그 순간을 놓치지 않았다. 눈앞에 보이는 올리버를 향해 일직선으로 덤벼들어 코등이싸움을 벌임과 동시에 떨어진 곳에 있는 동료들에게 소리쳤다.

"…**기회입니다**!"

““땅을 불사르고—포르티스 염열(炎熱)로 뒤덮어라—플람마!””

남쪽에서 방향을 돌린 에임스 부대의 두 사람이 만반의 준비 끝에 마법을 날렸다. 두 발의 이절주문이 벽에 발이 묶인 나나오를 덮쳤고, 이번에는 그녀도 회피한다는 선택지를 고를 수밖에 없었다. 벽 앞에서 떨어지자 벽 너머에 있는 올리버와는 더욱 거리가 멀어졌다. 에임스의 칼날을 되밀어내며 소년이 빠득, 이를 갈았다.

“…리베르트인가…!”

“대단한 통찰력이시군요.”

소녀의 입에서 비아냥거림 섞인 칭찬이 흘러나왔다. 올리버는 놀란 정도를 넘어서 감복하고 있었다. 이 시합에서 자신들을 쓰러뜨리기 위해 **그들**은 얼마나 고차원적인 작전을 사전에 짜 온 것일까.

“…간파당했겠지, 이번 것으로.”

정면으로 코등이싸움을 하고 있는 올리버와 에임스로부터 그리 멀지 않은 지면 아래. 묘실처럼 작은 공간 안에서, 방금 주문을 날린 지팡이를 힘없이 늘어뜨린 채로 리베르트는 혼잣말을 하고 있었다.

"어차피 이미 마력도 떨어졌다. …끝내라, 에임스."

중얼거리며 눈앞에 자리한 벽을 물끄러미 쳐다보았다. '탑'에서 혼 부대를 요격할 때의 그것과 비슷한 마법지도가 거기 그려져 있었다. 하지만 그것이 나타내고 있는 장소는 이미 무너진 '탑'의 방벽 일대가 아니다. 그곳으로부터 동쪽으로 다소 떨어진 지상의 일부이자, 바야흐로 올리버 일행이 싸우고 있는 장소. 세 팀이 손을 잡고 그들을 유도하여 몰아넣은 결전의 땅이었다.

자신들의 진지였던 '탑'이 함락당할 경우에 대비해 리베르트 부대는 몇 가지 준비를 해 두었다. 첫 번째는 탑의 자폭기능… 이는 물론 적을 붕괴의 길동무로 삼기 위한 것이다. 두 번째는 지하의 대피 공간… 소정의 위치에서 자괴(自壞)를 명한 술자만이 들어갈 수 있는 도주로로, 리베르트가 지금 여기에 있는 것은 그것을 사용했기 때문이다.

그리고 세 번째가 일부러 '탑'에서 다소 떨어진 장소에 설정해 둔 성채 골렘의 감각 영역 및 그것이 감지한 대상을 점으로 표시하는 마법지도. 이것들은 지하에서 전황을 파악하기 위한 장치였다. 그가 지금 있는 공간은 그렇게 깊은 장소가 아닌 탓에 마석 광상의 보조를 받는 일부 주문에 한해서는 이곳에서 영창해 지상에 효과를 미칠 수가 있다. 마법지도로 확인한 다른 팀의 위치 정보를 참고해 리베르트는 그것을 실행했다. 어느 점이 어느 팀의 누구인지는 현재의 전황을 토대로 지도상의 움직임을 한동안 관찰해서 추측해 냈다.

이 전황에서 혼 부대를 분단한 것이 시합의 결과에 어느 정도의 영향을 미칠지는 모른다. 하지만 어떠한 결과가 나오건 그가 할 일은 이미 끝났다. 조금 전의 주문으로 마지막 마력을 소진하여, 이제는 자력으로 지상으로 돌아갈 구멍을 팔 만큼의 여력도 없었기 때문이다. 이제 에임스 부대의 건투를 기대하며 운영 측의 구조가 오기를 기다릴 뿐이다…. 그렇게 생각하며 벽에 등을 기댄 순간.

"…음…?!"

그런 리베르트를 문득 아래에서 강한 진동이 쳐올렸고… 이어서 익숙한 부유감이 그의 온몸을 감쌌다.

지면에서 빛이 나며 강렬한 진동이 일더니 몸이 천장으로 빨려들기 시작했다. 그 순간부터 올리버와 에임스는 이미 대응을 시작하고 있었다.

"후읍…!" "쉬익…!"

우선 코등이싸움을 벌이던 지팡이검을 상대에게 밀어냈다. 그 반동으로 공중에서 거리를 벌리며 지체 없이 다음 영창으로 이행한다.

"화염이여 일어나라—플람마! 베고 찢어라 바람 칼날—임페투

스! 전광이여 내달려라—토니트루스!"

"빙설이여 몰아쳐라—프리구스! 굳어지고 머물러라—프로이벨레! 밤의 어둠이여 감싸라—테네브리스!"

양측 모두 이미 발이 땅에 닿아 있지 않았고, 그렇기에 전투는 발을 멈춘 채 벌이는 마법전투나 다름없어졌다. 여러 마법들이 공중에서 부딪혀 상쇄되는 동안에도 낙하의 종점인 천장이 가까워졌다. 치열한 마법전투를 벌이면서도 두 사람은 착지에 대비해 자세를 위아래로 뒤집어….

""기세여 줄어라—엘레타다우스!""

착지하기 직전에 감속주문을 영창. 착지와 동시에 옆으로 굴러 충격을 분산시키며 신속하게 일어나 서로에게 지팡이검을 겨누었다. 지상에서 떨어진 바위들이 무거운 비가 되어 주변에 쏟아지는 가운데, 다시금 대치하고서 보니 지금까지 행한 모든 대처가 거울에 비친 모습처럼 똑같았다.

"훌륭하십니다. …그렇게 반응한 걸 보면, 당신도 이미 알고 계셨나 보죠?"

"그래. …저격을 당한 덕분에 필드를 넓게 볼 필요가 있었으니까."

에임스의 말에 올리버가 주변 상황을 살피며 답했다. 그들이 이전까지 싸우고 있던 바위밭에 비해, 지금 서 있는 천장은 전체적으로 기복이 거의 없는 완만한 절구 형태였다. 대규모 반전마법의 발동으로 인해 위아래의 지형이 역전된 결과다.

갑자기 벌어진 일이기는 했지만, 전혀 예측하지 못한 일은 아니었다. 다름이 아니라 킴벌리가 이런 부류의 대형 장치를 좋아한다는 인식도 있었거니와 필드의 지형을 관찰해 보면 확연한 위화감을 느낄 수 있었기 때문이다. 그중 가장 큰 요소가 바로 분포된 마석 광상의 규칙성이다. 위장이 되어 있기도 하여 현장에서 얼핏 봐서는 거의 알아챌 수 없지만, 상공에서의 관측으로 파악한 지도에 바위밭이 융기되어 있는 부분을 선으로 표시해 보면, 일종의 도형이 떠오른다. 요컨대, **거대한 마법진**인 것이다.

"시합 종반에 기동할 거라고 예상하고 있었어. 하지만… 아마도 미스터 리베르트가 대량의 마석을 사용해 탑을 세운 영향이겠지, 진의 일부가 기능부전 상태에 빠졌어. 이렇게 **위아래로 갈라질** 줄이야."

"올리버!" "민!"

상공에서 아직 지상에 남아 있는 나나오와 에임스 부대 두 사람의 목소리가 들려왔다. 반전마법이 발동했을 때 올리버, 에임스에 비해 '탑'의 잔해에서 가까운 곳에 있었던 그녀들은 마법진이 기능부전 상태에 빠진 범위에 있었던 덕에 계속해서 지상에 머무르고 있었다. 하지만 그쪽을 바라볼 여유는 없는 탓에 대치한 두 사람은 머리 위에 자리한 동료에게 소리쳤다.

"반전마법의 효과 범위에 들어가지 마! 낙하 중에 저격당한다!"

"엄호는 필요 없습니다! 당신들은 미즈 히비야를 상대하세요!"

자신의 싸움에 집중하라고 서로의 팀메이트들에게 지시를 날렸다. 순간… 머리 위에서 쏟아지는 바위와 함께 그들의 근처로 한 학생이 떨어졌다. 지하 공간과 함께 천장으로 빨려든 리베르트다. 낙하의 충격으로 링의 저주가 발동해 의식을 잃은 그의 모습을 곁눈질하며 올리버가 나직하게 중얼거렸다.

"미스터 리베르트… 결국 마력이 고갈됐나. 조금 전 분단에 마지막 마력을 쥐어짠 거군."

"그런 듯하군요. 그도 미스터 미스트랄도, 마지막까지 훌륭히 일해 주었습니다."

에임스가 노고를 치하하는 말을 입 밖에 내자, 올리버는 그 말에 나온 또 한 명의 인물을 의식했다. …분신 운용으로 마력을 대량으로 사용한 미스트랄도 지금쯤 마찬가지로 천장 서쪽에서 정신을 잃고 있을지도 모른다. 설령 기절을 면했다 해도 분명 이미 전황에 개입할 만큼의 여력은 없겠지만.

"그 노고에 보답하기 위해서라도. 동료들이 버틸 수 있는 동안, 당신과 결판을 내고자 합니다."

선언과 함께 에임스가 자세를 바꿨다. 급격하게 날카로워져 저릿저릿할 정도인 기운을, 올리버는 피부로 감지했다. …네 팀의 긴 싸움 끝에 전황은 매우 단순해졌다. 요컨대… **여기서 상대**

를 쓰러뜨리고 지상으로 돌아간 자의 팀이 시합을 제압한다.

당장에라도 덤벼들 듯한 상대의 모습에, 소년 역시 중심을 다소 앞으로 옮겨 자세를 취했다.

"막판에 와서 정면승부라. …꽤 배려심이 있구나, 너는."

"미즈 히비야가 상대였다면 이러지 않았을 테지만. 다행히도, 상대가 당신이니까요."

에임스가 대담한 미소를 띤 채 말했다. 지금부터 싸울 상대를 동방의 소녀보다 한 수 아래라고 깎아내렸지만, 그 태도는 조금도 올리버의 분노를 불러일으키지 못했다. 그 대신 소년이 쓴웃음을 띤 채 답했다.

"도발할 필요 없어, 미즈 에임스. 그건 네 성격에 안 맞잖아."

그렇게 넌지시 말했다. 나나오가 위에서 두 사람을 처치할 때까지 시간을 벌 생각은 없다. 마음에도 없는 언동으로 붙잡아 두지 않아도, 이 일대일 대결에서 등을 돌릴 생각은 추호도 없다고. 그의 그 의지를 느낀 순간… 에임스의 입가에서 억지로 짓고 있던 미소가 스윽 사라졌다.

"…괜한 소리를 했습니다. 조금 전의 실언은, 부디 잊어 주셨으면 합니다."

그녀가 그렇게 말한 순간. 휘이잉, 불어 닥친 바람에 긴 앞머리가 들춰졌다. 훤히 드러난 두 눈은 강렬한 광기를 띤 채 번뜩였고, 입가는 치올라 섬뜩하도록 일그러진 호를 그렸다.

"……!"

"그 대신… 보여드리지요. **에임스의 마검**을."

조금 전의 얄팍한 연기와는 전혀 다른 그것은 이 마경, 킴벌리에서 올리버가 몇 번이고 보아 온 것이었다. 자신의 승리를 눈곱만큼도 의심하지 않는 오만함. 진정한 마법사의 미소가, 거기에 떠올라 있었다.

"…이런, 막판에 와서 필드의 기믹이 발동! 전역에서 전개된 반전마법으로 인해 여러 선수들이 천장으로 빨려들었습니다! 이 최종반부에 또다시 파란이 일어났습니다아아!"

흥분이 최고조로 치닫고 있는 가운데 그렌다가 실황중계를 이어 갔다. 그런 그녀는 아랑곳하지 않고, 시합 광경을 게스트석에서 지켜보던 윌리가 눈살을 찌푸리며 말했다.

"그건 상관없지만… 모래 먼지가 심하군. 천장으로 떨어진 녀석들의 움직임이 안 보여."

그 말이 관객들의 불만을 대변해 주었다. 반전마법 전개 전에는 지상이었던 곳에서 대량의 모래 먼지가 떨어져, 감시 골렘이 보내오는 영상 속, 올리버와 에임스가 대치한 천장 측의 시야를 뒤덮어 버린 것이다. 관객석 곳곳에서 야유가 쏟아지자, 가랜드가 난감하게 됐다는 듯이 머리를 긁적였다.

"이건 내 불찰이군. 반전마법 전개 후에도 이렇게까지 시야가 나빠지진 않을 거라 생각했다만… 미스터 리베르트가 넓은 범위의 지면을 헤집어 놓은 탓에 이쪽이 예상한 것보다 많은 잔해와 모래 먼지가 발생했다. 이건 마법진의 기능부전을 비롯해서, 향후의 개선점으로 삼아야겠어."

마법검 교사는 운영 측에 부족한 점이 있었다는 사실을 인정했다. 한편, 게스트석에 앉은 밀리건은 심각한 얼굴로 모래 먼지 속을 들여다보며 입을 열었다.

"안 보이는 게 아쉬운걸. 이 승부… 아마도, 시야가 회복되기 전에 끝날 거야."

우선, **마검은 아니라고 생각하자**. 에임스와 대치 중인 올리버는 가장 먼저 그렇게 생각했다.

이유는 지극히 단순했는데, 만약 진짜라면 애초에 승산이 없기 때문이다. 당연히 자신도 대항해서 마검을 사용할 수는 없는 일이다. 그것을 사용할 수 있는 것은 주변에 보는 눈이 없고, 동시에 확실하게 상대를 죽이기로 결심했을 때뿐. 이 시합은 모든 측면에서 조건에 부합하지 않는다.

하지만 단순한 허세는 아닐 것이다. 근거는 다름이 아니라 팀메이트인 유리가 그녀에 의해 쓰러진 것. 그 직감과 육감의 괴물 같은 소년에게 일격을 가하는 것… 그것은 어떠한 방법을 사용한다 해도 결코 쉬운 일이 아니다. 시합 전 연습에서 올리버도 실컷 경험한 바지만, 그는 자신이 모르는 기술을 당연하다는 듯이 피한다. 설령 완전히 의표를 찌르더라도 그 자신조차 알지 못하는 원리에 의해 몸이 반응하고 마는 것이다.

물론 완전무결한 것은 아니다. 실제로 연습 때에는 올리버와 나나오의 공격도 몇 번이나 그에게 적중했다. 다만, 그것은 대부분 장시간 대련을 통해 유리를 체력적으로 소모시켰을 때였고, 초반의 단기 결전에서 적중시킨 경우는 매우 적었다. 몸이 원리를 알 수 없는 직감에 따라 움직일 수 있을 때, 유리의 회피 실력에는 아마도 상급생조차 혀를 내두를 것이다. 하지만 에임스는 그런 그조차도 눈 깜짝할 새에 처치해 버렸다.

전투를 시종일관 다 지켜본 것은 아니다. 하지만 아주 순식간에 승부가 났다는 것은 상황을 통해 추측할 수 있었다. 두 사람을 발견한 시점이 '탑'의 붕괴로부터 그리 오래되지 않았을 때였고, 그전까지 주문을 통한 원거리 전투나 검극이 부딪히는 소리 역시 한 번도 들리지 않았다. 어쩌면 처음 한 합에, 적어도 몇 합이 채 안 되어 결판이 났다…. 올리버는 전투의 내용을 그렇게 추측했다.

그 유리를 몇 합 안에 쓰러뜨릴 수단이 있다. 설령 마검이 아니라 해도 그 사실은 경계할 가치가 있다. 이어서 고찰해야 할 것은, 그것이 어떠한 질을 띠고 있는가다.

"……." "……."

서로의 사거리에 발을 들이기까지의 짧은 시간 동안 관찰한다. 눈앞에 있는 에임스는 리제트류 중단 '전광(電光)'의 자세를 취하고 있다. 동료들 중에서는 셰라도 자주 사용하는 그 자세는, 유리와의 일전을 고려하면 올리버의 분석과 많은 점이 일치한다.

결판이 난 순간에 달려갔을 때, 유리는 정면에서 가슴을 찔린 상태였다. 그 말인즉, 막아 내지도 피하지도 못하고 정면에서 찌르기를 맞았다는 뜻이다. 그것을 가능케 하는 자세 중 가장 유력한 후보는, 날렵한 돌진과 예리한 찌르기를 강점으로 지닌 리제트류… 그중에서도 가장 빠른 속도를 자랑하는 '전광'이라는 데에 이견의 여지가 없을 것이다. 유리가 어떤 기술에 당했건, 그 요소에는 '속도'가 포함되어 있다고 보는 게 자연스러울 거다. 지금까지의 전투에서 확인한 에임스의 스타일은 라노프류와 리제트류를 병용하는 것이었으니, 그 점에 있어서도 상황과 모순되지 않는다.

이 논리에서 도출되는 적의 비장의 카드는 즉… **고속 찌르기**. 물론 실현할 수 있는 속도에는 한계가 있으니, 고도의 페인트를 섞은 돌진 기술이라고 보는 것이 타당할 것이다. 올리버가 지식만으로 알고 있는 제2마검이라면 페인트조차도 필요 없겠지만,

이번 경우 처음부터 그 가능성은 무시하기로 정해 둔 바였다.

“후우….”

공방의 균형을 중시한 라노프류 중단에서는 ‘전광’을 상대로 먼저 움직일 수 없다. 따라서 예상한 일격에 올바르게 대응할 수 있을지. 그 반응의 정밀도가 올리버의 승패를 결정지을 것이다.

찌르기에 대한 대응이 느려서는 안 되고, 그렇다고 그 전의 페인트에 낚여서도 안 된다. 호흡부터 중심 이동, 눈짓에 이르기까지 적의 모든 거동을 관찰. 찰나의 순간 후에 찾아올 공격의 조짐을 놓치지 않고 포착… 그런 다음 카운터 어택을 가한다. 한 번의 실수도 용납되지 않는 외줄타기지만, 승리를 거머쥘 수 있는 길은 그것뿐이다.

“…크….”

말은 쉽다. 하지만 실행하는 입장으로서는 터무니없이 높은 난이도 때문에 헛구역질마저 나올 정도다. 자신의 눈이 둘밖에 없다는 사실이 원망스럽다. 두 눈을 부릅뜨고 있어도 이 정도 고수의 움직임을 간파하기에는 모자라건만….

‘것 봐, 또 그 버릇이 나왔네.’

과도한 집중이 초래한 귀울림 속에서 문득 그 목소리가 귓가에 되살아났다. 가슴이 콱 조여 온다. 울고 싶을 정도의 그리움이 함께 몰려든다.

‘아~ 왜 울고 그래. 어쩔 수 없는 거라고, 모든 인간이 대부분 가지고 있는 버릇이니까. 초조해 한다고 고칠 수 있는 게 아니고, 고쳤다고 믿고 있어도 위험해. 에드는 아직도 못 고쳤다니깐. 느긋하게 고쳐 나가자~?’

기억한다. 그녀와 똑같이 하고 싶은데, 할 수가 없다. …그것이 너무나도 슬프고 분해서, 그때의 자신은 울었더랬다. 지금도 선명하게 기억한다. 자신의 머리를 마구 쓰다듬던, 그 따뜻한 손의 감촉까지도.

‘하지만 노르, 이것만은 기억해 둬. …정말로 궁지에 몰렸을 때, 마법사가 마지막으로 의지하게 되는 건 ‘눈’이 아니야. 그 대신 자신의 세계 그 자체를….’

어머니의 목소리가 등을 떠밀었다. 그러자 긴장이 풀려, 눈에 보이는 모든 것에 바늘을 꽂아 고정시켜 둔 후, 올리버는 자신의 세계를 느끼기 시작했다. 그리고 그 내면에, 자신을 남김없이 확장시켜 나갔다.

두려움은 없었다. 그래서… 눈을 살며시 뜬 채. **그 시야를, 그**

는 의식의 밖으로 치워 두었다.

"…아아…."

확장된 자신의 내면에서, 단단하고 날카로운 것이 움직이고 있는 것이 느껴진다. 그것을 포착하고 있는 것은 눈도, 다른 오감 중 그 무엇도 아니다. 애초에 **그 안**에서 벌어지고 있는 일을 아는 데에는, 감각기관을 통할 필요조차 없다. 마법사는 자신이 장악하고 있는 영역 그 자체를 가리켜 '자신'이라 부르기에.

"…**느려**."

착각을 바로 깨달았다. 느끼는 대로 몸이 움직였다. 왼손으로 손목을 붙잡아 칼끝을 빗나가게 하고, 오른발부터 상대의 측면에 내디뎌 목을 친다. …대단한 속도는 필요 없었다. 단지 상대보다 조금 빠르기만 하면 충분했다.

의식의 밖으로 치워 두었던 시야 쪽에서는, 이제야 에임스가 찌르기를 하기 위해 움직이기 시작했다. …등줄기가 조금 오싹해졌다. 여태 눈을 부릅뜨고 있었다면, 자신은 분명, 그걸 응시한 채 가슴을 찔렸을 테니까.

"…훌륭하십니다…."

코앞에서 목소리가 울리더니 힘을 잃은 상대의 몸이 앞으로 고꾸라졌다. 그제야 의식의 밖으로 치워 두었던 시야를 정면으로 되돌려, 올리버는 자신에게 덤벼든 소녀의 모습을 바라보았다.

"무시무시한 검이었어. …이건 내게 자랑스러운 승리야, 미즈 에임스."

엄숙하게 말했다. 상대의 단련에 대한 경의와 더불어 다시 한 번 어머니의 목소리를 들을 수 있게 해 준, 그 사실에 감사하며.

에임스를 꺾은 올리버가 지상으로 돌아와 나나오와 합류하자, 그 뒤로는 아무런 이변도 없이 상황이 진행되었다. 에이스를 잃은 에임스 부대의 두 사람은 더 이상 혼 부대에 저항할 방법이 없어, 2분도 채 되지 않아 두 사람이 연달아 탈락. 그 시점에서 필드 천장 서쪽에 간신히 살아남아 있던 미스트랄 역시 지팡이를 거꾸로 쥐고 손을 들어 보임으로써 항복 의사를 밝혔다.

"시합 종료오오! 네 팀 중 세 팀 탈락, 따라서 살아남은 혼 부대의 승리입니다! 종반에 일부 상황이 보이지 않게 되는 사고가 있기는 했지만, 모든 선수가 건투를 펼쳤다는 것은 의심할 여지가 없죠! 본선전 첫 시합에 걸맞은 명승부라 해도 과언이 아닐 겁니다!"

실황중계석의 그렌다가 한껏 흥분한 채로 시합 내용을 정리하기 시작했다. 밀리건이 곧장 거기에 편승했다.

"응응. 혼 부대가 마지막까지 집중 공격을 버텨 낸 모양새가 됐지만, 다른 세 팀의 작전도 보는 맛이 있었지. 리베르트 부대가 골렘 축성으로 지형의 전제조건을 뒤집은 것부터 시작해서, 에임스 부대는 급습에 의한 교란, 미스트랄 부대는 분신과 변화를 구사해 발을 묶어 두는 역할을 맡았어. 초반에 나나오 양의 한쪽 팔에 부상을 입힌 걸 비롯해서, 시합의 흐름 자체는 그들에게 유리하게 흘러갔었지."

"그럼에도 혼 부대가 무너지지 않은 것은, 그들이 적절한 대응으로 신속하게 움직여 다른 팀들이 합류하지 못하게 만든 덕분이 크다. 처음에 미스트랄 부대와의 전투에서도, 그 후 리베르트 부대와의 사격전에서도, 조금만 더 애를 먹었다면 에임스 부대가 전투에 개입했겠지. 그렇게 됐다면 상당히 어려운 상황에 빠졌을 테고."

가랜드가 팔짱을 낀 채 혼 부대가 승리한 원인을 분석했다. 그가 게스트석으로 시선을 던지자, 월리가 부루퉁한 얼굴로 입을 열었다.

"…혼 부대의 대응력은 인정하겠어. 하지만 애초에 괜한 고생을 사서 했다는 인상은 씻을 수가 없군. 3대 1의 싸움을, 외줄타기를 하듯 버틸 바에는 사전에 교섭을 해서 2대 2 상황을 만드는 편이 훨씬 편했을 텐데. 그 부분은 그들이 오만했던 탓이라고 거듭 말해 두도록 하지."

"으~음, 대놓고 장외전술(場外戰術)을 권장하는 건 좀 그렇지 않아? 아무리 이번에는 축제 분위기 때문에 묵인되었다고는 해도, 평소의 결투 리그에서 저렇게까지 노골적으로 하면 경고를 받을 텐데. 승리에 집착하는 것도 좋지만, 애초에 서로의 기술을 절차탁마하기 위한 시합이라는 걸 잊지 말았으면 좋겠어.”

옆자리에서 날아든 반론에 월리는 잠시 반박을 하려다 침묵했다. 지금은 무슨 소리를 해도 패자의 군소리처럼 들릴 걸 알았기 때문이다. 그런 사정을 알아챈 밀리건도 히죽히죽 의미심장한 미소를 지었다. 어쨌든… 자신이 지도한 후배의 팀이 격전을 제압한 덕에, 이번에는 그녀가 차기 총괄 후보로서의 존재감을 내보였다고 할 수 있으리라.

중간에 탈락한 학생들의 구조도 순조롭게 진행되어, 시합 종료로부터 30분 후에는 참가자 전원이 교사로 철수를 마쳤다. 교내가 시합의 감상을 주고받느라 떠들썩해진 가운데, 임시로 설치된 휴게실의 침대 위에서 유리가 눈을 번쩍 떴다.

“…어라? 여기 어디야?”

“정신이 드셨소, 유리 공.”

우선 낯선 천장이, 그리고 옆에서 정신을 차리기를 기다리고 있던 팀메이트 두 사람의 얼굴이 눈에 들어왔다. 그로써 상황을 어느 정도 파악하고 침대에서 상체를 일으키며 유리가 물었다.

“올리버 군, 나나오. 시합은 어떻게 됐어?”

“다른 팀이 전멸해서 우리가 이겼어. 끝까지 힘든 싸움이었지만.”

팀이 승리했다는 사실을 전한 후 올리버가 후우, 한숨을 내쉬었다. 그 말을 들은 유리는 침대 위에 두 손을 짚고서 다시 그를 향해 말했다.

“그래, 이겼구나. 아… 그러면 말이야, 미즈 에임스의 그거 봤어? 재미있더라! 눈에 보이는 그녀는 안 움직이는데, 실제로는 천천히 움직이고 있어!”

“기술을 간파한 거야?!” “무슨 소리요?”

고개를 갸웃하는 나나오의 옆에서 올리버는 놀라서 두 눈이 휘둥그레졌다. 유리가 아무렇지 않게 말한 그 내용은, 다름이 아니라 에임스의 비장의 수의 본질을 나타내는 것이었다.

지극히 단적으로 정체를 밝히자면, 그것은 성질상 환술에 가깝다. ‘적에게 현실과는 다른 것을 보임으로써 잘못된 대응을 유발한다’는 효과는 같다. 하지만 거기에 이르기까지의 원리가 놀랍기 그지없다.

그럴 만도 한 것이, 본래는 영창을 하지 않는 영역마법만으로는 복잡한 환상을 만들 수 없다. 미스트랄 부대가 사용한 그림자 분신조차 구축에 일절주문을 영창할 필요가 있는 데다, 가령 그것이 눈앞에 나타난다 해도 정밀도의 문제로 한눈에 가짜란 걸 알 수 있다. ‘환상을 보여 줘 적을 속인다’는 수법에는 상응하는 수고가 따른다는 것이 상식이었고, 그렇기에 마법검의 공방에서 사용되는 경우는 지극히 적다. 하지만 에임스의 비장의 카드는 그 상식을 뒤집었다. 그렇다면 그것은 어떠한 원리에 의한 것인가?

답은 지극히 간단하다. 현실과 다른 환상을 만드는 것이 아니라, 그녀는 상대가 보는 현실을 지연시켜 그 역할을 대신하게 했다. 보다 구체적으로 말하자면, **영역마법의 범위에서 모든 빛의 속도를 일률적으로 떨어뜨린** 것이다. 그로써 상대의 눈은 대략 1초 정도 에임스의 움직임이 느리다고 지각하고, 그녀는 그 사이에 **천천히** 찌르기를 내지른다. 빨리 움직이면 시각 이외의 정보, 예를 들어 발소리나 기류의 흔들림에 의해 진짜 움직임이 발각될 것이기 때문이다. 실제로 그러했기에 올리버는 '느리다'고 생각했던 것이다.

나나오가 설명해 달라고 조르기에 올리버는 우선 여기까지의 이야기를 정리해서 말해 주었다. 눈을 빛내며 그것을 듣고 있던 동방의 소녀가 거기서 가장 중요한 부분을 물었다.

"오호라, 과연. 그렇다면 올리버는 어떻게 그 기술을 깬 것이오? 지금 들은 이야기에 따르면, 귀공의 눈에도 에임스 공의 움직임은 느리게 보였던 것 아니오?"

"그래, 맞아. …그래서 그때는 시각을 믿지 않았어. 모든 마법사가 가진 자신의 세계, 요컨대 **영역마법의 범위 내에서의 현상**

파악만으로 상대의 움직임을 쫓았지. …오감으로 포착하지 않더라도 '이 안'에서 일어나는 일은 대충 알 수 있으니까. 너희도 그렇잖아?"

두 팔을 가볍게 벌려서 '그 영역'을 표현하며 올리버가 말했다. 이전부터 종종 이야기했듯, 마법사의 '자기(自己)'에 대한 인식은 보통 사람과 크게 다르다. 그중 가장 명확한 일례가 개개인이 가진 '영역'의 존재다. 이는 영역마법의 발동 가능 범위와 같은 것으로, 마법사는 때때로 이 영역의 내부까지를 '자신'으로 간주하고는 한다.

자신의 안에서 일어나는 일은 당연히 파악할 수 있고, 극단적으로 말하자면 이 범위 안에서 일어난 일을 아는 데 오감은 필요 없다. 지각의 정밀도는 본인의 소질과 훈련에 따라 높일 수 있고, 달인의 영역에 도달하면 등 뒤로 떨어지는 빗방울의 숫자까지 헤아릴 수 있다. 올리버의 어머니가 그러했던 것처럼.

"에임스의 기술이 교묘했던 건, 빛을 늦춘다는 효과의 의외성과 더불어, 자세와 직전의 언동을 통한 유도로 상대의 주의를 **시각에 집중시켰다**는 점이야. …'전광'의 자세에서 고속 찌르기가 올 거라고 생각하면, 마법사라면 누구나 그 움직임을 포착하는 데 집중하겠지. 그것 자체가 이미 함정이야. 그녀의 마법으로 빛 그 자체가 느려진 이상, 아무리 눈을 부릅떠도 에임스의 움직임은 결코 포착할 수 없어. 그게 보였을 때는 이미 가슴을 꿰뚫렸을 테니까."

그렇게 말해 일단 설명을 매듭지었다. 그의 이야기에 더더욱 흥분하여 계속해서 에임스와의 싸움에 관해 시시콜콜 묻고 싶어 하는 나나오를, 올리버는 손을 내밀어 달래고 진정시켰다.

"잠깐만 기다려 줘, 나나오. 일단 본론으로 돌아가자. …역시 납득이 안 되는데, 레이크. 너는 미즈 에임스의 기술의 원리를 간파했어. 그럼 그때는 왜 당했던 거지?"

"응, 그게 말이야…. 어떻게 될까 싶어 설레는 마음으로 보고 있다가, 피하는 걸 깜박해 버린 것 같아. 미안해!"

"피하는 걸 깜박해?! 그건 미안하다는 말로 때울 수 있는 게 아니잖아! 네가 먼저 탈락해서 우리가 얼마나 고생을 했는데…."

뻔뻔하기만 한 유리의 태도에 올리버는 설교 모드에 돌입했다. 하지만 그때, 휴게실 입구에서 누군가가 뛰어 들어왔다. 롤헤어 소녀가 휴게실 한구석에서 세 사람의 모습을 발견하더니, 곧장 환한 얼굴로 말했다.

"나나오, 올리버, 미스터 레이크! 훌륭한 승리였어요!"

"오오, 셰라 공." "어이쿠…."

상대가 대답하기도 전에 나나오와 올리버를 동시에 부둥켜안는 모양새로 셰라가 달려들었다. 평소보다 열렬한 그녀의 포옹에, 보고 있던 유리가 부럽다는 듯이 입을 열었다.

"아, 좋겠다~ 셰라, 나는 안 안아 줘?"

"2년 후에라면 검토해 드리겠어요."

끌어안은 친구들에게 뺨을 비비며 셰라가 말했다. 만족할 때까지 수십 초 동안 그러고 나서야 그녀는 두 사람을 풀어주고 다시 유리를 바라보았다.

"…그나저나, 당신도 제법이군요. 솔직히 말해서 흥미로워요. 어떤 식으로 단련하면 그러한 움직임을 익힐 수 있는 거죠?"

"으~음, 이것저것 있지만… 역시 잘 먹고, 잘 놀고, 잘 자는 게 제일 아니겠어?!"

"건강의 비결을 물은 게 아닌데요."

엄지손가락을 세워 보이는 소년을 보고 셰라가 한숨을 내쉬었다. 이제는 시치미를 떼는 것인지 원래 그런 성격인지조차 모를 지경이다. 어쨌든 그에 관한 질문은 일단 그쯤 하기로 하고, 롤헤어 소녀는 친구들 앞에서 발걸음을 돌렸다.

"세 분 다 몸에 문제가 없다면 관전석으로 가요. 슬슬 다음 시합이 시작될 거예요."

"그래. …캐티 팀의 시합 말이지?"

올리버도 고개를 끄덕였다. 그의 시합은 일단 끝났지만 친구들의 싸움은 이제 시작인 것이다.

"…가, 가슴이 막 뛰어."

시합 개시 시간이 시시각각 다가오자, 팀메이트들과 안내를 받은 대기실 안에서 캐티가 두 손으로 가슴을 부여잡은 채 중얼거렸다. 옆에 있던 가이가 그녀의 어깨를 가볍게 두드렸다.

"긴장 좀 풀어. 마음 편하게 해 보자고. 어차피 다른 팀들은 대부분 우리보다 강하잖아."

"글쎄."

날카로운 목소리가 울렸다. 수중에 있는 마법도구를 점검하며 피트가 말을 이었다.

"마법사의 팀전, 그것도 난전이야. …단순히 '힘'만 겨루는 게 아니라고."

"…하하. 진짜 믿음직스러워졌다, 너."

가이의 손이 앞머리를 마구 헝클어뜨리자 안경 낀 소년이 그걸 가볍게 뿌리쳤다. 그러던 중, 방의 입구에 서 있던 상급생이 입을 열었다. 전장으로 들어가라는 재촉을 받은 세 사람은 얼굴을 마주 보았다.

"시간 됐네. …가자."

"그래." "좋아, 어디 날뛰고 와 보실까!"

지팡이검을 포개고서 말을 나눈 후, 곧장 방 안쪽 벽에 걸려 있는 그림으로 뛰어들었다. 어둠 속에서 몇 초 동안 떨어진 끝에, 문득 발바닥이 부드러운 풀밭을 디뎠다. 촉촉한 공기가 콧구멍으로 들어와, 세 사람은 밝고 탁 트인 주변의 광경을 둘러보았다. 키 작은 풀들이 무성히 자라난 지면, 그 주변을 빙 둘러싸는 모양새로 호수가 자리해 있었다.

"…여긴…."

"뭔가 한적한 장소로 나왔네."

그런 감상을 늘어놓는 가이를 내버려두고 캐티는 곧장 근처의 수면으로 달려가 웅크려 앉았다. 물결은 잔잔하고, 물의 투명도는 높고, 수심도 상당히 깊다. 소녀가 손으로 뜬 물을 혀로 날름 핥아 보았다.

"…담수야."

"각 팀이 제2시합의 필드에 도착! 이번 무대는 호수지대, 커다란 호수 안에 밀집된 부유도(浮遊島)가 전장입니다! 해설로는 모두가 잘 아시는 가랜드 선생님과 더불어, 이번에는 미즈 잉웨와 미즈 알브슈프를 모셨습니다! 와아, 분위기 험악한 것 좀 봐!"

이전 시합 때 밀리건과 웰리가 앉았던 자리에는 이번에도 두 명의 상급생이 나란히 앉았다. 한편, 레세디 잉웨가 날카로운 눈빛으로 투영된 전장을 노려보며 입을 열었다.

"…뭐야, 이 필드는. 호수 딛기(레이크 워크)를 습득하지 않은 2학년에게 너무 불리하잖아."

"눈살 좀 찌푸리지 마, 레세디. 늠름한 얼굴이 엉망이 되잖아."

옆에 앉은 7학년생 엘프, 키리기 알브슈프가 지분거리듯이 말을 걸었다. 레세디의 오른손이 다짜고짜 그 턱을 움켜쥐었다.

"닥쳐. 입도 뻥긋하지 마. 아니면 호흡과 눈꺼풀과 심장을 멈추든가."

"게스트가 말을 안 해 주시면 곤란하거든요오?!"

그렌다가 비명을 지르듯 소리치기에 레세디는 콧방귀를 뀌며 키리기의 얼굴에서 손을 떼었다. 한편, 제자가 조금 전 내뱉은 발언을 받아들여 가랜드가 입을 열었다.

"미즈 잉웨의 걱정은 일리가 있다. 하지만… 안심해라. 학년별 핸디캡은 제대로 준비해 뒀으니."

그렇게 말하며 남자가 백장을 한 번 휘둘렀다. 그 순간, 그 목소리가 필드에 울려 퍼졌다.

"실황중계석의 가랜드다. 들리나, 필드 내의 학생들?"

상공에서 울린 목소리에 캐티 일행이 귀를 기울였다. 잠시 후 설명이 이어졌다.

"이번 무대는 보다시피 호수지대. 호수 딛기(레이크 워크)에 의한 수상보행을 익힌 3학년이 크게 유리하다는 것은 말할 필요도 없겠지. 따라서, 그만큼의 핸디캡을 공지하겠다.

너희 주변에 자리한 호수에는 많은 마법생물이 살고 있다. 종류는 다양하고, 개중에는 사람을 공격하는 타입의 생물도 있다. 하지만… 그렇게 위험한 생물은 너희 참가자들 중, 예외 없이 3학년생만을 공격한다. 2학년이 공격당할 일은 절대로 없다.”

흠, 피트가 턱에 손을 가져다 댔다. 이건 생각했던 것보다 큰 핸디캡이다. 2학년은 학생들 간의 싸움에만 집중할 수 있지만, 3학년은 항상 마수의 습격도 경계해야만 한다.

“물론 너희와 마찬가지로, 그러한 생물들에게도 불살의 저주가 걸려 있다. 이것이 이번의 핸디캡이다. 각 팀은 이 조건을 염두에 두고 승리를 목표로 하도록. …설명은 이상이다. 건투를 비마.”

설명이 끝나자 전장에 침묵이 깔렸다. 가까운 곳에 있던 풀숲에 재빨리 몸을 숨기며 가이가 작은 목소리로 속삭였다.

“…오, 시작인가. 그나저나 올리버네 시합과는 꽤나 다른걸.”

“어쨌든, 우선 주변 상황을 파악해야 해.”

초반전의 정석이라는 듯이 피트가 로브 안에서 정찰 골렘을 꺼내 하늘에 풀었다. 올리버가 사용한 것은 새와 비슷한 형태였지만, 그의 골렘은 메뚜기 등의 곤충과 비슷했다. 하늘을 나는 그것들로 몇 분에 걸쳐 지형을 탐색하고서 백장으로 공중에 간단한 지도를 그리며, 피트는 이 장소의 지형에 관해 말했다.

“…이곳은 필드의 북서쪽. 호수 안에 있는 여섯 개의 섬 중 하나야. 안개가 다소 끼기는 했지만 먼 곳이 보이지 않을 정도는 아니야. 현재까지 적의 모습은 발견하지 못했어.”

“근처에 적이 없다면 허둥지둥 움직일 필요는 없는 거지? … 있잖아, 피트, 물속도 탐색할 수 있어?”

푸른 수면을 바라보며 캐티가 물었다. 그 말을 들은 피트가 씩 웃으며 답했다.

“맡겨만 줘. 내 건 **수륙양용**이야.”

그렇게 중얼거린 피트가 이미지한 순간, 상공을 날고 있던 정찰 골렘 세 기 중 두 기가 궤도를 변경해 물속으로 들어갔다. 그와 동시에 날개가 지느러미로 변형해, 그것으로 물을 밀어내며 물고기로 착각할 만한 속도로 물속을 이동하기 시작했다. 마도공학을 배운 피트가 독자적으로 설계한 장치다.

공중만큼 멀리 내다볼 수는 없지만, 물의 투명도가 높은 덕에 시야도 그리 나쁘지 않았다. 그렇게 수중 탐색을 계속하며 피트가 옆에 있는 소녀에게 백장을 내밀었다.

“지팡이를 포개, 캐티. 너한테 사역마의 시야를 흘려보낼 테니까.”

“응.”

포갠 지팡이를 통해 두 골렘의 시야가 캐티에게 흘러들었다. 여러 개의 시점에서 보내오는 정보로 인해 순간적으로 머리가 혼란스러워졌지만, 그러한 훈련은 평소에도 해 왔다. 소녀는 일단 눈을 감고, 두 개의 시야를 통해 얻을 수 있는 정보에 집중했다.

"…쌍혹개구리의 알… 창어(槍魚) 떼… 가시다시마 숲… 그 안에는 여섯눈 물뱀…. 흠흠, 이런 패턴이구나…."

생태계 관찰을 계속하며 캐티가 연신 고개를 끄덕였다. 그로부터 20초 정도 후에 눈을 뜬 소녀는 결론을 내렸다.

"…여길 만든 건 바네사 선생님이야. 디자인이 완전히 그 사람 취향인걸."

"헤에. 그런 것도 알 수 있어?"

"2년이나 티격태격했으니 알 수밖에."

캐티가 복잡한 쓴웃음을 띤 채 대꾸했다. 그러나 잠시 후, 그 표정은 대담한 미소로 바뀌었다.

"하지만 지금만은 나쁘지 않을지도. …이용할 수 있어, 이 필드."

"우오억…!"

두 팀메이트가 바라보는 가운데, 쭈뼛거리며 수면에 발을 얹은 딘의 몸이 물보라를 일으키며 가라앉았다. 허둥지둥 지상으로 기어 올라오는 그의 모습을 보며 테레사는 담담하게 말했다.

"…그만 됐습니다. 알았으니까요."

"자, 잠깐 기다려 봐! 한 번 더…!"

"포기하자, 딘 군. 나도 못 하잖아."

리타가 달래듯이 말했다. 2학년 중 태반은 호수 딛기(레이크 워크)를 습득하지 못했고, 이 멤버들 중에서도 테레사 이외에는 수상보행을 하지 못했다. 3학년생들처럼 이동할 수는 없다는 것을 알게 되자 리타가 팔짱을 낀 채 생각에 잠겼다.

"수면을 걷지 못하니 아무래도 많이 불리하겠네. 최악의 경우에는 테레사만 별도 행동을 하는 수도 있지만…."

"저는 상관없지만, 그러면 당신들은 눈 깜짝할 새 당할 거잖아요."

테레사가 콧숨을 내쉬며 말했다. 물에 젖은 생쥐 꼴이 되어 그 말을 들은 딘은 고개를 푹 숙인 채 침묵하더니, 몇 초 후 문득 몸을 돌려 다시 물속으로 뛰어들었다.

"딘 군?"

리타가 놀라서 시선을 돌렸다. 물속에서 보글보글 기포와 함께 떠오른 딘이, 수면에서 고개만 내민 상태로 입을 열었다.

"수면이 안 되면 수중으로 가면 돼. 난 수영이라면 자신 있다고."

테레사와 리타가 얼굴을 마주 보았다. …듣고 보니. 이 조건이라면 차라리 그러는 것도 방법일 수 있겠다.

그 무렵 앤드루스, 로시, 올브라이트, 세 사람의 팀도 지형 관찰을 마치고 다음 행동으로 넘어가기 시작했다.

"…시계 방향으로 돌며 처리하자. 상관없지?"

심플하기 그지없는 방침을 앤드루스가 제안했다. 그 말을 들은 올브라이트와 로시가 동시에 어깨를 으쓱했다.

"멋대로 해라. 어떻게 움직이든 마찬가지니."

"나는 상관없어야~ 반시계 방향으로 도는 게 더 취향이지만서도."

로시의 청개구리 같은 소리를 흘려들으며 앤드루스가 선두에 서서 걷기 시작했다. 나머지 두 명도 그 뒤를 따랐다. 화창한 날 산책이라도 하듯 당당하게.

"잔재주는 필요 없어. 발견하는 대로 모조리 쓰러뜨릴 뿐이야."

다른 팀의 첫 움직임과는 명백하게 다른 앤드루스 부대의 움직임에 관객석도 크게 요동쳤다.

"오오옷?! 앤드루스 부대, 네 팀 중 유일하게 전혀 몸을 숨기지 않고 움직이기 시작했습니다! 이거 대담하군요!"

"이 필드에서 자신들이 가장 강하다는 자부심이 있는 거겠지. 실력자 세 명이 모인 팀다운 태도로군."

"그렇군요! 어떻게 생각하시나요, 두 분은?!"

그렌다가 게스트 두 명에게 코멘트를 요청했다. 레세디가 팔짱을 낀 채 그들의 행동을 지켜보며 말했다.

"마스터의 말에 동감해. …하지만 팀의 리더를 맡은 게 미스터 앤드루스라는 건 다소 의외군. 이 멤버라면 미스터 올브라이트가 맡을 것 같았는데."

"하아, 핫…. 그렇지도 않아. 오늘의 그는 표정이 좋거든. 내가 무심결에 목을 핥고 싶을 정도니 분명 괜찮을걸."

갑자기 숨을 헐떡이며 키리기가 말했다. 옆에 앉아 있던 레세디는 그 얼굴을 발꿈치로 찍어 버리고 싶은 충동을 간신히 참으며, 말없이 그녀에게서 의자를 떨어뜨려 앉았다.

전장을 시계 방향으로 돌며 만난 상대를 쓰러뜨려 나간다. 그런 대담하기 그지없는 방침을 세운 앤드루스 부대의 동향은 당연히 금세 다른 팀들에게도 관측되었다.

"…이봐. 저기 좀 봐."

처음으로 그들에게 접근한 것은 전장에서의 초기 위치가 앤드루스 부대와 가까웠던 팀… 3학년인 마커스 볼스를 리더로 한 볼스 부대였다. 조금 전부터 정찰 골렘을 통해 움직임을 관측하고 있었지만, 새삼 육안으로 보고 나니 그 모습에 혀를 내두르지 않을 수 없었다.

"앤드루스 팀 녀석들, 왜 저러는 거야…."

"처음부터 숨지도 않다니. 완전히 여유가 넘치네요~"

물가의 풀숲에서 팀메이트가 그런 감상을 중얼거렸다. 이윽고 앤드루스 일행이 100야드 정도 전방을 지나친 참에 그들은 추적을 개시했다.

"이대로 숨어서 뒤를 쫓자. 다른 팀과 마주쳐서 싸우기 시작하면 주문을 날리고."

"좋은 목소리로 비명을 지르도록, 되도록 아픈 걸로 하자."

"바보냐. 그런 생각할 여유가 있으면 속성을 통일하든 분산하든 하는 게…."

아군의 악취미에 어이없어하며 볼스가 대꾸했다. 순간… 그 시선 끝에서 문득 추적하고 있던 앤드루스가 지팡이검을 뽑더니.

"쳐라 바람 망치—임페투스."

고개는 돌리지도 않은 채 뒤로 휘두른 칼끝으로 주문을 날렸다. 폭발적인 위력으로 날린 바람의 탄환이 빠른 속도로 100야드의 거리를 날아가, 볼스 부대 세 명이 숨어 있던 풀숲에 직격했다.

"끄아…." "…어?" "아니, 잠깐."

너무도 손쉽게 압축된 바람에 배를 맞은 한 사람이 눈을 까뒤

집고 기절했다. 나머지 두 사람이 멍하니 선 가운데, 작렬주문이 추가로 차례차례 날아들었다. 딛고 선 지면이 폭발하고서야 충격으로 정신을 차린 그들은 현재 상황을 인식하고 움직이기 시작했다.

"드… 들켰어." "이런, 도망치자!"

"어이쿠, 전개가 빠르군요! 미스터 앤드루스의 주문 공격으로 볼스 부대에서 미스터 쿼크가 탈락! 자신들이 발각됐다는 사실을 알지 못해 회피가 늦어진 것 같습니다!"

"주문을 쏠 때까지 알지 못하게 한 미스터 앤드루스도 훌륭하지만, 그 이전에 미스터 올브라이트의 색적 솜씨를 칭찬해야겠지. **저 사역마**는 처음 봤지만 성가시군."

노골적으로 감탄한 투로 가랜드가 말하더니 주문을 외워 볼스 부대를 쫓고 있던 영상을 정지… 그 화면에서 일부를 확대했다. 거기에 찍힌 작은 벌레의 모습에 관객석이 술렁거리기 시작했다.

"…벌인가. 그것도 상당히 작은."

"저거 좋네에. 필드의 생태계에 녹아들었어. 한두 마리가 주변을 날아다녀도 알아채기 쉽지 않을 거야."

레세디와 키리기도 영상을 주목했다. 가랜드가 거기서 설명을 덧붙였다.

"사역마는 작을수록 존재를 알아채기 어렵다. 하지만 사이즈가 작으면 탑재 가능한 감각기의 성능도 떨어지지. 다른 팀이 사용하고 있는 정찰 골렘 등과는 달리, 저 소형 벌 한 마리가 수집할 수 있는 정보는 얼마 안 될 거다. 미스터 올브라이트는 그걸 보충하기 위해 수십 마리, 수백 마리를 동시에 날려, 그 모든 정보를 통합함으로써 적의 위치를 특정하고 있군."

"정말이지 탁월한 색적 기술입니다! 과연 이단사냥꾼(그노시스 헌터)의 명문 출신답군요! 이거 다른 팀들은 숨는 것도 쉽지 않겠어요!"

앤드루스가 볼스 부대의 한 명을 처치할 때 발생한 마법의 작렬음은 캐티 일행의 귀로도 빠르게 전해졌다. 색적을 맡은 피트에게 다른 두 사람이 시선을 보내자 안경 낀 소년이 입을 열었다.

"…공격한 건 미스터 앤드루스 일행이야. 지금은 북동쪽 섬을 당당하게 걷고 있어."

"숨지도 않고? 그렇다면 우리한테는 기회로군. 몰래 접근하자고."

"잠깐. 움직이지 마!"

풀숲 속에서 이동하려던 가이가 캐티의 말을 듣고 다시 몸을 숙였다. 그 옆에서 공중을 물끄러미 쳐다보며 곱슬머리 소녀가 말했다.

"방금 그쪽에서 벌이 날아왔어. 지나친 생각일지도 모르지만…."

"벌?" "이 필드에 있는 생물, 아닐까?"

"소형 벌은 보통, 저런 높이로 날지 않아. 게다가 주변의 식생을 봐. 벌이 꿀을 빨 만한 꽃은 없잖아?"

그 말에 피트와 가이가 주변을 둘러보니 확실히 꽃을 피운 식물은 많지 않았다. 하지만 지적을 받았기에 알아챌 만큼 사소한 위화감밖에 느껴지지 않아서, 그들 자신이 벌을 보았다 해도 그냥 지나치고 말았을 것이다. 생태계 분석에 대한 캐티의 안목을 믿기로 하며 피트는 그녀가 본 '벌'의 가능성에 관해 생각했다.

"꿀벌 크기의 사역마라면 취급하기가 상당히 어렵겠지만… 올브라이트라면 가능할 거야. 이전에 꿰뚫는 벌(스팅 비)을 사역했던 적도 있고."

"하지만 우리도 계속 숨어 있을 수는 없잖아? 이동은 어떻게 하려고?"

"벌은 그렇게 눈이 좋지 않으니, 근처에 있을 때 움직이지 않으면 괜찮아. 우선 주변을 경계하면서 움직이자. 마력도 잘 억제하고."

고갯짓을 주고받은 세 사람이 신중하게 이동을 개시했다. 그러는 동안에도 정찰 골렘이 적 팀의 동향을 관측했고 피트는 그 결과를 보고했다.

"…앤드루스 일행이 다른 섬으로 건너갔어. 여전히 몸을 숨길 낌새는 없어. 시계 방향으로 필드를 일주하며 발견한 적을 순서대로 쓰러뜨린다… 대충 그런 방침이겠지."

"마음껏 덤벼 보라 이건가. 바라던 바다."

"도발에 넘어가면 안 돼, 가이. 잠복했다가 공격해야 해. 그것도 우리에게 유리한 장소에서 준비해야 하고."

이런저런 요소를 토대로 캐티가 작전을 세웠다. 자신들의 전력, 적의 상태, 지형 조건, 그리고 주변의 생태계… 그녀가 보는 세계를 통해 그녀만의 작전을 이끌어 냈다.

"…응, 대충 틀이 잡혔어. 둘 다 들어 봐."

그로부터 5분 후. 하나의 섬에서 다른 섬으로 건너가기 위해 수면에 발을 내디딘 앤드루스 일행은 목적한 물가에서 세 개의 그림자를 발견했다.

"…흠."

아직 거리는 멀지만 그 세 사람은 잘못 볼 리가 없었다. 캐티, 가이, 피트, 이렇게 세 사람이다. 투지로 가득 찬 얼굴로 앞을 가로막고 선 그들의 모습에 로시가 휘익, 휘파람을 불었다.

"캐티네 아녀? 의외구마잉~ 숨어 있지 않고 나오다니."

"흥. 저 녀석들이라면 조금 전의 송사리들보다는 상대할 맛이 있겠군."

올브라이트의 입가가 치켜올라갔다. 그 순간, 맞은편 물가에서 영창하는 소리가 울려 퍼지더니 몇 초 후, 그들이 딛고 선 수면에서 충격이 작렬했다.

당연히 두 팀의 전투가 시작되자 실황중계석도 바로 반응했다.

"알토 팀이 수면을 건너고 있는 도중인 앤드루스 팀을 공격했습니다! 과연 승산은?!"

"나쁘지 않군. 우선 공격 타이밍을 말하자면, 현재 앤드루스 부대는 수상보행에 적지 않은 마력을 쓰고 있다. 이건 지상에서 공격 중인 알토 부대에게 화력 면에서의 우위를 가져다주겠지. 앤드루스 부대로서는 빨리 건너고 싶겠지만 미즈 알토 부대는 그걸 예상하고 그들의 근처 수면에 작렬주문을 쓰고 있다. 일렁거리는 수면에서의 호수 딛기(레이크 워크)는 난이도가 높아지고 이동 속도가 저하되는 데다, 이로 인해 더 많은 마력을 소비하게 되지."

캐티 일행이 습격에 나선 근거를 가랜드가 해설했다. 실력이

한 수 위인 상대를 쓰러뜨리려면, 어떻게 자신들이 유리한 상황에서 전투를 시작할 것인가가 무엇보다도 중요하다.

"그렇게 움직임이 굼떠진 그들에게 알토 부대는 계속해서 작렬주문을 날리겠지. 대항속성으로 요격하려 해도 바닥이 흔들려 조준할 수가 없을 테고, 그렇다고 피해 버리면 수면이 더욱 출렁거릴 테고. 이 불리한 상황을 뒤집는 건 아무리 앤드루스 부대라도 쉽지 않을 거다."

"지형을 살린 알토 부대의 견실한 작전! 앤드루스 팀, 정면으로 돌진한 건 아무래도 경솔한 짓이었을까요오오!"

한편 그 무렵, 캐티 일행의 폭격으로 일렁거리는 수면과는 반대로 당사자인 앤드루스 일행 셋은 냉정하기 그지없었다.

"우측으로 돌아든다." "그라믄 나는 왼쪽."

그렇게 말하고서 선뜻 셋으로 갈라졌다. 한곳에 모여 있으면 일렁거리는 수면의 영향을 다 함께 받게 되니, 지금 산개하는 것은 지극히 자연스러운 판단이다. 따라서 캐티 일행도 그런 움직임은 예상했었다.

"적이 셋으로 갈라졌어! 올브라이트가 왼쪽, 로시가 오른쪽에서 상륙한다!"

"그래. …당연히, 그렇게 나올 줄 알았지."

가이가 씩 웃으며 주문을 외웠다. 자신이 서 있는 섬의 물가 두 군데… 지형적으로 적의 상륙 지점으로 예상되는 부분의 흙에 그가 날린 주문이 각각 맞았다. 그곳에서 단숨에 나무가 자라났다. 그가 미리 심어둔 기화식물(툴 플랜트)이 급속도로 성장해, 순식간에 무수한 가시와 가시덩굴을 지닌 바리케이드가 되어 로시와 올브라이트의 앞을 가로막았다.

"…흠." "아이고야~ 예상했나 보네잉."

앞길을 가로막힌 두 사람이 떨떠름한 표정을 지었다. 우회를 하건 주문으로 쓸어버리건 어느 정도 시간은 걸린다. 그들이 상륙에 애를 먹고 있는 동안, 캐티 일행은 때는 지금이라는 듯이 앤드루스에게 주문 공격을 집중했다. 일렁거리는 수면에 혼자 남은 그는 절호의 표적이었다.

하지만 그 순간, 앤드루스는 캐티 일행이 예상치 못한 행동에 나섰다. 로브 안에서 자신의 키의 절반 정도 되는 매끈한 널빤지를 꺼내더니 물에 띄워 거기에 올라탄 것이다.

"바람이여 등을 밀어라—임페투스."

주문 영창과 동시에 그 몸이 수면을 질주했다. 바람의 도움을 받아 수면을 미끄러지는 앤드루스의 기동력은 조금 전과 비교도 되지 않았다. 그를 노린 주문이 모조리 빗나가 수면을 때렸고, 소년은 그로 인해 발생된 파도조차 추진력 삼아 수면 위를 질주했다. 캐티 일행은 눈이 휘둥그레졌다.

"…윽?!" "뭐야, 저게! 파도타기…?!"
"공격을 멈추지 마! 또 한 방 간다!"
피트가 호통치며 주문 공격을 속행했다. 자유로운 기동으로 그 모든 것을 회피하며 앤드루스가 세 사람이 위치한 섬으로 접근했다.

"오오오오오?! 미스터 앤드루스, 여기서 수상보행을 중단하고 파도타기를 합니다! 화려한 기동으로 주문 공격의 틈새를 누비며 섬으로 접근하기 시작했습니다아!"
이 전개에는 관객석에서도 환성이 터져 나왔다. 영상을 보며 가랜드가 연신 고개를 끄덕였다.
"과연, 재미있군. 확실히 수면이 거친 상태에서는 저렇게 하는 게 낫지. 바람을 다루는 소질이 뛰어나야만 가능한 묘기이기는 하지만."
"명문 앤드루스 가의 이름에 걸맞은 활약입니다! 자아, 알토 부대는 어떻게 할 것인가!"

섬까지 어느 정도 접근한 앤드루스는 일정한 거리를 유지한 채 주문을 피해 나갔다. 그 시점에서 캐티 일행도 그에게 공격을 맞히기는 어렵다는 것을 깨달았다.

“빨라…!” “이거 계속 쏴도 못 잡겠는데.”

“섬의 중앙까지 물러나자! 서둘러, 상륙하기 전에!”

세 사람은 물가에서의 요격을 중단하고 섬 안쪽으로 물러가기 시작했다. 그리고 그 순간, 가이가 섬 좌우에 쳐 둔 바리케이드가 날아갔다. 나뭇조각이 어지럽게 흩날리는 가운데 두 인물이 유유히 걸어왔다.

“귀찮게도 하는군.” “아~ 인제야 땅을 밟네~”

장해물을 돌파한 올브라이트와 로시가 상륙했다. 정면 모래사장에 도착한 앤드루스가 보드에서 내려와 합류하자 로시가 씩 웃으며 그를 바라보고 말했다.

“멋지구먼~ 파도타기. 담에 나도 가르쳐 주라, 그거?”

“그렇게까지 편리하지는 않아. 애초에 빗자루를 쓰는 게 빠르고.”

가볍게 흘려들으며 앤드루스는 걸어 나갔다. 섬의 중앙까지 후퇴한 캐티 일행과 50야드 정도의 거리를 두고 마주한 채, 그는 말했다.

“이쪽에게 불리한 요소는 사라졌어. 미안하지만 단숨에 끝내주마, 미즈 알토.”

“…정말 그렇게 생각해?”

캐티가 진지한 얼굴로 대꾸했다. 그렇게 그녀 일행을 공격하기 위해 앤드루스 측이 지팡이검을 겨눈 순간, 문득 등 뒤에 자리한 수면에서 여러 개의 물기둥이 솟아나더니 쿵, 하는 중량감 있는 발소리가 울렸다.

"…으음." "워메, 시상에."

돌아본 로시가 무심결에 중얼거렸다. 몸길이는 대략 7피트, 크고 긴 입에 죽 늘어선 이빨. 그런 생김새를 한 이족보행의 악어 비슷한 마수가 열 마리 이상, 섬에 상륙하고 있었다.

"이럴 수가?! 여기서 발돋움 악어(톨루게이터) 떼가 상륙! 앤드루스 부대, 알토 부대와 톨루게이터 사이에서 예상치 못한 협공을 당하게 생겼습니다!"

"제법이군, 미즈 알토. 지형을 관찰할 때부터 이 전개까지 예상하고 있었던 건가."

가랜드가 입가를 씩 올리며 캐티 알토라는 학생에 대한 인식을 수정했다. 이 필드를 가장 잘 이해하고 있는 것은 지금 싸우고 있는 모든 팀원 중 아마도 그녀일 것이다.

앤드루스 일행의 건너편에 나타난 마수를 바라보며 캐티가 나직하게 중얼거렸다.

"…마법생물학의 지식을 토대로 주변 환경을 차분히 관찰하면, 알 수 있어. **이 필드의 최상위 포식자가 무엇인지** 정도는."

"…칫…."

"울창하게 뻗어라—플로고롯시오!"

상대가 정면돌파를 할 낌새를 보인 순간, 가이가 지면에 주문을 날리자 그곳에서 또다시 나무로 된 바리케이드가 솟아났다. 협공 구도로 몰고 가는 것까지가 그들의 작전이었던 탓에 이곳에도 당연히 툴 플랜트의 씨앗을 심어 둔 것이다. 나무 뒤에 진을 친 가이가 입을 열었다.

"미안하게 됐다. 너희랑 근접전을 하고 싶지는 않거든."

"이게 지금 우리의 전투방식이야. …할 수 있는 건 다 해 주겠어."

전진도 후진도 못 하게 된 세 사람의 적을 향해 그들은 바리케이드 뒤에서 가차 없이 주문을 쏟아 냈다. 그와 동시에 마수들도 습격을 개시해서, 앤드루스 일행은 그 자리에서 응전할 수밖에 없어졌다. 긴 아가리로 물려 하는 것을 도약해서 피하며 로시가 흉악하게 웃었다.

"하하…. 대단들 허다, 너그덜. 괜히 올리버 군이며 나나오랑 오래 붙어 다닌 게 아니구먼."

그런 감상을 입 밖에 내면서도 아가리를 벌린 채 덤벼든 마수의 목구멍을 향해 주문을 날렸다. 체내에 전격이 흘러들자 마수는 앞으로 고꾸라진 채 기절했고, 이어서 등 뒤에서 돌진해 온 한 마리의 턱을 로시가 발뒤꿈치로 차올렸다. 그러고는 그 몸을 방패 삼아 가이 일행의 주문 공격을 막아 냈다.

"…근디 말여. 우리들도 여태 낮잠이나 잔 건 아니거든. 요딴 걸로 우위를 점했다고 생각하믄… 진짜루 큰코 다친당께!"

자부심을 담아 로시가 소리쳤다. 그런 그의 앞에 서며 앤드루스가 입을 열었다.

"…주문 방어는 내가 맡지. 두 사람은 마수를 처리해."

"결국은 송사리 떼다. 그 정돈 일도 아니지만…."

로시와 마찬가지로 올브라이트도 무난하게 싸우고 있었지만, 그 순간 마수들 사이에서 작은 그림자가 튀어나왔다. 목을 노린 그 일격을 종이 한 장 차이로 간파해 피했지만, 눈으로 확인하기도 전에 상대는 금세 마수의 무리 속으로 숨어 버렸다. 그의 눈에 보인 것은 몸집 작은 소녀의 실루엣뿐이었다.

"전광이여 내달려라—토니트루스!"

이어서 캐티 일행이 있는 곳과는 다른 방향에서 주문이 날아들었다. 자신들을 노린 그것을 대항속성으로 상쇄하며 올브라이트가 콧숨을 내쉬었다.

"…다른 송사리가 섞여 있는 건가. 다소 성가시게 됐군, 이거."

갑작스럽게 발생한 **세 팀**의 혼전을, 관객석의 면면은 똑똑히 지켜보고 있었다.

"이런, 지금까지 물속에 숨어 있던 카르스테 팀, 여기서 마수들 틈에 숨어 전투에 난입! '마수는 2학년생을 공격하지 않는다'는 핸디캡을 훌륭하게 이용하고 있습니다!"

"카르스테 부대가 끼어들 타이밍은 지금뿐이겠지. 물론 알토 부대도 다른 팀이 난입할 가능성은 염두에 뒀을 거다. 그렇기에 앤드루스 부대가 장기짝을 줄이기 전에 속공에 나선 거고. 위치 관계도 좋군. 앤드루스 부대는 완전히 집중 공격의 표적이 될 거다."

캐티 일행의 전략을 가랜드가 거듭 칭찬했다. 하지만 그런 반면, 전황을 지켜보는 눈빛은 더욱 날카로워졌다. 협공이 시작된 당초에 비해 이미 마수의 숫자는 절반에 가깝게 줄어든 상태다. …그렇건만.

"그럼에도 무너지지 않았어. …대단하군, 저 세 사람은."

완벽에 가까운 모양새로 함정에 빠뜨렸음에도 불구하고 전혀 적의 수를 줄일 수가 없다. 그 사실에 알토 부대의 세 사람은 초조해졌지만, 그녀 일행에게는 잠시나마 몸을 피할 바리케이드가 있다. 따라서 먼저 궁지에 몰리게 된 것은 마수들 사이에 숨어 위태로운 싸움을 계속하고 있는 2학년생들 쪽이었다.

"허억, 허억…!"

보다 정확히 말하자면 리타였다. 숨은 상태로 히트 앤 런을 하는 것은 테레사에겐 본업에 가까운 전투방식이었지만, 그녀의 경우는 그렇지 않았다. 테레사가 적의 주의를 끌어 주고 있어서 리타도 참전을 할 수는 있었지만, 그녀 혼자였다면 진작 발각되어 처치당했을 거다. 아니, 실제로는 그것도 시간문제인 것이다. 마수의 숫자가 줄어들수록 기척을 숨기기가 점점 어려워지고 있기 때문이다.

이 이상 계속할 수는 없다. 그녀가 그렇게 느꼈을 즈음, 테레사의 공격을 피한 올브라이트의 자세가 무너져 등이 무방비한 상태가 되었다. 동료가 만들어 준 천재일우의 빈틈… 그것을 본 시점에서 그녀에게는 선택의 여지가 없었다.

"…지금…!"

이 거리라면 찌를 수 있다. 지금까지 주문 공격은 모조리 다 막혔던지라 리타는 마수들 틈에서 빠져나가 직접 올브라이트의 등을 노리기로 했다. 이번엔 정말 맞힐 수 있어… 그렇게 확신한 리타의 지팡이검이 적에게 닿기 직전에 멈추더니, 그 복부를 카운터 어택의 묵직한 충격이 꿰뚫었다.

"…낚였군."

"컥…?!"

날카로운 눈빛을 날리며 올브라이트가 중얼거렸다. 이전에 그 자신이 올리버에게 당했던, 로브 자락으로 몸의 움직임을 가린 채로 날리는 뒷발차기… 라노프류에서 말하는 '숨은 꼬리(히든 테일)'였다. 무방비한 뒷모습을 보인 것은 이 일격을 날리기 위한 포석이었던 것이다.

"**속까지 마비돼라—임페디엔둠.** …흥, 큰 쪽인가. 작은 쪽이 들기는 편했겠지만. 뭐, 상관없지."

올브라이트가 추가타로 주문을 날려 무력화한 리타를 한 손으로 들어 올려, 그 몸을 마수들에게 들이밀었다. 그 순간 마수들이 주춤거렸다. '2학년생은 공격하지 않는다'는 그들의 저주를 방패 삼은 것이다. 하지만 그것은 생각지 못한 이에게 영향을 미쳤다.

"아니… 이 자식이! 리타한테 무슨 짓이야!"

"앗… 가이, 안 돼…!"

보다 못한 가이가 제지하는 동료를 뿌리치고 바리케이드를 넘어 올브라이트에게 향했다. 하급생을 방패 삼는다는 행위에 그의 인내심이 한계를 넘어선 것이다. 하물며 리타는 평소부터 귀여워하던 후배였다.

"흥."

올브라이트는 돌진해 오는 가이를 향해 리타의 몸을 휙 던져서 건넸다. 이것만은 피할 수가 없어서 가이가 순간적으로 한 팔로 받아 낸 순간, 충격이 그의 등을 꿰뚫었다.

“요번 건 너답구먼. 그래도 안 되제. 요건 싸움이니께.”

“…로시, 이 자식….”

무방비한 등을 찌른 로시가 귓가에 대고 속삭였다. 그런 그를 향해 마지막으로 욕지거리를 한 후, 가이는 후배를 품에 안은 채 의식을 잃었다.

“이거 잔인하군요! 미스터 올브라이트, 쓰러진 2학년생을 망설임 없이 마수 퇴치 부적으로 삼았습니다! 보다 못해 바리케이드를 뛰어넘은 미스터 그린우드, 비정하게도 요격당해 탈락합니다!”

“마수는 2학년생을 공격하지 않고, 쓸데없이 고통을 준 것도 아니니 규칙 위반은 아니지. 써먹을 수 있는 건 모두 써먹는다… 비정한 듯하지만 실전을 상정하면 올바른 선택이다. 후배를 지키려 한 미스터 그린우드의 행동도 개인적으로는 높이 평가하고 싶지만… 이 상황에서는 경솔했군.”

엄격한 표정으로 가랜드가 말했다. 한편, 그 눈이 바라보는 전황은 결정적으로 변화하고 있었다.

“숫자가 줄면서 압박이 약해졌군. 이래서는 더 이상 포위망으로서 기능하지 않지. …앤드루스 부대가 이탈할 거다.”

가이와 리타가 탈락하고 마수는 당초의 3분의 1까지 줄어들었다. 상황이 이렇게 되고 나니 앤드루스 부대는 굳이 섬의 중앙에서 싸울 이유가 전혀 없었다.

"…여긴 이만 됐어. 다른 섬으로 빠져나가자."

"흥." "알았구먼!"

포위망을 돌파한 앤드루스 일행이 섬의 북서쪽으로 달려가, 그대로 호수와 면한 절벽에서 뛰어내렸다. 하지만 착수한 지 얼마 되지 않아, 그 주변의 수면에 두 발의 작렬주문이 연달아 착탄했다. 등 뒤에서가 아니라 그들이 향하려 했던 옆쪽 섬… 그 물가에 두 개의 그림자가 있었다.

"인제사? 지금 쏴 봐야 너무 늦었잖여."

"겁쟁이 송사리들 같으니."

로시와 올브라이트가 콧방귀를 뀌었다. 최초의 교전에서 한 사람이 탈락한 볼스 부대가 이 타이밍에 공격해 온 것이다. 하지만 섬 안에서 포위당해 있던 앤드루스 부대가 빠져나온 후에 참전한들 때를 놓쳤다고 할 수밖에 없었다. 아무런 위협도 느끼지 못한 세 사람이 일렁거리는 수면을 나아가기 시작했고….

"…흠?!"

그 순간, 물속에서 뻗어 나온 손이 올브라이트의 발목을 잡았다. 다릿심과 호수 딛기(레이크 워크)로 끌어당기는 힘에 저항했지만, 수면이 흔들리기도 해서 제아무리 그라도 대응하는 데에는 몇 초라는 시간이 필요했다. 그것은 추적자들이 그들을 따라잡기에 충분한 시간이었다.

""터지고 부숴라—플라르고!""

캐티와 피트가 세 사람이 조금 전 뛰어내린 절벽 위에서 몸을 내밀어 주문을 날렸다. 로시와 앤드루스는 곧장 회피 동작을 취했지만, 물속에 있는 무언가에 발목을 잡힌 올브라이트는 그럴 수가 없었다.

"칫."

순간적으로 판단을 내린다. 그는 끌어당기는 힘에 저항하지 않고 주문이 착탄하기 전에 물속으로 들어갔다. 동시에 두 개의 물기둥이 치솟았다. 일렁거리는 수면에서 자세가 불안정해진 로시와 앤드루스의 모습에 벼랑 위에 있는 세 사람은 기회가 찾아왔다고 생각했다.

"지금!"

캐티, 피트, 그리고 테레사가 벽면 딛기(월 워크)로 절벽을 타고 질주하며 승부에 나섰다. 수면이 작렬주문으로 일렁거리는 데 반해, 절벽 쪽은 기복이 심하고 가파르기는 해도 움직이지 않는다. 싸움에서는 바닥이 탄탄한 쪽이 우위를 점하는 법. 세 사람은 절벽 중간에서 주문을 조준할 수 있지만, 일렁거리는 수면에 서 있는 앤드루스와 로시는 그럴 수가… 없을 터였지만.

"…오라 돌풍—임페투스."

"…윽?!" "엑…?!" "…큭!"

앤드루스가 주문을 영창한 순간, 강렬한 바람이 쏟아져 내려 캐티 일행의 등을 떠밀었다. 단순히 지팡이로 바람을 쏜 것이 아니라, 주변의 기류를 끌어들임으로써 절벽 위에서 바람이 불어 내리게 한 것이다. 캐티는 절벽 중간에서 안간힘을 쓰고 버텼지만, 그 상태로는 주문을 조준할 수가 없다.

"우오오!" "…후읍!"

그에 반해 피트와 테레사는 방법을 바꿨다. 등을 떠미는 바람의 기세를 그대로 이용해, 절벽에서 몸을 날려 수면에 자리한 로시와 앤드루스에게 덤벼든 것이다. 파도로 균형을 잃고 몸이 젖혀진 자세의 로시를 향해 피트는 명운을 걸고 리제트류 '용기의 찌르기'를 내질렀고….

"이얍!"

그 칼끝이 허공을 가름과 동시에 강렬한 충격이 그의 배를 꿰뚫었다. 극단적으로 뒤로 젖혀진 자세에서 두 손을 수면에 짚은 로시가 **수면에 물구나무를 선 채 발차기**를 날려 피트의 배를 찌른 것이다.

"…컥…!"

"아깝게 됐구먼, 피트 군. 이전의 나였다면 위험했을 텐디."

일렁거리는 수면에서 두 손을 사용한 호수 딛기(레이크 워크)와 그 자세에서 공중에 있는 상대를 노린 대담한 발차기. 심상치 않은 센스와 배짱이 있어야만 쓸 수 있는 기술이다. 발차기를 맞은 피트가 등부터 물속에 가라앉았다.

"윽…!"

"날카로운데? 네가 2학년 팀의 에이스냐?"

한편, 2중 페인트 후에 날린 테레사의 일격은 앤드루스가 막아 내고 있었다. 그녀는 다시금 거리를 벌려 빈틈을 살폈지만, 눈앞에 있는 적이 담담하게 단언했다.

"하지만. 첫 공격에 실패한 시점에서 아무리 발버둥을 쳐도 너희가 질 수밖에 없어."

그 말이 들려온 직후. 돌격하려 했던 테레사의 몸에, 바로 뒤에서 날아온 전격이 직격했다.

"컥…."

소녀의 몸이 쓰러져 수면에 떠올랐다. 그 등 뒤에 자리한 수면에, 그녀를 처치한 남자의 상체가 있었다.

"나를 물속으로 끌어들이다니. …나 원, 배짱 하나는 제법인 송사리로군."

올브라이트가 그렇게 중얼거리며 호수 딛기(레이크 워크)로 물속에서 걸어 올라오자, 그 옆의 수면에 2학년생의 등이 둥둥 떠올랐다. 기절한 딘이었다. 물속에 잠수한 상태에서의 기습으로 한 번은 올브라이트를 물속으로 끌어들이기는 했지만, 그것만으로 이길 수 있을 정도로 호락호락한 상대는 아니었다.

"피트!"

절벽에서 뛰어내린 캐티가 수면에 떠오른 피트에게 달려가, 그의 몸을 붙잡아서 물 위로 끌어냈다. 마음만 먹으면 방해할 수도 있었지만 앤드루스 일행에게는 그럴 필요가 없었다. 알토 부대의 두 사람이 나란히 서기를 기다린 후, 그들은 다시금 두 사람에게 지팡이검을 겨누었다.

"생각했던 것보다 즐거웠다. 더 단련하고 다시 덤벼라, 피트."

"…이… 자식…."

올브라이트의 말이 그대로 작별 인사가 되었다. 더 이상 저항할 방법이 없었던 캐티와 피트는 세 사람이 일제히 날린 주문을 맞고 동시에 의식을 잃었다.

"아앗, 미스터 레스톤, 미즈 알토, 탈락! 끈질기게 버텼지만 건투에도 불구하고 알토 부대와 카르스테 부대는 전멸했습니다!"

"실수는 있었지만 그걸 포함해서 모든 팀이 있는 힘을 다한 결과라 해도 과언이 아닐 거다. 이번에는 솔직하게 저 맹공을 버텨낸 앤드루스 부대를 칭찬해야겠지."

끝나지도 않았건만 가랜드가 시합의 총평을 내놓았다. 그러는 동안에도 캐티 일행을 처치한 앤드루스 부대는 신속하게 다음 섬으로 건너가, 마지막으로 남은 볼스 부대의 두 사람을 손쉽게 쓰러뜨렸다. 시합 종료를 알리는 종소리가 울리자, 실황중계자인 그렌다가 결과를 전했다.

"두 사람이 남아 있던 마지막 팀도 방금 전멸! …앤드루스 부대, 한 사람의 결원도 없이 당당하게 승리했습니다!"

같은 날 밤. 저마다 격렬한 시합을 벌인 검화단 여섯 명은 미궁 1층의 비밀기지에 모였다.

"올리버, 나나오, 셰라, 본선 돌파 축하해! 우리는 졌지만, 제길~!"

화풀이를 하듯 소리친 캐티를 시작점으로 테이블 위에서 사이다가 담긴 잔이 부딪쳤다. 승리한 측과 패퇴한 측으로 나뉘었지만 셰라가 곧장 친구들의 건투를 칭찬했다.

"세 사람 다 가슴을 펴세요. 좋은 작전이었고, 좋은 시합이었어요. 가랜드 선생님도 칭찬하시던걸요?"

"셰라의 말이 맞아, 너희는 잘 싸웠어. 그건 상대가 강했던 거야. 로시와 올브라이트도 그렇지만 미스터 앤드루스… 그가 싸우는 모습은 정말 놀라웠어."

올리버가 솔직한 감상을 입 밖에 내자, 옆에서 나나오도 힘껏 고개를 끄덕였다.

"맞소. 머리부터 발끝까지 투지가 넘쳐흘렀고, 거침없이 움직이더구려. 자신을 한껏 단련했다는 자부심이 없으면 그렇게는 못 움직이오. 소생의 방식으로 말하자면, 오늘의 앤드루스 공에게서는 무인의 풍격이 느껴졌소."

"맞아요, 릭은 대단하다고요! …아, 이게 아니고… 아뇨, 확실히 릭은 대단하지만… 캐티와 가이, 피트도 시합하는 모습에서 느껴진 노력의 양은, 결코 그들에게 뒤지지 않았다고 할까요…."

소꿉친구의 활약이 자랑스러운 마음과 친구들의 분투를 기뻐하고 싶은 마음, 그 양쪽 사이에서 셰라가 방황했다. 하지만 그것도 캐티 일행의 귀로는 반도 들어가지 않았다. 세 사람 모두 자신이 실수한 기억으로 머릿속이 가득했기 때문이다.

"…내 잘못이야…. 거기서 섣불리 뛰쳐나가지만 않았어도오…."

"…무엇보다도 내 힘이 부족했어…. 종반에 로시를 처치했으면, 이쪽에게도 승산이 남아 있었을 텐데…."

"…애초에 싸움의 방침을 정한 건 나야…. 아아 진짜, 시간을 되돌리고 싶어…! 지금이라면 더 좋은 작전이 떠오를 텐데…!"

세 사람의 목소리에서 분한 마음이 배어났다. 그런 친구들의 모습 앞에서 올리버는 조용히 허리를 꼿꼿이 폈다.

…그들 중 누구도 다정한 말로 위로받기를 원치 않는다는 것을 알기에.

“세 사람 모두, 위로 이상의 것을 원하는 거지? …알았어. 그러면 조금 엄하게 말할게.”

그렇게 선언한 후, 주변을 살피던 그는 우선 장신의 소년을 바라보았다.

“가이. 너도 자각하고 있는 대로, 미즈 애플턴을 구하러 뛰어든 판단은 경솔했어. 그게 실전이었다면 그녀와 함께 쓰러졌을 거고, 무엇보다도 캐티와 피트의 목숨이 위험했을 거야. 너의 생사는 너만의 문제가 아니야. 그대로 동료의 생사로 이어진다고 생각하도록 해.”

“으….”

가이가 이를 악문 채 고개를 숙였다. 이어서 올리버는 그 옆에 앉은 안경 낀 소년을 바라보았다.

“피트, 너는 반성하는 포인트가 조금 엇나가 있어. 시합 종반에서 ‘용기의 찌르기’로 돌격한 판단은 나쁘지 않았어. 그 국면에서 적을 줄이지 못했다면 어차피 승산은 없었고, 그 조건에서 도박을 하기에는 타당한 수였지. 문제는 그 이전의 섬에서의 공방이야. 주문을 맞히려는 마음이 너무 앞서서, 공격이 단조로워졌던 건 알아챘겠지?”

“…윽…!”

그 말을 들은 피트가 무릎 위에서 주먹을 부르르 떨었다. 그리고 마지막 한 사람, 곱슬머리 소녀에게로 올리버는 시선을 돌렸다.

"캐티, 필드의 생태계를 파악하고서 이용한 너의 작전은 훌륭했어. 아마도 같은 학년의 그 누구도 그와 같은 일은 못 할 거야. 하지만… 그럼에도 부족한 점을 지적하자면, 어렵게 만들어 낸 유리한 상황을 잘 살렸다고는 할 수 없어. 솔직히 말해서 그 상황, 나였다면 이절주문으로 마수와 함께 적을 날려 버리는 쪽을 택했을 거야."

"…그, 건…!"

잔혹한 지적에 소녀는 말문이 막혔다. 그 심정을 너무도 잘 알지만, 올리버는 계속해서 말을 이었다.

"알아, 네가 그 방법을 떠올리고도 실행하지 않은 건, 아무리 주문의 살상력이 제한된 상태라 해도 자신들의 전투에 휘말려 든 마수들을 다치게 하고 싶지 않아서지. 하지만… 가이의 경우와 마찬가지로 그게 실전이었다면 어떻게 됐을까? 마수를 희생하는 걸 망설이다가 적을 처치하지 못하고, 그 결과 동료가 죽었을지도 몰라. …물론 실제 전장이었다면 다른 행동을 취했을 거라고 확신할 수 있다면 상관없어. 하지만, 지금의 너는 그럴 각오가 되어 있어?"

질문을 받은 캐티의 표정이 서서히 일그러졌다. 올리버는 눈을 가늘게 뜬 채 그런 그녀와 양옆에 자리한 두 사람을 동시에 바라보았다.

"오늘의 시합을 통해서도 알았듯이, 너희는 마법사로서 엄청난 기세로 성장하고 있어. 나와 세라도 놀랄 만큼. …그렇기에 그 모습을 보면서 확신을 가지게 됐어. 너희는 언젠가, 각자 모종의 형태로, 마법사로서의 목숨을 건 싸움에 임하게 될 거라고.

그때는 지금처럼 망설이지 말았으면 해. 적이 **무엇**이건, **누구**이건."

소년은 간절한 마음을 담아 그렇게 말했다. 그 무게를 받아들인 세 사람이 한참 동안 침묵하며 소년의 말을 곱씹었다.

그런 그들 앞에서 후우, 하고 한숨을 내쉰 후, 올리버가 문득 자리에서 일어섰다.

"잘난 척 설교하는 건 여기까지 할게. …이다음은 나의 반성회야."

"…어?" "응?" "어엉?"

당황한 친구들 앞에서 백장을 들고 칠판으로 향한 올리버는, 그 위에 맹렬하게 글씨를 적기 시작했다. 캐티의 입이 쩍 벌어졌다. 집요하다 싶을 정도의 밀도로 적어 나간 그것들에는 부족했던 자기 자신에 대한 지적과 질타가 남김없이 담겨 있었다.

"이것들이… 전부! 오늘 시합에서 한! 내 실수야! 작지만 많은 것들을 놓친 데다 믿기지 않을 정도의 실수도 범했어! 관전하고 있던 너희도 당연히 알아챈 게 있겠지! 자아, 입장을 바꿔서, 샌드백이라 생각하고 마음껏 지적해도 돼! 아니, 해 줘!"

애원이라도 하는 듯한 목소리로 올리버가 소리쳤다. 그토록 노력한 친구들에게 자신이 일방적으로 설교를 늘어놓고 끝내는 건 참을 수 없다…. 그런 그의 마음을 가장 먼저 헤아린 것은 셰라였고, 그렇기에 그녀는 미소를 띤 채 입을 열었다.

"…시종일관 나나오와 미스터 레이크의 대응력에 의지했었죠. 신뢰했던 거라고 하면 듣기에는 좋겠지만, 그러고도 정말 팀을 지휘했다고 할 수 있나요?"

"윽…!"

바랐던 대로 날카로운 지적이 돌아와 올리버가 신음했다. 그런 두 사람의 대화를 보고, 캐티가 쭈뼛거리며 손을 들었다.

"…그, 그러면, 나도. …으음… 미스트랄 부대의 분신, 그거, 평범하게 진짜와 구별할 수 있지 않아? 왜 저렇게 고생하는 걸까, 싶어서 시합 내내 계속 이상했어…."

"뭐?! 잠깐, 캐티. 그게 무슨 소리야?! 넌 처음부터 구분이 됐다는 거야?!"

"으, 응. 그림자 분신 쪽은 그냥 겉만 번지르르해서, 살짝 잘 만들어진 것도 근육의 움직임 같은 게 엄청 부자연스럽잖아? 이족보행하는 동물의 몸은 훨씬 복잡한걸."

당연하다는 듯이 곱슬머리 소녀가 단언했다. 그녀가 자신도 모르게 키운 안목이 놀라워, 올리버는 벌어진 입을 다물 수가 없었다. 그런 그의 모습에 씩 웃으며, 이번에는 가이가 추가타를 날렸다.

“실전을 상정하라고 말했지만, 너도 마지막에는 꽤나 마음 내키는 대로 행동했잖아. 미즈 에임스와의 일대일 대결, 그거 진짜로 필요했냐? 어떻게 결판을 냈는지는 안 보였지만, 아마 나나오랑 합류하는 편이 훨씬 유리했을걸?”

“큭…! 아, 아니, 그건 저쪽도 경계했다고! 지상으로 돌아갈 때의 위험성을 생각하면, 아주 불합리한 판단이라고 할 수는…!”

“나는 오히려 미스트랄 부대에서 두 사람을 탈락시킨 후, 에임스 부대를 방치하고 리베르트 부대를 쓰러뜨리러 간 판단에 의문을 느꼈어. 아무리 그래도 성채 골렘을 공략하는 걸 너무 쉽게… 아니, 아닌가. 그건 미즈 아스무스의 저격에 쫄았던 거구나. 하지만 그 거리에서 제대로 저격할 수 있는 건 그녀 한 명이라는 건 알았잖아? 레이크에게 요격을 맡기면 될 일이었으니, 그렇게까지 겁낼 필요는 없지 않았어?”

“크허억…!”

거의 찌르기나 다름없는 피트의 말이 올리버의 가슴을 꿰뚫었다. 여러 지적들은 점차 토론으로 발전해, 이윽고 두 시합의 상세한 분석으로 바뀌기 시작했다. 따끔한 말들을 서로에게 가차 없이 던져 댔지만… 그럼에도 가슴이 먹먹해질 만큼 다정한 시간이었다.

일곱 개의 마검이 지배한다

제4장

타이런트

폭군

하급생 리그 본선전의 모든 시합이 막힘없이 진행된 뒤, 그다음 날에는 상급생 리그의 예선전이 기다리고 있었다. 이제 막 미궁 1층의 스타트 지점에서 출발한 4~5학년생들의 모습을 화면으로 바라보며, 지금부터가 진짜 시작이라는 듯이 실황중계자인 그렌다가 소리쳤다.

“하급생들의 격렬한 싸움을 뒤로하고, 드디어 상급생 리그가 시작됐습니다! 예선전 경기는 여러분도 잘 아시는 미궁 트레일런! 1층에서 출발해 3층의 골인 지점을 향해 달립니다! 우선 5분의 핸디캡을 적용해 4학년생들이 출발했습니다아!”

“총합력을 겨루기에는 결국 이게 제일이라고 판단했다. 또한 하급생들의 예선전과 달리, 이 시점에서 팀은 구성이 안 되어 있지. 상급생이 이 정도 수준에서 동료의 도움을 필요로 해선 곤란하니까. 핸디캡이 5분인 건, 학년이 올라가면 예외 없이 선후배 간의 실력차가 줄어들기 때문이다. 그럼에도 4~5학년과 6~7학년으로 나누기는 했지만.”

“출발한 4학년들이 미궁 1층 ‘고요한 미로’를 제 집처럼 달려갑니다! 통로 변화의 규칙성 정도는 생각하지 않아도 몸이 기억하고 있는 것 같군요! 하지만 이건 결투 리그! 1층이라 해도 콧노래를 흥얼거리며 통과할 만큼 만만하지는 않을 겁니다아!”

그렌다의 말대로, 1층을 경쾌하게 달리고 있던 선두 집단이 다섯 번째 분기점을 지난 참에 일제히 걸음을 멈췄다. 그곳에 있어야 할 통로 대신 나선형으로 뒤틀린 기묘한 원통형 길이 그곳 전체에 구불구불 꿈틀거리며 아래로 이어져 있었기 때문이다.

"…칫, 동굴(케이브) 골렘인가." "이거 그냥 지나갈 수는 없겠네."

벽에서 솟아나는 무수히 많은 골렘과 마법트랩을 바라보며 학생들이 중얼거렸다. 하지만 겁을 내지는 않고, 저마다 지팡이검을 한 손에 든 채 그들은 앞에 가로놓인 장해물에 발을 들였다.

한편, 관객석의 중앙에 투영된 같은 광경을 가리키며 나나오가 말했다.

"흠, 올리버. 소생들도 돌파했던 그것이구려."

"그래, 맞아. 그때는 고드프리 총괄의 힘을 빌렸지만…."

옆에 있던 소년도 고개를 끄덕이며, 피트를 납치한 엔리코를 쫓아 미궁에 들어갔던 때의 일을 떠올렸다. 그때의 그들도 죽기살기로 돌파했었지만, 지금 상급생들이 지나고 있는 케이브 골렘의 모습과는 비교도 안 됐다. 골렘과 트랩이 구름 떼처럼 솟아나는 데다 통로 전체가 불규칙적으로 꿈틀대 바닥이 불안정했다. 지금의 올리버와 나나오라도 통과할 수 있을지 모를 일이다.

"…1층에서 벌써 저렇다니. 상급생 리그의 악명만큼이나 가혹

하네요.”

“굉장해…. 이거, 2층에 들어서면 어떻게 될까….”

셰라와 캐티가 숨을 죽인 채 영상을 바라보았다. 짐작한 대로 그 뒤에 이어진 광경도 그들의 예상을 배신하지 않았다.

케이브 골렘을 통과해 2층에 돌입한 선두 집단의 4~5학년생들은 익숙한 ‘북적이는 숲’ 전체가 붉은 기를 띤 흰색 안개로 가득한 것을 목격했다.

“…으엑.” “…이것 보셔….”

제아무리 상급생이라도 코와 입을 막고 멈춰 서지 않을 수 없었다. 숲 전체가 부옇게 보이는 것은 공기가 탁해진 탓이고, 그 탁한 공기의 정체는 2층의 마법식물들이 요란하게 내뿜은 꽃가루다. 당연히 무해할 거라곤 생각할 수 없는 데다, 이 정도 농도라면 아무런 대비도 없이 뛰어들면 몇 초 만에 취해서 쓰러져도 이상할 게 없었다.

“최악이야. 제일 심한 시기에도 이렇게는 안 될 텐데.”

“꽃가루를 거르는 호흡법이 필요해. 게다가 시야도 나쁘고.”

“이거 속도 내기는 글렀네.”

중첩된 악조건에 상급생들이 욕지거리를 했다. 그때 탁해진 공기 너머에서 여러 개의 기척이 꿈틀대더니 낮게 으르렁거리는 소리가 이어서 들려왔다. 장해물의 존재를 감지한 학생들이 나란히 지팡이검을 겨누었다.

"당연히 마수도 공격해 오겠지!" "먼저들 가!" "너나 가!"

서로에게 선두를 양보해 가며 4~5학년들은 2층으로 돌입했다. 그런 그들을, 꽃가루의 장막에 숨어 모습조차 제대로 보이지 않는 마수의 무리가 덮쳤다.

"선두 집단이 2층에 돌입! 동시에 농밀한 꽃가루 폭풍이 환영해 줍니다! 이거 지독하군요!"

"심술궂은 필드가 되고 말았지만, 대기 상태가 안 좋을 때의 행동 요령도 염두에 뒀으면 해서 말이다. 홀츠바르트 선생님과 상의해서 이러한 환경으로 만들었다. 독이 섞인 공기를 여과하는 호흡법과 그걸 유지하며 마수와 싸우는 능력이 동시에 필요하지. 이단사냥꾼(그노시스 헌터)의 현장에서는 필수 기능이다."

"아무리 핑계를 갖다 대도 싫은 건 싫은 거라고오! 하지만 역시나 상급생이라 해야 할지, 툴툴대면서도 아무렇지 않게 꽃가루 속으로 들어갑니다! 이것 참 처절하군요! 이 광경은 그야말로 우리 학교가 그노시스 헌터 양성 학교라는 야유를 듣는 이유 그 자체일 겁니다!"

"어허, 이 녀석이."

학교 그 자체를 소재로 한 실황중계자의 비아냥거림에 가랜드가 쓴웃음을 지었지만, 오히려 관객석에서는 와, 하고 웃음이 일었다. 남자의 학창 시절부터 전혀 변하지 않은, 이것이야말로 킴벌리 특유의 이벤트 분위기인 것이다.

터무니없이 가혹한 2층의 광경과 그곳을 유유히 돌파하는 상급생들의 망설임 없는 움직임. 관객석의 하급생들은 그 양쪽 모두에서 눈을 뗄 수가 없었다.

"엣취! …으~ 보기만 해도 코가 다 간지럽네."

"아하하하! 나도 나도!"

재채기를 한 가이의 옆에서 유리가 코를 문지르며 웃었다. 한편, 피트가 진지한 얼굴로 물었다.

"독을 거르는 호흡법이라… 올리버, 넌 할 수 있어?"

"할 수 있지만, 독이 짙어지면 완전히 걸러내기는 어려워. 요컨대 야향(퍼퓸) 때와 같아. 되도록 빨리 꽃가루에서 빠져나가고 싶겠지만, 그러기 위해 속도를 높이면 숨이 가빠져서 호흡법이 무너질 수 있어. 일종의 딜레마지."

"몸과 마음과 기술이 다 갖춰지지 않으면 힘들지. 뭐, 나는 할 수 있지만."

금발의 소녀가 그렇게 단언하며 그들의 옆으로 걸어왔다. 올리버도 그 옆얼굴을 바라보며 말을 이었다.

"미즈 콘월리스구나. …늦었지만 결승 리그 진출 축하해."

"태평하게 축하해 주지 말라고, 너도 라이벌이잖아. 분명히 말해 두겠는데, 이번에는 우리가 이길 거야."

스테이시는 소년을 척 가리키며 말했다. 그 태도에 그녀의 뒤에서 대기하던 종자 소년… 페이 윌록이 한숨을 내쉬었다.

"글쎄 시비조로 말하지 좀 말라니까. …미안해, 미스터 혼. 시합은 잘 봤어. 나도 스도 초반부터 내내 감탄하며 봤어."

"감탄 같은 거 안 했고, 그 정도는 나도 할 수 있거든?!"

"그쯤 해 두세요, 스테이시. …용서해 주세요, 올리버. 이 아이는 실력을 인정하는 상대 앞에서는 늘 이렇게 되거든요."

셰라가 부드럽게 사이를 중재해 주었다. 지금의 그녀는 스테이시 일행과 한 팀으로 리그전에 참가 중이었다. 혈연상 자매인 두 사람의 과거를 생각하면, 관계가 수복되어 가는 그 광경은 올리버에게도 매우 흐뭇해 보였다.

셰라의 꾸지람을 듣고 가시 돋친 목소리를 조금 누그러뜨리며, 스테이시가 올리버에게 다가가 귓속말을 했다.

"너랑 히비야는 둘째 치고… 그 전학생, 결승전에서는 좀 더 진지하게 싸우게 해. 종잡을 수가 없어서 조마조마하다고. 아니면 일부러 그러는 거야? 무슨 비장의 수라도 있어?"

"……뭐어, 좋을 대로 생각해 줘."

관전 중인 유리를 곁눈질로 살피며 묻는 소녀에게 올리버는 애매하게 말끝을 흐렸다. 자신도 방금 설교를 한 참이라고 말할 수는 없는 일이었다. 스테이시가 불만스러운 얼굴로 뭐라고 더 말을 하기 전에, 올리버 쪽에서 화제를 다시 시합 쪽으로 돌렸다.

"선두 집단이 2층의 종반에 접어들었군. …곧 고비야."

"…우억." "으응?"

2층 종반 '명부의 전장'. 상급생이라면 눈에 익은 장소였지만, 지금 그들은 처음 그곳을 찾았을 때처럼 놀라서 신음하고 있었다. 둘로 나뉘어 마주 서 있는 뼈로 된 군세의 대열… 시야를 좌우로 가득 메우고 늘어선 생명 없는 보병, 기병, 마수병들의 집단. 평소와는 말 그대로 차원이 다른, 그야말로 압도적인 스케일 때문이다.

선두 집단이 도착하고서 얼마 지나지 않아 전투 개시를 알리는 징소리가 울려 퍼져, 두 개의 군세가 일제히 움직이기 시작했다. 모래 먼지를 피워 올리며 돌진하는 마수병, 신속하게 양쪽으로 전개하는 기병, 그러한 그들의 뒤를 쫓아 전진을 개시한 보병 부대의 장대한 벽. 그 모습을, 4~5학년생들은 일단 멀찌감치 떨어져 바라보았다.

"이거 끝내주네. 뼈로 된 병사(스파르토이)가 대체 몇이나 있는 거야?"

"일만은 될지도 모르겠는걸. 확실히 지금까지 본 것 중 최대 규모야."

"이걸 이기게 하라고? 이쪽도 머릿수가 있어야 가능할 텐데."

"안심해. 뒤에서 계속 올 테니까."

후속 집단을 곁눈질로 확인하며 한 학생이 말했다. 그러는 동안에도 새로 숲을 통과한 학생들이 합류해, 머릿수는 눈 깜짝할 새에 30명을 넘겼다. 계속해서 늘어나는 집단을 보며 여학생이 어깨를 으쓱했다.

"…얼른 방침을 정하고 시작하는 게 좋겠네. 그러면 후속 녀석들은 슬금슬금 참전하는 수밖에 없을 테니까."

"선두가 적당히 정해 버리라고. 처음에는 저쪽을 무너뜨리고, 다음은 저쪽을 친다는 식으로. 대충이라도 상관없어."

"그렇다는군. 화려하게 활약하는 모습을 보이고 싶지 않아? 차기 총괄 후보 나리."

학생들의 시선이 선두에 선 5학년생… 손수건을 꺼내 꽃가루 범벅이 된 얼굴을 신경질적으로 닦고 있던 한 사람에게 집중되었다. 요청을 받은 퍼시발 웜리가 지팡이검을 겨누었다.

"…좋아. 지시대로 움직여라, 장기짝들."

짧은 준비 시간 끝에 4~5학년생들은 전에 없던 규모의 전투에 개입하기 시작했다. 몇몇 집단으로 나뉘어 적군을 무너뜨리기 시작한 그들의 모습을, 관객석의 올리버가 흥미롭다는 듯이 바라보았다. 영락없이 각자 개인플레이를 펼칠 줄 알았건만, 발을 묶는 담당, 양동 담당, 기습 담당… 각자 확실하게 역할을 분담해서 훌륭한 연계를 펼치고 있었다.

"…의외로 견실한 공격 방식이야. 이거, 누군가가 지휘를 하고 있는 것 같은걸."

"아마도 미스터 윌리겠죠. 선두 집단은 계속 그 일당이 독점하고 있었으니까요."

옆에서 셰라가 덧붙인 말에 올리버도 고개를 끄덕였다. 집단으로 달리는 시합의 성질상, 이러한 과제에 주도권을 가지고 임하고 싶다면 참가자는 선두 집단에서 자신의 위치를 확보해 둘 필요가 있다. 주변 사람들도 자신의 동료로 모아 두면 더욱 이상적이다. 그러한 이론을 빈틈없이 실행해 낸 윌리를 롤 헤어 소녀가 감탄스럽다는 눈빛으로 바라보았다.

"훌륭한 지휘예요. 개인전보다는 오히려 대규모 전투에서 지휘를 맡았을 때 진가를 발휘하는 인물인지도 모르겠네요. 마법사 중에서는 다소 보기 드문 타입이지만요."

"하지만 사전에 교섭을 했을 테니, 호흡이 맞는 건 당연한 일 아냐?"

"그 교섭의 수완을 비롯해서 대단하다는 거야. 이 학교의 학생들을 자신이 준비한 흐름에 맞춰 움직이게 하는 것 자체가 보통 어려운 일이 아니니까. 너라면, 글쎄… 로시나 올브라이트에게 같은 요구를 하는 상상을 해 보도록 해."

"그거 엄청 힘들겠네…. 그리폰을 길들이는 게 차라리 편하겠어."

올리버의 예를 들은 가이가 넌더리가 난다는 표정을 지었다. 그러는 동안에도 전황은 움직여서, 전투에 개입한 4~5학년생들은 시시각각 적군의 장군에게 가까워지고 있었다. 윌리의 지휘로 먼저 흐름을 만들어 둔 탓에 후속 집단의 학생들은 그걸 방해할 방법이 없었다. 예선전에는 현 학생회의 지지자도 다수 참가했을 테지만, 이 학년의 현 단계에서는 레온시오 일당이 한 수 위인 듯 보였다.

"…그만! 정해진 인원수가 골인했으니, 이로써 예선전은 종료입니다! 본선전 진출자들은 축하드립니다! 아쉽게도 골인하지 못한 녀석들은 마음껏 분해 하시고요! 울고불고 난리를 쳐도 다 너희들 실력이 부족했던 탓이니까요!"

3층에서 정해진 인원수가 골인함과 동시에 실황중계자인 그렌다가 시합 종료를 알렸다. 상대가 상급생이다 보니 아주 인정

사정없이 코멘트를 날려 댔다. 혀를 차며 철수하는 예선 탈락자들의 모습은 거들떠보지도 않고, 그녀는 곧장 다음 안내를 하기 시작했다.

"코스 정비 시간을 가진 뒤, 두 시간 후부터 6~7학년의 예선전을 개시하겠습니다! 기본 규칙은 같지만, 코스의 난이도는 4~5학년 경기보다 한층 더 높아질 겁니다! 킴벌리 최상급생들의 질주를 기대하도록 하죠!"

두 시간 후, 예선전 개시를 앞둔 미궁 1층에 6~7학년생들이 모였다. 같은 상급생 중에서도 투쟁심이 들끓는 4~5학년생들과 달리, 이쪽의 분위기는 얼핏 보기에 잔잔하기만 했다. 개중에는 온화하게 담소를 나누는 이들마저 있었지만… 그것은 필경 그들에게는 **일상에서 살육전으로 이행하기 위한 준비가 필요치 않다**는 반증이기도 했다. 이 학년에 이르기까지 지나온 수라장과 죽을 고비들이 그러한 정신력을 일궈 낸 것이다.

"…예선이라고 방심하지 마라."

그렇게 최고학년의 필두라 할 수 있는 학생… 학생총괄 알빈 고드프리가 잘 울리는 목소리로 말했다. 주변에 모인 학생회의 면면은 물론이고 그 밖의 학생들에게도 잘 들리도록.

"아니, 정정하지. 최대한 경계해라. …절대로 4~5학년생의 코스보다 한층 더 어려운 정도라고 깔보지 말도록."

"뭐, 당연하죠."

"교사들의 성미가 얼마나 고약한지는 잘 아니까."

그의 말에 고개를 끄덕이며 측근인 팀 린턴과 레세디 잉웨는 옆에 자리한 집단을 의식했다. 그쪽은 경기 개시를 기다리고 있는 레온시오 일당이었다. 교사들이 준비한 과제만큼이나 그들에 대한 경계도 게을리할 수 없었다. 직접적인 방해를 금지하는 규칙은, 이 학년에서는 믿을 게 못 되는 것이다.

두 사람의 시선을 느낀 레온시오가 콧방귀를 뀌고, 그 옆에서 여자 엘프가 음침하게 웃었다.

"너무 노려보지 말라고, 레세디. 방해 같은 거 안 해. 그건 금지라고 규칙에도 똑똑히 적혀 있었잖아?"

"너에게 준법정신을 기대할 만큼 어리석진 않아. 이상한 짓을 하면 경고 없이 친다, 그뿐이야."

레세디가 상대의 말을 한마디로 일축했다. 이 경기에서도 규칙을 무시하고 습격해 온 학생에 대한 반격은 허가되었고, 그녀 일행의 움직임에 따라서는 경기는 제쳐 두고 전면전쟁이 벌어질 가능성도 있다. 하지만 그건 누구에게도 득이 되지 않는지라, 지금은 양대 세력인 고드프리 일행과 레온시오 일행이 나란히 서서 서로를 견제하고 있는 양상이었다.

그렇게 말없이 서로를 압박하고 있는 레세디 일행의 옆에서,

앞머리로 한쪽 눈을 가린 마녀가 불쑥 고개를 내밀었다.

"뭉치면 살고 흩어지면 죽는다고 하니, 나도 동행해도 될까?"

"물론이지. 너도 우리 학생회의 장기말이니까. 이런 데서 덜컥 탈락이라도 하면 곤란해."

그렇게 말하며 레세디가 가볍게 고개를 끄덕여 보이자, 베라밀리건은 옳다구나 하고 그녀 일행의 집단에 끼었다. 차기 총괄 후보라는 입장상, 밀리건은 방해의 표적이 될 가능성이 높다. 경기 중에 고드프리 일행의 근처에 있을 때와 그렇지 않을 때의 생존률은 그야말로 천지 차이일 것이다.

서로 태세를 갖추고 경기가 시작되기를 기다리는 두 세력의 모습에 팀이 살며시 콧숨을 내쉬며 말했다.

"…양쪽 다 이만큼 대비를 하고 있으면, 방해를 하기도 어려울 것 같은데."

"총괄이 신경 쓰고 있는 건 그게 아니겠지. 좀 더 다른 차원의 무언가…."

입을 열었던 밀리건이 말을 끊고, 반사적으로 등 뒤로 시선을 돌렸다. 동시에 학생들의 시선이 한곳에 집중되었다. 사교(邪教)의 신부 같은 위엄을 두른 한 7학년생이 그곳에 서 있었다.

"…분위기가 험악하군. 아직도 싸우고 있나, 네놈들."

"…네 목표가 왔어, 레이크."

출발 직전인 6~7학년생 속에 홀연히 나타난 마인의 모습을 관객석의 올리버 일행도 보고 있었다. 자리에서 일어난 유리가 빠져들 듯이 영상을 바라보았다.

"저 사람이 리버모어 선배구나아. 응, 이야기로 들었던 대로야. 분위기가 있는걸?"

"내가 꺼낸 이야기이기는 하지만, 정말로 나타날 줄이야…."

심각한 얼굴로 올리버가 중얼거렸다. 그 옆에서 유리는 안절부절못하며 몸을 흔들었다.

"으~음, 빨리 이야기해 보고 싶어. 어디서 기다리면 될까?"

"서두르지 마. 규칙상 예선전이 끝나면 학생들은 일단 교사로 돌아와야 했을 거야. 그때 말을 걸도록 해. …만약 잘 안 되더라도, 절대 지금의 미궁으로 돌진할 생각은 말고."

올리버가 거듭 못을 박았다. 유리가 자살행위를 하지 못하게 만들어야 한다는 생각이, 시합 중에 뒤지지 않을 기세로 그의 머릿속을 맴돌았다.

순식간에 주변이 한층 어두워진 듯 느껴지는 미궁 1층에서 가장 먼저 움직인 것은 이전 학생회 파벌의 보스인 레온시오였다. 오랜 친구를 대하듯, 그는 사근사근하게 리버모어에게 말을 걸었다.

"호오, 왔군, 리버모어. 이런 이벤트에 얼굴을 내밀다니 별일이군."

"어디든 가야지. 그곳에 **목표**가 있다면."

남자는 태연하게 답했다. 그 답변에 고드프리가 눈살을 찌푸렸다.

"너도 용심결석(드라그리움)을 노리는 건가. …교장이 커다란 당근을 내건 보람이 있군."

"그러는 너희는 선거전에 미칠 영향이 우선인가? 하여간 불순한 동기로군."

리버모어가 비아냥거림으로 답한 그때, 가랜드가 감시 골렘을 통해 곧 경기를 개시하겠다고 알렸다. 레세디가 가장 먼저 지팡이검을 뽑았다.

"수다는 그쯤 해 둬. …시작한다."

잠시 후, 카운트다운이 울려 퍼졌다. 개시와 동시에 시작될 양대 세력의 선두 싸움에 대비해, 어느 진영에도 속하지 않은 자들은 불똥이 튀길까 싶어 후방으로 물러났다. 그렇게 학생들 사이에서 무수히 많은 신경전이 오갔고….

"3, 2, 1… 출발!"

경기 개시 순간. 그 모든 것을 무(無)로 되돌리기라도 하듯, 고드프리가 지팡이검으로 **바닥**을 겨누었다.

“화염이여 모여라—칼디　불사르고 꿰뚫어라—이그니스!”

남자가 내지른 작열의 화염으로 인해 이제 막 출발한 6~7학년들 눈앞에 커다란 구멍이 뚫렸다. 지금도 전체가 붉게 달아올라 있는 그 안으로 고드프리와 그 일당이 망설임 없이 몸을 던지기 시작하자, 다른 학생들도 한 박자 늦게 그 뒤를 이었다. 개막하자마자 일어난 현상을 보고 실황중계자인 그렌다가 소리쳤다.

“이… 이거 대담합니다! 고드프리 총괄, 통로를 무시하고 바닥을 뚫었습니다! 설마 이렇게, 2층까지 말 그대로 최단거리로 가려는 걸까요?!”

관객석이 일제히 술렁거렸다. 같은 광경을 바라보고 있던 올리버가 이마를 싸쥐며 말했다.

“…여전히… 아니, 이전보다도 더 어이가 없는 화력이야. 미궁의 틀조차도 힘으로 뚫는 건가, 저 사람은.”

“굉장하긴 한데… 너무 억지스럽지 않아? 저런 짓을 안 해도 저 사람이라면 손쉽게 예선을 통과할 텐데.”

방법에 의문을 느낀 가이가 고개를 갸웃했다. 그러자 피트가 대답했다.

“아니, 그렇지 않아. 구멍을 내서 만든 지름길은 다른 학생들도 이용할 텐데, 그걸 막으려는 낌새가 없어. …자신이 이기기 위한 방법이 아니야, 이건."

처음에 뚫은 구멍을 통과해 다른 통로로 내려선 고드프리 일행은 그곳을 달려 나갔다. 머지않아 그 옆으로 따라붙은 레온시오가 집단의 선두에 선 남자에게 말을 걸었다.

"…그다지 품위 있는 방법은 아니군, 고드프리. '불필요한 파괴를 하지 않는다'. 미궁 트레일 런의 원칙을 잊은 건가?"

"이번에는 무시하도록 하지. …불길한 예감이 가시질 않아서 말이야."

후방을 흘끔 살피며 고드프리가 답했다. 그가 개통한 루트를 지나온 학생들이 뒤따라오는 모습이 보였다. 그때 레온시오의 뒤에서 달리던 이전 학생회 진영의 연금술사, 지노 벨트라미가 남자의 의도를 짐작하고 고개를 끄덕였다.

"…과연. 시간을 단축하고 싶은 게 아니라, 후속 학생들이 흩어지지 않게 하기 위해서였군요."

"하아, 하… 좋은걸. 나는 전혀 상관없어. 이대로 다 같이 손에 손 잡고 사이좋게 골인해도."

웃으며 말하는 키리기를 레세디가 곁눈질로 노려보았다. 그러는 동안 다음 지름길을 낼 지점을 정한 고드프리가 지팡이검을 겨누었다.

"내가 괜한 걱정을 한 것이라면, 이 무례는 나중에 사과하도록 하지. …오히려 그러기를 바라는 바이기도 하고. **화염이여 모여라—칼디 불사르고 꿰뚫어라—이그니스!**"

바닥에 두 번째 거대한 구멍이 뚫렸다. 그것이 미리 정해 둔 코스라는 듯이, 모두가 망설임 없이 그 안으로 몸을 던졌다.

"…이, 이거 실황중계자 괴롭힘 아닌가요?! 총괄의 파워풀 플레이 때문에 전개가 너무 매끄러워서 중계할 게 없습니다! 통로 파괴는 금지했어야 하지 않았을까요, 가랜드 선생님!"

일거리를 빼앗긴 실황중계자, 그렌다의 비명에 마법검 교사가 쓴웃음을 지은 채 대꾸했다.

"그렇게 말하면 반박할 말이 없지만… 뭐, 어찌 되었건 이 학년이 1층에서 애를 먹을 거라고는 생각 안 했다. '규칙은 최대한 느슨하게'가 이번 리그전의 콘셉트이기도 하고."

"그렇다 해도, 이 세상에 한가로운 실황중계자만큼 애처로운 존재는 없을걸요! 이러면 대체 어떻게 코멘트를 짜내란 건가요! 총괄은 제 심정도 좀 고려해 주셨으면 합니다!"

반칙 같은 방법으로 1층을 돌파… 아니, 반쯤 생략한 6~7학년생들. 선두와 최후미가 육안으로 서로를 볼 수 있을 정도로 가까운 거리를 유지한 채, 그들은 다음 장해물에 접어들었다.

"…2층으로 나왔군. 숲을 불살라 전진한다면, 이곳은 편히 지날 수 있겠지만…."

순조롭게 풀숲을 달리던 고드프리 일행의 발걸음이 그곳에서 문득 멈췄다. 지금부터 돌입할 삼림 상공에, 눈에 익은 조룡들 대신 그 몇 배는 되는 체구와 튼튼한 날개를 지닌 용들이 어지러이 날고 있었기 때문이다. 남자가 눈살을 찌푸렸다.

"…익룡(와이번)을 배치했나. 이래서는 5층과 다를 게 없군."

"대지룡(린트부름)이 없는 게 어디야."

"글쎄. 성가신 게 숲속에도 있는 것 같은데?"

울창하게 자란 나무숲을 들여다보며 팀이 말했다. 2층의 숲에는 늘 무수히 많은 생명들이 숨 쉬고 있지만, 지금은 유달리 불온한 술렁거림으로 가득했다. 눈에 띄는 와이번을 경계하게끔 한 후, 더욱 성가신 장해물을 숲속에 숨겨 둔다… 언뜻 들어도 킴벌리의 교사들이 생각할 법한 일이다. 몇 초 동안 대처법을 생각한 끝에, 1층에서 했던 것과 마찬가지로 고드프리는 이것도 **무효화하기로 방침**을 정했다.

"어쩔 수 없지. …팀, 독을 퍼뜨려라."

후속 학생들이 일제히 술렁거렸다. 명령을 받은 팀이 흉악한 미소를 띤 채 허리에 찬 파우치의 덮개를 열었다.

“그 지시를 기다리고 있었다고요. …다들 물러나서 숨을 참아앗!”

말이 채 끝나기도 전에 모두가 그렇게 하고 있었다. 직후에 팀이 두 손으로 투척한 여덟 개의 병이 포물선의 정점에서 작렬, 안개가 되어 공중을 감돌기 시작했다. 뒤에 있던 고드프리 일행이 곧장 지팡이검을 그곳으로 겨누었다.

“불어라 질풍―임페투스!”

“““““불어라 질풍―임페투스!”””””

그들이 일으킨 바람이 상승 기류가 되어 안개를 상공으로 띄우기 시작했다. 그것은 얼마 지나지 않아 느긋하게 하늘을 날아다니던 와이번들에게 도달했고… 귀를 찢을 듯한 절규가 2층 전역을 가득 메웠다.

“‘독살마’가 맹독을 살포! 우와아, 이거 지독하군요! 제대로 들이켠 몇 마리가 곤두박질치는 모습을 보고 와이번들이 공중에서 쩔쩔매고 있습니다! 그와 더불어 지상의 나무들도 빠르게 시들고 있군요! 대체 뭘 퍼뜨린 겁니까, 팀 린턴!”

“용에게 먹히는 독은 본래 일류 연금술사도 조합하기가 매우 어려운 것인데…. 꽤 오래전에 다리우스가 투덜대던 게 기억나는군. ‘벌레에 쏘인 데 바르는 연고 하나도 못 만들면서 독을 조합하는 재능만 천재적이라니, 너무 악랄한 거 아닌가'라고 했지. 뭐… 응, 대체로 칭찬이었다."

벌써 몇 번째인지 모를 실황중계자의 비명소리를 듣고 가랜드가 한숨 섞인 코멘트를 곁들였다. 준비했던 과제가 모조리 파괴되어 가는 광경이 펼쳐졌지만, 그럼에도 그는 **그래도 상관없다**라고 생각했다. 이 앞에서 도사리고 있는 장해물에 비하면 와이번 정도는 그야말로 새 발의 피에 불과하기에.

학생들의 상공에서 또다시 여러 개의 유리구슬이 작렬했다. 그 내용물은 그들이 일으킨 바람을 타고, 먼저 살포된 독의 궤적을 따라 퍼져 나갔다. 독성이 중화된 그 범위를 따라 고드프리 일행이 달리기 시작했다.

"총괄, 미리 언급이라도 좀 해 주시면 안 되겠습니까. 제 보조를 전제로 독을 퍼뜨릴 때는."

대항약을 퍼뜨린 연금술사, 지노 벨트라미가 가볍게 불평을 했다. 시든 나무들 사이에 겹겹이 쌓인 마수들의 시체를 곁눈질하며 고드프리가 웃는 얼굴로 대꾸했다.

"미안하군, 미스터 벨트라미. 팀의 독에 완전하게 대처할 수 있는 건 교내에서 너 정도뿐이거든."

그렇게 상대를 칭찬했다. 교내에서도 손에 꼽는 연금술사인

지노의 존재가 없었다면 고드프리도 이렇게까지 대담한 지시를 내릴 수는 없었을 것이다. 그러자 팀이 불만스럽게 콧숨을 내쉬며 말했다.

"괜한 참견이거든~? 애초에 보조 같은 거 필요 없어, 이번에는 순한 걸로 준비했으니까. 실수로 사람이 들이마시더라도 딱 5일 정도 고열과 격통으로 엎치락뒤치락 몸부림만 칠 거라고. 어때요, 총괄. 저 착하죠?"

"응, 그런 점이 문제란 거다, 팀."

"흥. 현기증이 날 만큼 상스러운 방법이지만, 와이번 놈들을 견제한 건 칭찬하도록 하지."

나란히 가던 레온시오가 거만하게 콧방귀를 뀌었다. 그런 그에게 스윽 몸을 밀착시키며 키리기가 속삭였다.

"…괜찮은 거야? 주도권을 빼앗겼는데."

"유쾌하지는 않지. …하지만 내 감도 말하고 있어서 말이다. 지금은 **유쾌하지 않은 게 정답**이라고."

의미심장한 레온시오의 말에 키리기가 으음, 하고 신음했다. 그런 그들과의 거리를 일정하게 유지하며 숲을 통과한 고드프리 일행은 속도를 늦추지 않고 거대수(일루민술)를 오르기 시작했다. 와이번과 마수를 독으로 견제한 지금, 그들의 발걸음을 방해할 것은 아무것도 없다. 손쉽게 나무 꼭대기를 넘어 단숨에 굵은 가지를 뛰어 내려가던 참에, 2층 횡단을 앞둔 상태에서 레세디가 입을 열었다.

"…곧 명부의 전장이다. 방심하지 마, 4~5학년생에게도 그 정도 규모였으니까."

"에이, 걱정은. 뼈를 잘 녹이는 독도 제대로 챙겨 왔다고."

팀이 허리에 찬 파우치를 두드리며 가볍게 큰소리를 쳤다. 후속 학생들과도 출발 직후와 거의 같은 거리를 유지한 채 몇 분을 더 달리던 중… 각 집단의 선두에 선 고드프리와 레온시오가 문득 날카로운 목소리로 외쳤다.

""정지!""

두 집단이 일제히 걸음을 멈췄다. 어느 쪽에도 속하지 않은 후속 학생들조차 그 목소리를 듣고서 심상치 않은 무언가를 느끼고 지시를 따랐다. 선두에 선 고드프리 일행이 심각한 얼굴로 바라보고 있는 곳에서, 그들의 걸음을 멈춰 세운 원인이 그들을 바라보았다.

"오~ 왔냐. 생각보다 빨리 왔네."

마법생물학 교사, 바네사 올디스가 입을 열었다. 평소처럼 흰 가운은 입지 않고 어깨를 드러낸 털털한 차림새다. 마치 가벼운 조깅이라도 하러 나가는 듯 보였다.

"…바네사 선생님…?"

"마침 **준비운동**도 끝난 참이다. 그럼 시작한다."

두 팔을 머리 위로 쭉 뻗으며 바네사가 말했다. 그 말을 들은 고드프리 일행은 자동적으로 그녀의 등 뒤에 산더미처럼 쌓여 있는 백골더미를 의식할 수밖에 없었다. …4~5학년생의 예선전 때, 이곳에는 만을 넘는 스파르토이의 군세가 전개되어 있었다. 그들은 경기 종료로부터 두 시간 동안 진형을 재편하거나, 전력을 강화하고 다음 방문자를 기다리고 있었을지도 모른다. 그러던 그들을 가장 먼저 찾아온 것은….

"…실례지만 선생님, 그 말씀은."

"내가 상대다. 불만은 없겠지?"

떨어지는 단두대의 날처럼 단호한 선언이었다. 고드프리가 어금니를 악물었다. 아까부터 그가 느끼고 있던 '불길한 예감'이 최악의 형태로 실현된 것이다.

"…레온시오. 아니, 이 자리에 있는 모두들. 지금만이라도 좋다. 대립은 모두 잊어라."

남자의 말이 무겁게 울렸다. 그 의미를 못 알아들은 이는 한 명도 없었다. 머리가 아니라 피부로, 논리가 아닌 본능으로 느꼈다. 지금, 한 인간의 모습을 하고서 자신들의 눈앞에 있는 것… 그것이 '죽음'이라는 사실을. 그 등 뒤에 우뚝 솟은 백골더미와 자신들 사이에는, 살가죽 한 겹 정도의 차이밖에 없다는 것을.

"다들 알겠지? 뭉치지 않으면, 여기서 끝난다. 우리 모두의 명운이!"

영상에 바네사의 모습이 나타난 순간, 실황중계자인 그렌다의 얼굴에서 온기가 싹 가셨다.

"…선생님. 이건."

"……."

질문을 받은 가랜드는 침묵했다. 관객석이 술렁이는 소리를 들으며 그는 얼마 전의 일을 떠올렸다.

"6~7학년생 예선에 관해 전달사항이 하나 있다. 종반의 장해물로 바네사를 배치해라."

어느 날 오후. 호출을 받고 찾아간 교장실에서 킴벌리의 수장이 내린 명령을 듣고, 가랜드는 순간적으로 귀를 의심했다.

"…기다려 주십시오, 교장선생님. 배치하라는 건 구체적으로…."

"**싸우게 한다**. 상급생들의 목숨을 위협해라. 모두가 전력을 다하게 해라."

아무리 그래도 말 그대로의 의미는 아니겠지, 라고 생각한 남자에게 어떠한 구실도 끼워 넣지 않고 에스메랄다는 단언했다. 창가에 등을 돌린 채 선 킴벌리의 마녀를 바라보며 가랜드가 주먹을 움켜쥐었다.

"…색출을, 하겠다는 뜻입니까. 사선(死線)으로 몰아넣어 허식

(虛飾)을 걷어 내겠다고요?"

"재평가를 할 거다. 교사를 죽일 만한 힘을 지닌 학생으로는 누가 있는지."

마녀가 답했다. 이번 결투 리그에 터무니없는 상금과 상품을 건 이유도 애초에 그것이었다. 어정쩡한 과제를 던져 줘 봐야 최상급생들의 힘을 헤아리기에는 부족하니, 최악의 장해물을 준비한다. 그녀의 머릿속에서는 그야말로 자명한 논리였다.

"이쪽의 스트레스 해소를 겸한 것이기도 하다. …관리하의 마법생물을 노린 사건이 이어진 탓에, 바네사의 인내심이 슬슬 한계다. 이 기회에 한번 날뛰게 해 둘 필요가 있다."

가랜드가 반론할 말을 고르는 동안 교장이 이유를 덧붙였다. 그것은 확실히 남자도 느끼고 있던 바였다. 정체불명의 적에게 일방적으로 공격을 받고 있는 상태로, 그 바네사 올디스가 계속 얌전히 있을 리가 없다. 모종의 모양새로 폭발하기 전에 적절하게 울분을 풀게 할 필요가 있는 것은 사실이다. 하지만 문제는….

"그녀가 날뛰는데, 사망자가 나오지 않을 수 있겠습니까."

가랜드는 단호하게 걱정거리를 입 밖에 냈다. 그는 알았다. 바네사 올디스의 화풀이 대상이 되는 것은, 미궁의 심층에서 데려온 어떤 마수와 대치할 때보다도 위험하다는 사실을. 이미 그 인식을 공유하고 있음에도 교장은 담담하게 말을 받았다.

"저 녀석도 먹잇감과 학생을 구분할 정도의 분별력은 있다. 하긴… 상급생들이 실수로 녀석을 **지나치게 즐겁게** 할 경우에는 위험하기야 하겠지."

"그러고 보니 규칙 같은 게 있었지. 아~ 그래. 나를 꼼짝도 못하게 만들거나, 괜찮은 걸 한 방 먹여 봐라. 그거 말고도 이것저것 있었던 것 같지만 잊었어. 알기 쉽고 좋지?"

과제라고 하기에는 너무도 엉터리인 조건을 입 밖에 내며 바네사가 성큼성큼 6~7학년생의 집단으로 다가왔다. 그렇게 눈앞의 면면을 슥 둘러보며 한마디를 내뱉었다.

"그래서, 너희들. …어느 정도까지 패면 안 망가지겠냐?"

물음과 동시에 학생들이 일제히 산개했다. 서로 거리를 벌리고 바네사를 사방에서 포위하는 그 진형에는, 머릿수로 밀어붙이는 듯한 모습과는 달리 지극히 절실한 **보험** 같은 이유가 담겨 있었다. 요컨대… 이 진형이라면, 누군가가 죽을 때 많은 사람이 휘말려 들지 않기 때문이다.

"…후오오오오오…."

고드프리는 마력 순환을 조작해 체내의 비축 마력을 해방했다. 온몸에서 푸른 불꽃이 솟구치는 그 모습을 보며 바네사가 씩 웃었다.

"너는 오랜만에 진심 모드냐. 좋아, 그렇게 나오셔야지."

"불태워 정화하라—이그니스!"

"불사르고 비춰라—솔리스룩스!"

"""""""""불살라라—포르티스　　재도 남기지 말고—플람마!"""""""""""

고드프리와 레온시오가 앞장서서 주문을 날리자, 다른 학생들이 일제히 그들을 따랐다. 집중포화의 표적이 된 바네사는 회피할 낌새도 보이지 않는 가운데, 사람 한 명을 날려 버리고도 남을 위력의 마법은 모두 그녀에게 착탄했고.

"엇차."

화염의 열기와 섬광 속에서 무언가가 뛰쳐나왔다. 그들이 간신히 그것을 인식한 순간, 주문을 날린 직후의 여학생의 몸이 파앙, **터지며 날아갔다**. 끊어진 팔다리가 묘비처럼 땅바닥에 꽂혔고, 그녀와 나란히 있던 학생들의 몸이 순식간에 붉게 물들었다.

"…컥…."

허리 위쪽만 남은 여학생의 입이 힘없는 목소리와 함께 피를 토해 냈다. 거대한 오른쪽 주먹을 내지른 자세로 바네사가 아이고~ 하고 태평하게 입을 열었다. 불타 버린 옷 아래에는 강철 같은 광택이 감돌고 있었다.

"미안, 방금 건 살짝 너무 셌어. …이제야 기억났네. 너흰 말랑말랑했지.”

“““““““““누르고 짓뭉개라—익스톨디토르!”””””””””

모두가 비명을 지르거나 절규하는 대신, 주문을 합창했다. 집 한 채를 주먹 크기로 압축할 정도의 압력이 바네사를 공간의 한곳에 억눌렀다. 첫 번째 희생자로부터 얻어 낸 정보는 두 가지… 집속한 마법은 상대에게 상처 하나 내지 못하고, 그 최대 이동 속도는 육안으로 포착 가능한 영역을 능가한다. 따라서 적의 모습을 한순간도 놓쳐서는 안 되고, 원칙적으로 마법공격을 할 때는 시야를 악화시켜서는 안 된다. 누군가가 지휘를 하지 않았음에도 모두가 그 사실을 인지했다.

“흥, 이건 그거군. 몇 만 피트였는지 모르겠지만 바닷속에 들어갔을 때의 일이 떠오르는데?”

그야말로 극심해(極深海)의 수압에 버금가는 압력을 받고 있으면서도 바네사는 주문 하나 영창하지 않고 콧노래를 흥얼거리며 걸어 나갔다. 도무지 믿기지 않는 광경이었지만, 그런 모습을 예상하지 못한 이도 학생 중에는 아무도 없었다.

“““““““녹아 흘러라—루툼리무스!”””””””

바네사가 딛고 선 지면이 주문을 맞고 모래가 되자, 그 몸이 자신의 무게와 압력에 의해 가라앉기 시작했다. 눈 깜짝할 새에 무릎까지 빠진 자신의 모습을 그녀는 팔짱을 낀 채 내려다보았다.

"오~ 이쪽이 진짜인가? 빈틈없구만."

"""""""모래여 소용돌이쳐라—임페투스!"""""""

지하에서 발생한 모래의 흐름이 바네사의 온몸을 단숨에 끌어내렸다. 하지만 그것도 시작에 불과했다. 계속해서 중첩된 주문으로 인해 그 장소를 중심으로 한 일대가 모래 바다가 되어 소용돌이치기 시작했다….

"뭐… 뭐야, 저게."

고요해진 관객석에서 가이는 입을 쩍 벌린 채 이해의 영역을 넘어선 광경을 바라보았다. 한순간도 놓치지 않고자 영상을 응시하며 올리버가 해설을 덧붙였다.

"…집속주문의 응용이야. 광범위한 지면을 유동성이 높은 모래로 바꾸고, 그 모래에 여러 명이 같은 방향으로 힘을 부가함으로 인해 소용돌이 같은 흐름을 만들어 냈어. 모든 인원이 실력자여야만 성립하는 기술이지만."

"그런 만큼 구속 수단으로는 더없이 유효해요. 아무리 바네사 선생님의 힘이 강해도, 끊임없이 흐르는 모래 속에서는 버티고 서 있을 수가 없겠죠. 머리까지 파묻히면 주문도 영창할 수 없을 테니, 저래서는 탈출할 방법이…."

셰라의 목소리가 끊겼다. 그녀의 눈은 포착한 것이다. 상급생들이 만들어 낸 모래 바다 바깥쪽 지면에서 무언가가 세차게 튀어 오르는 모습을.

등 뒤에서 무언가가 폭발했다. 그들이 그 사실을 느끼고 돌아봤을 때에는 이미 두 명의 학생이 상체의 절반을 주로 쓰는 팔과 함께 잃은 후였다.

"…무슨…." "……!"

동시에 그들은 그것을 보았다. 등뼈를 따라 돋아난 예리한 등지느러미. 두 발 끝에는 두꺼운 꼬리지느러미가 나 있고, 심지어는 한쪽 팔 전체가 거대한 아가리로 변한 괴상한 형상을. 요컨대, 조금 전과는 완전히 다른 생물로 변한 바네사 올디스의 모습을.

"모래 헤엄은 오랜만이군. 좋은 운동이 되었어."

그렇게 말하는 동안에도 필요 없어진 꼬리지느러미와 아가리를 신속하게 수축시켰다. 학생들은 인정할 수밖에 없었다. …그러한 신체 부위를 사용해 그녀가 모래의 소용돌이에서 **헤엄쳐 탈출했다**는 사실을.

그럼에도 넋을 놓고 있을 여유는 없었다. 모래의 구속이 뚫렸다 해도, 아직 지상에서 활동하기에 부적합한 부위가 완전히 변화하지 않고 남아 있다…. 그렇게 생각한 몇 사람이 바네사에게 지팡이검을 들고 덤벼들었다. 정면과 측면, 후방까지 세 방향에서 급소를 노린 동시공격. 하지만 일반적인 상대라면 세 번은 죽였을 그들의 칼날은, 살갗 한 겹도 찢지 못하고 몸의 표면에 맞고 튕겨져 나왔다.

"?!" "칼이, 안 박혀…!"

"하핫. 칼싸움 하자고?"

바네사가 웃었다. 모래 속을 헤엄치기 위한 지느러미를 완전히 거둬들인 등에서, 이번에는 끄트머리에 날카로운 칼날이 돋아난 여러 개의 팔이 솟아났다. 사람이나 짐승보다는 사마귀의 팔과 비슷한 그것들이 학생들의 지팡이검에 대응해, 정밀하기 그지없는 움직임으로 그들의 공격을 모조리 떨쳐 냈다.

"우, 오…!" "무, 물러나…." "컥!"

반격을 미처 받아내지 못한 한 사람이 허리를 경계로 두 동강 나서 무너져 내렸다. 그렇게 되기 전에 간신히 후퇴한 두 사람을, 이번에는 바네사 쪽에서 유유히 쫓았다. 등에는 여섯 개의 칼날 팔을 돋아나게 하고, 사람의 두 팔로는 팔짱을 낀 채로.

"너희 무기는 고철덩이냐. 내 손톱이 훨씬 날카롭겠다."

"우오오!"

그 순간, 측면에서의 일격이 바네사의 관자놀이에 직격했다. 두 번의 허공 딛기(스카이 워크)를 사용해 공중에서 내지른 레세디 잉웨의 발차기다. 신발 끝에 장착한 강철(아다만트)의 무게와

경도를 남김없이 타격력으로 바꾼 결과, 그 찌르기는 통나무로 종을 때렸을 때와 비슷한 묵직한 소리를 자아냈고.

"좋은 발차기다. 하지만 살짝 가벼워."

여전히 꼿꼿이 선 채 바네사가 웃었다. 저릿한 감각이 무릎부터 어깨까지 타고 올라와서, 레세디는 **대체 자신은 무엇을 찬 걸까** 생각하며 이를 악물었다. 그녀는 발차기의 반동을 이용해 이탈을 꾀했지만, 그 등을 노리고 두 개의 칼날 팔이 육박했고.

""강하게 밀어내라—익스톨디토르!""

보조에 나선 고드프리와 레온시오의 주문이 칼날 팔을 각각 하나씩 밀어내 궤도를 틀었다. 간신히 화를 피하고 착지한 레세디가 다음 행동으로 넘어가던 도중, 그녀에게서 떨어진 곳에 서 있는 두 연금술사가 말을 나누었다.

"…팀 군, 온 힘을 다하세요. 뒤처리는 내가 맡을 테니."

"어따 대고 명령이야!"

팀이 투척한 병이 공중에서 작렬하자 지노가 일으킨 바람이 그것을 옮겼다. 2층 초반에서 사용한 것과는 독성도 농도도 차원이 달랐다. 학생들이 일제히 후퇴하는 가운데, 생명이라는 생명은 모조리 좀먹는 죽음의 안개가 바네사에게로 밀려들었다.

"린턴의 독인가. …후읍!"

그 광경 앞에서 그녀는 짧게 숨을 들이쉬었다. 하지만 그것만으로 기압이 급격하게 떨어지고 주변의 대기가 확 밀려들어, 독

안개까지 남김없이 그녀의 폐 속으로 빨려 들어갔다. 폐로 들어간 그것을 몇 초 동안 맛보듯 침묵한 후, 바네사는 혀를 날름거리며 말했다.

"음~ 살짝 달달하군. 다음 걸 내놔 봐라."

"괴물 같으니…!"

팀이 절규하듯 욕지거리를 했다. 그런 그와 지노를 다음 사냥감으로 정한 바네사가 움직이려던 순간… 느닷없이 주변의 지면에서 거목처럼 두꺼운 '뿌리'들이 돋아나, 그녀의 온몸을 휘감고 옭아맸다.

"아앙…?"

자신을 중심으로 여러 겹으로 포개어지고 있는 '뿌리'를 바네사가 의아하다는 눈으로 내려다보았다. 몇 초에 걸쳐 그 정체를 특정해 낸 그녀는 학생들 중 혼자서 몸을 웅크린 채 지팡이검을 지면에 꽂고 있는 인물에게로 시선을 옮겼다.

"거대수의 뿌리인가, 이건. 네가 엘프 마술을 사용하다니 별일인데, 키리기?"

"소질이 없거든. 이게 얼마나 피곤한데."

한숨 섞인 투로 키리기가 말했다. 엘프라는 종족이 식물을 상대로 높은 친화성을 지녔다는 것은 널리 알려진 사실로, 그것은 시간을 거슬러 오르면 아주 먼 옛날 '신'에게서 부여받은 권한으로 이어진다. 역시나 오래된 종족인 거대수는 그 술식과 특히 상성이 좋아서, 술사의 실력에 따라서는 급속 성장을 유도할 수도 있는 것이다.

"오오…?"

거대수의 뿌리는 끄트머리로 사냥감을 붙잡은 채 상공으로 솟구쳤다. 지상에서 100피트 정도 떨어진 참에 바네사가 힘으로 구속을 풀어, 그 몸이 공중에 내던져졌다. 중력에 따라 똑바로 떨어지는 그녀를 향해, 지상에 있던 학생들이 일제히 지팡이검을 겨누었다.

"지금이야, 띄워! **무게를 잊어라—클라비토르!**"

""""""""""""무게를 잊어라—클라비토르!""""""""""""

밀리건의 지휘로 방출된 주문이 바네사의 몸을 공중에 묶어두었다. 하지만 그 순간부터 무시무시한 무게가 그녀들을 덮쳤다. 산을 통째로 떠받치는 듯한 감각에 학생들이 이를 악물었다.

"무, 무거워…!" "견뎌! 마력을 다 쓰는 한이 있어도 떨어뜨리지 마!"

"아아, 이번에는 공중에 매달아 무력화하려는 건가. 뭐어, 나쁘지는 않지만 말이야."

드러누운 자세로 떠 있던 바네사가 빙글 돌아 몸을 위아래로 뒤집더니, 그 두 손을 지상으로 내밀었다. 그 즉시 팔이 100피트도 넘게 뻗었고, 그 끝에서 거대해진 손바닥이 지면을 단단히 붙잡았다.

"날개를 만들 필요도 없지. 이 정도는, **손을 뻗으면** 닿으니까."

움켜쥔 지면을 그녀가 확 잡아당긴 순간, 밀리건 일행의 주문은 결정적으로 힘에서 밀려 소실되었다. 바네사가 똑바로 공중에서 지면으로 귀환하자, 그녀가 선 장소를 문득 거대한 그림자가 뒤덮었다.

"…오랜만에 조립하는군. 이만한 거물은."

스파르토이들의 잔해 속에 한 남자가 서 있었다. 그 등 뒤에 자리한 상공에서 거대수에 필적하는 크기의 하얗고 거대한 뱀이 똬리를 틀고 있었다. 자세히 관찰해 보니 그 하얀 뱀의 온몸은 엄청난 숫자의 사람 뼈로 구성되어 있었다. 그것은 바네사가 물리친 만을 넘는 스파르토이들의 잔해를 사이러스 리버모어가 자신의 술식으로 구축한 것이다.

"급한 대로 긁어모아 만든 조악품이지만, 모양새는 갖췄다. …집어삼켜라, 세계사골(요르문간드)."

"하, 이거 좋구만. 때리는 맛이 있겠어!"

바네사는 신이 나서 압도적인 질량으로 육박해 오는 거대한 뼈의 뱀에게 향했다. 움켜쥔 우측 주먹에서 어깨에 이르기까지의 근골이 내부부터 우둑우둑 발달했다. 그렇게 무시무시하도록 불균형적으로 거대화한 우측 반신에 터무니없는 힘이 실리더니.

"우랴앗!"

머리 위로 다가온 거대 뱀의 빡에, 바네사는 측면에서 강렬한 혹을 먹여 주었다. 타격을 받은 뱀의 뼈가 무수히 많은 뼛조각이 되어 튀었고, 그곳에서 전파된 충격으로 인해 장대한 몸의 곳곳이 허물어졌다. 단 일격으로 붕괴 직전 상태가 된 리버모어의 대작 앞에서, 여자는 주먹을 휘두른 직후라 크게 기울어진 자세로 입술을 치올려 웃었다.

"하핫, 미안하다! 힘이 너무 실렸…."

고양된 상태로 그녀가 입을 연 순간, 좌우의 옆구리에서 날카로운 충격이 퍼졌다. 동시에 두 개의 기운이 양옆을 지나쳐 갔고, 바네사는 어리둥절한 얼굴로 자신의 몸을 내려다보았다.

"…아앙?"

그녀는 그곳에서 정면부터 등 쪽으로 난 두 가닥의 상처를 발견했다. 그런 바네사로부터 20야드 정도 거리를 벌린 후, 고드프리와 레온시오는 방향을 돌려 나란히 지팡이검을 겨누었다.

"…오른쪽 몸통을 1인치 정도 벴다. 그쪽은?"

"왼쪽을 비슷한 수준으로. …크게 휘두른 순간을 노린 게 정답이었던 모양이군."

서로에게 성과를 보고하던 두 사람이 눈살을 찌푸렸다. 처음으로 상처를 입히기는 했지만 치명타와는 거리가 먼 데다, 대미지로 칠 수 있을지조차 애매했다. 그리고 무엇보다, 같은 방법은 두 번 통하지 않을 거다.

"…오오. 이건 베여서 아픈 건가.

하핫, 당황해 버렸잖아. 너무 오랜만이라서~"

바네사가 자신의 상처를 두 손으로 두드리며 웃더니, 몸을 돌려 두 명의 7학년생을 정면으로 바라보았다. 주변을 둘러싼 학생들이 마른침을 삼키는 가운데, 그 순간부터 그녀의 온몸 골격이 뿌득뿌득 소리를 내며 변형하기 시작했다.

"좀 더 놀고 싶은걸. 너희와는…."

"거기까지입니다, 바네사 선생님."

몸의 변화가 딱 멈췄다. 상공에 떠 있는 감시 골렘에서 가랜드의 목소리가 울려 퍼지자 바네사의 머리가 냉수를 퍼부은 듯 식기 시작했다.

"전신을 변화시키는 건 금지라고 했을 텐데요. 무엇보다 이쪽에서 조금 전의 두 공격은 유효타였던 것으로 판정했습니다. 당신 식으로 말하자면 '괜찮은 것'이 이미 두 방 들어갔습니다. 경기의 규칙에 따라 지금 당장 학생들을 통과시키고 철수하십시오."

"……. 야, 꼬마 가랜드. 언제부터 나한테 명령질 할 만큼 잘나신 몸이 됐지?"

바네사가 골렘을 통해 상대를 노려보았다. 한 번 멈췄던 변화가 온몸에서 재개되어, 뼈인지 뿔인지 모를 돌기가 등에서 돋아났다.

"철수 같은 소리 하고 앉았네, 이제야 흥이 오르기 시작했는데. 지금부터 더 재미있어질 거라고. 야, 안 그러냐, 자식들….”

“그럼 못써어, 바나짱.”

목이 짓눌린 양의 울음소리를 연상케 하는 쉰 목소리가 끼어들더니, 동시에 바네사의 두 어깨에 새까만 무언가가 축 늘어졌다. 밤의 어둠의 가장 짙은 부분을 다시금 응축시킨 듯한 그 속에서, 앳된 구석이 남은 창백한 소녀의 얼굴이 떠올랐다.

“…디아.”

“즐거운 건 알겠지만, 루우 군의 말이 맞아. 그 이상 하면 누군가가 망가져 버리잖아아.”

주술 담당 교사 바르디아 무웨지카밀리가 귓가에서 속삭였다. 그와 동시에 그녀의 어두운 눈동자가 학생들을 빙 둘러보았다.

“장난감이 망가지면 슬퍼할 사람은 바나짱이잖아아. 자아, 자알 봐 봐. 아껴서 쓰면 아직 한참 놀 수 있는 애들이잖아. 그치… 애들아?”

씨익 웃어 보이자 학생들의 등줄기에 엄청난 소름이 돋았다. 그녀의 목소리와 몸짓, 표정, 그 모든 것이 하나도 빠짐없이 저주인 것이다. 바네사의 폭주를 막으러 왔을 터인 그녀의 존재가 오히려 학생들에게는 두 번째 위협으로 느껴졌고.

“…흥.”

그렇기에. 그 재촉에 바네사의 온몸이 변화를 거꾸로 재생한 듯 사람의 형태로 돌아오는 것을 본 순간… 그들은 그제야 자신들이 사선을 넘었음을 실감했다.

"김 다 샜네. 멋대로 해."

"후후후~ 말하면 알아듣는 바나짱이 난 좋더라아."

바네사는 발걸음을 돌려 교사 쪽으로 떠나갔다. 그 등에 찰싹 들러붙은 채, 바르디아 역시 학생들의 앞에서 떠나갔다. 그렇게 두 사람의 뒷모습을 배웅하던 학생들의 머리 위에서 문득 하얗게 빛나는 깃털이 떨어졌다. 동시에 가랜드의 목소리가 울려 퍼졌다.

"그 깃털은 지금의 전투에서 뛰어난 움직임을 보인 자에게 떨어지고 있다. 깃털을 얻은 자는 앞으로 나아가고, 그렇지 않은 자는 5분 동안 이곳에서 대기한 후 출발하도록. 행동 불능 상태의 부상자는 구호반이 신속하게 회수할 거다. …설명은 이상이다."

이야기가 마무리되자, 3층 방향에서 구호 담당 학생들이 달려와 능숙하게 부상자를 구조하기 시작했다. 부상을 입은 자는 거의 대부분이 중상, 심지어 인체의 원형을 유지하고 있는 자가 더 적을 지경이었지만, 뇌와 심장이 무사하면 즉사는 하지 않는 것이 마법사라는 존재다. 그 경계를 넘어선 학생이 없다는 것을 확인한 고드프리가 땅이 꺼져라 한숨을 내쉬며 지팡이검을 내렸다.

"…아무래도…."

하지만… 안도와 함께 내뱉으려 했던 남자의 말은, 등에서 퍼진 충격으로 인해 중단되었다.

"**사망자를 내지 않고 지켜 냈다**. 그렇게 생각한 순간에 빈틈이 생겼구나, 고드프리."

고드프리가 놀란 얼굴로 고개를 뒤로 돌렸다. 사이러스 리버모어가 그의 등에 지팡이검을 꽂은 자세로 그곳에 있었다. 사투 직후에 발생한 작은 방심을 놓치지 않고.

"…리버모어, 네놈."

입을 열려던 고드프리의 등에서 칼날이 뽑혀 나와, 그는 그 자리에 무릎을 꿇고 무너져 내렸다. 냉정하게 그 모습을 내려다보는 리버모어의 지팡이검 끄트머리에, 피로 얼룩진 하얀 덩어리가 걸려 있었다.

"처음에 말했을 텐데, **목표**가 있다고. …역시 좋은 흉골이군."

"고드프리!" "이 자식, 이게 무슨 짓이야!"

흉행(兇行)을 목격한 레세디와 팀이 다급한 얼굴로 달려 나갔다. 주변에 있던 학생회 진영의 학생들도 그 뒤를 따랐지만, 리버모어는 그런 그들에게 냉큼 등을 돌렸다.

"이쪽의 용건은 끝났다. 먼저 실례하도록 하지."

그렇게 말함과 동시에 달려 나가, 3층으로 이어진 동굴로 몸을 던졌다. 모든 움직임에 하나의 망설임도 없었다. 더 이상 축제에 계속 참가할 이유가 그에게는 전혀 없었기에.

바네사가 등장했을 때와는 확연히 다르게 관객석이 소란스러워졌다. 그들의 심정을 대변하듯 실황중계자인 그렌다가 떨리는 목소리로 소리쳤다.

"…미스터 리버모어가 총괄의 등을 찌르고 이탈! 이건 명백한 규칙 위반입니다! 대체 스캐빈저는 무슨 속셈일까요?! 그보다 이 자식아, 지금 빠질 거면 왜 참가한 건데에!"

흥분한 나머지 평소의 말투가 나왔지만, 아무도 그걸 나무라지 않았다. 옆에 앉은 가랜드도 심각한 얼굴로 현장의 학생들에게 지시를 날리고 있었다. 한편, 그런 광경을 관객석에서 바라보던 유리가, 어쩐지 납득한 듯이 나직하게 중얼거렸다.

"…그래. 처음부터 결투 리그는 어떻게 되든 상관없었던 거구나, 저 사람."

그 말에 올리버가 주먹을 움켜쥐었다. 축제에 나타난 저 마인의 의도, 그것은 이제 너무나도 명백해졌다.

"…빈틈이 생기기를 기다리고 있었던 건가. 총괄에게서 뼈를 빼앗기 위해서…!"

"…쫓지 마, 팀! 코스에서 벗어나면 너도 실격이다!"

길이 3층 초반에 접어들자, 리버모어를 쫓아 길을 벗어나려 하는 동료에게 레세디가 외쳤다. 상대가 벌써 코스에서 벗어난 탓에 경기에 참가하면서 추적하는 건 불가능했다. 그렇기에 이 타이밍을 노린 것임을 깨닫자, 분한 마음이 치밀어 올라 레세디는 어금니를 콱 깨물었다.

"…크…."

한편, 그런 그녀의 부축을 받으며 고드프리는 간신히 전진을 계속하고 있었다. 호흡도 마력 순환도 형편없이 흐트러졌다. 고통으로 얼굴을 찌푸린 그에게 레세디가 물었다.

"고드프리, 녀석에게 무슨 짓을 당한 거야! 그냥 뼈만 뽑아 간 게 아니지?!"

"…빼앗겼어… 영체의 일부를…."

목소리를 쥐어 짜내어 고드프리가 답했다. 육체의 토대를 이루는 뼈는 영체와 강하게 이어져 있는 탓에, 그 분야에 소양이 있는 자라면 한쪽을 단서로 나머지 한쪽에 간섭할 수 있다. 이렇게 되면 부상을 치료하기가 터무니없이 성가셔진다. 뽑힌 뼈 그 자체는 자라게 하면 그만이지만, 손실된 영체 쪽은 그렇게 간단히 고칠 수 없다.

"…리버모어 녀석. 시답잖은 짓을 하다니."

그런 그의 모습을 곁눈질하며 앞장서서 코스를 나아가던 레온시오가 혀를 찼다. 그를 달래고자 지노가 눈짓을 하자, 남자는 짜증을 떨쳐 내듯 발걸음을 재촉했다.

7권 끝

◈작가 후기◈

안녕하세요, 우노 보쿠토입니다. 떠들썩한 축제 소리를 호포(號砲) 삼아, 3학년 생활이 개막됐습니다.

마경에서 2년을 보내, 몰라보도록 강하게 성장한 소년소녀들. 하지만 같은 세월 동안 수련을 쌓아 온 것은 그들 여섯 명만이 아닙니다. 하급생 가운데 최고 학년인 3학년이라는 시기는 그 성과를 확인할 수 있는 하나의 전환점. 누구나 무의식적으로 열의를 불사르게 되기 마련이지요.

한편, 상급생들의 상황은 또 다릅니다. 여러 가지 이유로 후배들만큼 축제에 몰두할 수 없고, 그렇기에 분주하죠. 학생 전체를 통솔하는 입장이 되면 더더욱 그럴 수밖에 없어서, 교사들의 꿍꿍이와 최선을 다해 맞서다가 자신도 모르는 새에 등 뒤에 대한 경계가 소홀해질 수도 있겠지요. 그러한 빈틈을 놓치지 않고 찌르는 것 역시 본교 학생의 소양이라 할 수 있겠습니다.

목표로 했던 것을 손에 넣고 잽싸게 축제에서 이탈한 마인 송장회수꾼은 무슨 일을 꾸미고 있을지. 탐정이 바라 마지않는 그 답은, 이번에도 미궁 깊숙한 곳에 있는 모양입니다.

송장이란 곧 과거의 집합체. 그것과 마주할 때, 사람은 종종 손을 잡혀 끌려가기도 합니다. 실수로 그쪽으로 끌려가는 일이 없도록… 여러분도 생명을 두 팔로 꼭 끌어안고 계시기를.

우노 보쿠토

권말 특별 기획

일곱 개의 마검이 지배한다
킴벌리 마법학교
입학 캠페인
채용 캐릭터 설정 소개!

2019년 말~2020년에 걸쳐 개최한
독자가 고안한 등장인물 설정의 응모 기획,
'킴벌리 마법 학교 입학 캠페인'에서 입선하여
이번 권에서 등장한 캐릭터의
디자인과 설정을 소개!

※응모 당시의 설정에서 작중의 내용에 맞춰
저자가 변경한 부분도 있습니다.

Character Design

'ShiZu@yae' 님의

응모 캐릭터!

로제 미스트랄

Rose Mistral

【이름】	로제 미스트랄
【연령】	킴벌리 3학년
【성별】	남성
【신장·체중】	170㎝, 62kg(상당히 마른 체형)
【외모】	콧대가 높고(거짓말쟁이) 단정함. 늘 히죽히죽 미소를 짓고 있으며 머리카락은 약간 보라색이 감돈다.
【복장】	기본적으로 후드를 쓰고 있음. 그 이외에는 평범한 교복 차림.
【성격】	종잡을 수 없는 사람. 괴짜. 속을 내보이지 않음. 거짓말쟁이. 거짓말쟁이이기에 상대의 거짓말을 손쉽게 꿰뚫어 봄.
【특기 마법】	'터지고 속여라-플라블'. 두 명 내지는 세 명으로 분신하고 한 명 내지 두 명을 남기고 요란하게 폭발한다. 임의적으로 폭발시킬 수도 있지만, 공격을 받았을 경우에도 폭발한다. 폭발이라고는 해도 공격력은 없고 요란하기만 한 것. 분신하면 상대를 공격하는 마법은 쓸 수 없게 되는 탓에, 검술 또는 공격마법 이외의 것으로 싸우는 수밖에 없다. 미스트랄 가에만 전해지는 마법. 플라르고와 더블(프랑스어로 분신)을 합친 조어.
【기타】	마술(트릭)이 특기. 그 밖에도 다른 사람들보다 은신에 능하다. 주로 마법으로 싸운다. 마법검에는 그다지 재능이 없다. 기본적으로는 시간벌이를 하다가 가능하면 격파를 목표로 한다.

※ 응모 내용 중 일부 생략된 부분이 있습니다.

우노 보쿠토

채택 코멘트!

'이번에는 난전이니 괴짜가 한 명 있었으면'이라는 수요와 딱 들어맞은 트릭스터. 이 녀석이 추가된 덕에 시합이 단숨에 복잡해져서 저자는 피를 토했다. 원래는 매우 성실한 학생이라고 생각 중.

‘키리기리스’ 님의
응모 캐릭터!

재스민 에임스

Jasmine Ames

【이름】	재스민 에임스
【연령】	15(올리버 일행과 동급생)
【성별】	여성
【신장·체중】	155cm 전후, 45kg 정도
【외모】	머리카락은 적갈색, 어깨 아래로 살짝 내려오는 길이. 앞머리로 눈을 가림. 눈동자는 어두운 붉은색에 살짝 처진 눈.
【복장】	킴벌리 지정 교복, 목에 부모에게 물려받은 목걸이(부적)를 걸고 있음.
【성격】	자존감이 낮은 탓에 쭈뼛거림. 성실한 성격.
【특기 마법】	딱히 못하는 것은 없지만 평범한 수준을 벗어나지 않는다. 일족의 오의(奧義)로 전해지는 유사 마검은 그럭저럭 뛰어나다.
【기타】	취미는 독서. 좋아하는 장르는 위인전과 순정만화. 셰라만큼은 아니지만 오랜 역사를 지닌 마법사 일족. 이름을 날리는 자를 배출하지 못하고 있는 것이 일족의 고민. 몇 세대 전에 하나의 마법의 발전에 성공.

※ 응모 내용 중 일부 생략된 부분이 있습니다.

우노 보쿠토
채택 코멘트!

‘지금껏 약한 척을 해 온 강자’라는 틀에 딱 맞는, 눈을 가린 검호. 응모 설정에서 여러모로 조정한 결과, 같은 학년에서 손꼽히는 강한 캐릭터가 되었다. 3학년까지 실력을 숨기는 건 상당히 힘들었을 듯.

일곱 개의 마검이 지배한다 [7]

2025년 12월 10일 초판 발행

저자 우노 보쿠토 | **일러스트** 미유키 루리아 | **옮긴이** 정대식
발행인 정동훈 | **편집인** 여영아
편집 팀장 김은실 황정아 | **편집** 노혜림
발행처 (주)학산문화사 | 서울특별시 동작구 상도로 282 학산빌딩
편집부 02.828.8838(전화) | **영업부** 02.828.8986(전화)
홈페이지 www.haksanpub.co.kr | **등록** 1995년 7월 1일 | **등록번호** 제3-632호

ISBN 979-11-411-7094-3 04830
ISBN 979-11-411-0914-1 (세트)

값 7,000원

라스트 엠브리오 8

타츠노코 타로 지음 | **모모코** 일러스트

〈문제아 시리즈〉 완결 이후 언급되지 않았던 3년, 그 추상과 시동을 말하는 제8권!!

제2차 태양주권전쟁 제1회전이 열린 아틀란티스 대륙에서 격투를 뛰어넘은 '문제아들'. 세 명이 모인 평온한 시간은 실로 3년만…. 그동안 각자 보낸 파란의 나날. '호법십이천'에 들어온 의뢰에서 시작된 이자요이 일행과 화교와의 싸움. '노 네임'의 두령이 된 요우가 한 달 이상 행방불명된 사건. '노 네임'에서 독립한 아스카가 '계층지배자'로 임명되는데…?! 서로 마음을 열고 잠시 휴식을 취한 후, 모형정원 바깥세계를 무대로 한 제2회전이 막을 연다!